2DB
二次元ドリーム文庫
異世界エステ師の育て方
小説 高岡智空
挿絵 橘由宇

登場人物紹介

リコ

献身的な性格で、姫をよく支えている忠臣。家事スキルは超一流で、姫の世話も一手に担っている。

ロザリー

バラデュール王家の第一王女。魔力が一切ないため継承権を失い、地方の領主に封じられる。

間宮《まみや》 大樹《だいき》

メンズエステや手コキプレイが好きな、M性癖の男子学生。

一章　バラド王国、レゾン自由区

目の前で繰り広げられる奇妙な、それでいて不思議と引き込まれるお芝居に、間宮大樹《まみやだいき》はつい見惚《みほ》れていた。

『私の領地で無法は許さないわ、早々に立ち去りなさい』

『そう思うなら力ずくで来たらいいじゃない、お姫様？』

聞き覚えのない言語は、このためにわざわざ用意したのだろうか。双方の女性が口早に語る言葉は、まるで母国語のように彼女らに馴染んでいる。馴染んでいるといえば、自分と同い年くらいの少女が着ているドレス風のミニスカートも、そしてブロンドも、彼女の風貌にはぴったりとマッチしていた。日本人ではなく、ハーフか外国人なのだろうか。そう思わせる西洋的な顔立ちや雰囲気は、実に異国情緒を感じさせる。

対する大人の女性と、その周囲の女性らが身に着けているのは、武器や盾や鎧といった武装だ。それら衣装も、そして周りに置かれている椅子やテーブルといった小道具も、細かなディティールが整っており、中世の世界観を醸しだしている。

(これはすごい……まるで本物の舞台演劇か、映画みたいだな……)

このクオリティはとても、メンズエステのエステティシャンが演じているものには見えなかった。もしかすると彼女らは、仕事の傍らで劇団員でもしているのだろうか。

そう——ここはとあるメンズエステのロビー、そして大樹はそこを訪れた客である。

思春期を迎えた頃に初めて見た動画のせいか、大樹はメンズエステというサービスに、強く心惹かれるようになっていた。以来、色々な動画を見たり、遠方にあるメンズエステのHPを見たりしては、日々その妄想と憧れを強固なものにしていく。

（はぁ……近所に、せめて市内にメンズエステがあれば——）

毎日でも通うのに——そう思っていた、ある日のこと。

◇

「……お？　これって、確か駅前の住所じゃ——なにっ⁉」

日課のようにチェックしていた情報サイトにて、かつては繁華街だった駅前の裏路地に、新しくメンズエステサロンがオープンするという広告が目に留まった。

値段としてはオーソドックスなメンズエステとそう変わらないが、妙なオプションで値段変更があったりはせず、純粋に時間のみで変わるという良心的な価格設定、それも長時間入れれば入るほど時間単価は安くなる仕様である。スタッフの身体つきも、トップモデルやグラドルを並べたようなクオリティで、スレンダーで美しい身体から、豊満なバストやムチムチの太ももの肉感ボディまで、十人近い選択肢が広がっていた。一部の女性は口元まで晒しており、さすがに顔まではわからないが、それでも十分に整った顔立ちだということを感じさせる。

（い、いや、まぁ……さすがに多少は、画像を弄《いじ》ってるんだろうけど——）

その分を差し引いても、十分にそそられる女性、そそられるエステサロンだということが窺《うかが》えた。なにより、生活圏の近くにできた初めてのメンズエステなのである、行かないという選択肢などあり得ない。

「よ、よし、さっそく予約を――って、なんだこれ？」

システムを確認し終え、予約フォームへ飛ぼうとした大樹は、システムの最後に書かれた文章に目を留めた。おそらくは利用者の欲求を煽るためなのだろうが、そこにはなんとも淫靡《いんび》な雰囲気の字体で、こう記されている。

『お客様の、どのようなご要望にもお応えできます――どうぞご遠慮なく、なんでもお申し付けください。スタッフ一同、心よりお待ちしております』

「う、お、おぉぉ……いやいや、でもサロンなんだろ？」

度を過ぎた要求はサービスの範囲外のはず、そうは思っていても、ここまではっきりと書かれていては、あらぬ妄想が股間を熱く滾《たぎ》らせた。我慢しきれず、その部分に触れてしまいそうになる衝動を懸命にこらえ、大樹は予約の手続きを進める。

そうして――オープン初日の明日、朝イチでの予約を済ませた大樹は早めの就寝を済ませると、翌朝にしっかりとシャワーまで浴びて、意気揚々と出かけたのだった。

◇

――ジャリーンッッ！　ギィンッッ！

「――っ！」

　この店にやってきた過程を思いだし、しばし呆けていた大樹は、激しい剣戟の響きでハッと我に返る。見れば目の前の演劇は、睨み合っていた女性らが小道具の剣を手に、鍔迫《つば》り合いを繰り広げているところだった。

（おお、これも迫力満点だ……っていうか、あの剣ってまさか本物じゃないよな？）

　先ほど響いた音といい、鈍く光る銀色といい、もちろんそんなはずもないのだが、本物にしか見えない。そう考えてみると、店内の雰囲気や装飾なども、エステサロンというよりは、中世の酒場を演出している――もとい、そのものとしか思えなくなってくる。

（そもそも、俺はここに入ってきたばっかりで、まだ受付とかもしてないんだよな……こんなイメージプレイもできますよっていう、サンプルというかデモプレイというか、そういう演出かと思ってたんだけど――）

　見渡せばカウンターのようなものはあるが、それも酒場のバーカウンターでしかなく、いるべきはずの店員もいなかった。店内のスタッフ――と思われる女性は、全部で十人ほど。ブロンドのミニスカ少女と、彼女に庇われているメイド服の少女。そして二人と敵対している役柄であろう、こちらも長身の大人びた女性と、彼女の取り巻きが複数名といった形だ。

　衣装に浮かび上がる整ったボディラインを見るに、彼女らがサロンのスタッフなのは間違いないが、誰に声をかけるべきだろうか。状況にオロオロとしているメイドの少女が、一番声をかけやすそうではあるが、この状況ではそれも躊躇《ためら》われる。

（……もしかしたら、俺が入ってきたことにも気づいてないとか？）

目の前のやり取りにしても、入店してから始まったというよりは、始まっているところに入店したような気がしていた。店のオープン前に諍《いさか》いが起こり、客の存在に気づくこともなく、エキサイティングしてしまったのかもしれない。

それはそれで、二人の言語や衣装についての説明がつかないのだが。

（仕方ない……とりあえず出直すか。もしかしたら、店を間違えたかもしれないしな）

そう考えた大樹は迫真の演技から目を離して、一旦外に出ようとドアを振り返り——そこで信じがたいものを目にし、思わず硬直してしまう。

「——はぁっ⁉　えっ、なんでだよ！」

自分が入店したのは、間違いなくエステサロンの入り口であり、それは自動ドアだったはずだ。だというのに、いま目の前にあるのは木製の——西部劇で見る、いわゆるスイングドアというやつだった。その向こうに見えるのは繁華街の裏路地ではなく、現代ではほぼ見かけなくなった、牧歌的な田舎の風景である。

「ど、どういうことだ……ホ、ホログラム、とかか？」

驚きに声を上擦らせながら、震えた手をドアの向こうに伸ばしてみるが、それらがリアルな風景を映した電光掲示ではなく、もちろんホログラムでもないというのがわかるだけだった。試しにスイングドアを押し引きしてみても、問題なく前後に動くだけで、それを通っても見覚えのある繁華街は見えてこない。

（いや、いやいやいや、待て……落ち着け、冷静になれ――そうだ、夢だ）

あまりにもメンズエステが楽しみだったせいで、支離滅裂な夢と、メンズエステに行く夢が混ざり合ってしまったのだ。そうとわかれば、これは夢だと言い聞かせ、意識を覚醒させるだけである。

（よし、起きるぞ――3、2、1……起床っ！）

そう考えて身体のほうを目覚めさせようとするが、自分の意識にも視界にも、なんら変化は訪れなかった。頭のどこかでわかっていた、これが現実であるという事実を突きつけられたように感じ、焦りと恐怖がジワジワと身体に広がっていく。

（え……じゃあどこだよ、ここ！　いや、もしかしてあれか？　流行りの――）

異世界転生――いや、死に直面したような記憶はないし、ただの異世界転移か。そんな仰々しい事実を『ただの』呼ばわりもどうだろうか。

もはや混乱しきっている大樹が、一歩も動けずそんなことを考えていると――。

『あら――これは驚いたわね！　まさかこんな田舎に、まだ男がいたなんて！』

「えっ――うおっ⁉　ちょっ、な、なんですかっ⁉」

先ほども使われていた、耳慣れない言語で不意に話しかけられた大樹は、それに応える余裕もなく、力強い手で背後に引き寄せられた。さほど逞《たくま》しくもないのに力強いその腕は、大樹の身体を抱き寄せ、逃げられないように拘束する。

「うぐっ、うぅぅ……な、なに、するんですか……くぉっ⁉」

チラリと見やった彼女は大樹より少し背が高く、ムッチリとした身体つきの、色っぽい女性だった。クセのある黒髪を長く伸ばし、適当に束ねているが、その乱雑なセットに反し、女性の色香をこれでもかと色濃く漂わせている。そんな女性に密着され、抱き締めていると考えるだけで、抵抗しようという気持ちなど簡単に萎えてしまいそうだ。

もっとも——抵抗しようにも、華奢《きゃしゃ》に見えた女性の膂力は驚くほどに強く、ビクともしない。けれど、拘束する以外に自分を害する意思はないのか、いつの間にか剣を収めていた女性のもう片方の手は、スルリと身体を這《は》い回って、優しく撫で擦ってくる。

「あ、のっ……んぁっ、ふっ……うぅ……ぁんっ……こ、これ、は……んんぅっ……」

密着する女性の温かさ、そして甘さの混じった汗の香りに興奮を煽られ、鼓動が激しくなるのがわかった。それを確認するように、手の平が胸元を擦り、脇や腹部を揉みしだくように撫でながら、その手は下腹部や、さらに下方にまで触れてくる。

運動部で多少は鍛えた上腕筋、腹筋などを確認し、ほぐそうとするかのようなその手つきに、大樹の腰はビクビクとみっともなく跳《は》ね震えた。

(こ、これ、マジ……ひっ、いぃっ！　お、おぉぉ……やっぱ、メンズエステ、なのか……？　んぐっっ、あっ、そこっ……おほぉっ……)

『あらあら、感度いいのねぇ？　これは当たりかしら……顔もなかなか可愛いし、身体も均整が取れていて美しいわ……ふふっ、味見したくなっちゃうじゃない♪』

聞き取れない言葉で囁《ささや》きながら、女性はさらに強く、背中から身体を押しつけてきた。

革製と思われる胸当てを装着していたはずだが、彼女の柔らかな、そして大きな乳房はその上からでも弾力を感じさせ、大樹の興奮を煽り立てる。

乳房だけでなく、太ももを割り開いて股間を押し上げてくる剥《む》きだしの太ももも、心地よい弾力と刺激を擦りつけてきた。トントンとリフティングのように会陰《えいん》を小突かれると、振動が睾丸や肉棒にまで響き、ジンジンとした熱い疼《うず》きが広がっていく。

（はぁっ、あっっ……や、べっ……こんな、簡単にぃ……んぐぅぅっ……）

たちまち肉棒は大きく膨らみ、反り返り、ズボンの前がパンパンに張り詰め、盛り上がってしまう。それを見た背後の女性は嬉しそうに口笛を鳴らし、周囲の女性からも囃《はや》し立てるような歓声が響いた。

『わぁお♪　勃起《ぼっき》もしやすいし、しかもこのサイズ……掘り出し物ってレベルじゃないわねぇ？　さて、それじゃ実物を——ふふっ♪　せっかくだし、あなたのところのお姫様にも、存分に見せつけてあげなさいな』

「やっ……あ、あの、待って……まだ、受付もぉ……くぅぅっ！」

しかるべき手続きも経ず、サービスを受けてよいものなのか——そんな大樹の葛藤など知らない様子で、彼女はデニムのボタンに指をかける。

『へぇ……金属のボタンだなんて、羽振りがいいようね。地方貴族の令息かしら』

女性の太ももが尻房を支え、持ち上げ、合わせて密着する腰がグイッと前へ突きだされた。強調するように股間を突きださせられ、限界以上に張り詰めた勃起に、その場の全員の視線が突き刺さるのを感じる。なにかを言いたそうにしていたブロンドの少女も、思わずそれを食い入るように見つめ、小さく喉を鳴らしていた。

『副長、焦らさないでくださいよ！』『早く剥いちゃいましょう、その子のチンポ♪』

周囲の歓声と甲高い笑い声に、背後の女性がクスクスと嘲《あざけ》るような笑いをもらす。

『部下たちも待ちきれないみたいだから――ほぉら、見てもらいましょうねぇ？』

「うっ、あ……はっ、あぁぁぁ……」

ジュルリ――と唾液に濡れた音を響かせて、女性の舌が耳朶《みみたぶ》を舐め上げた。背筋の痺《しび》れるような快感に身体が弛緩した瞬間、彼女の手がボタンを弾くように外し、隙間からスルリと手の平を滑り込ませる。下着とズボンを掴《つか》んだその手は、ファスナーを引き千切らんばかりの勢いで引きずり下ろし、ギンギンに勃起する肉棒を衆目に曝けださせた。

『あはぁっ、出た出た♪　うわぉ――本当に大きいわねぇ、あなたのチンポ♥』

「はぁっ、あっ、おぉぉ……う、嘘だろ、こんなぁ……」

こんな大勢のスタッフがいるロビーで――いや、ここはサロンではなかったか。

いずれにせよ、大勢の女性が凝視する中でペニスを曝けだすという状況に、得も言われぬ快感がゾクゾクと這い上がってくる。しかも、その突きだされたペニスの根元は女性の指で握られ、短く扱かれていた。時折、レバーのように動かされるのは、周囲へ見せつけようとしているのか。そのたびに女性陣の歓声は大きくなり、耳元には背後の女性の荒い息遣いが、ハァハァと耳をしゃぶるように響いてくる。

「ちょっ、おっ……んっ、くぅぅっ……あはぁっ、あっ……まずい、ですっ……こんなっ……こんな、とこでぇ……んっ、ふぅっ……誰かに、見られちゃ……」

『――さっきから思っていたけど、変わった言葉を使うのね。こっちの出身じゃないってことかしら……まぁ、そのほうが好都合かしらね』

跳ね震える肉棒を押さえつけるように、キュッと指のリングが根元を締めつけた。その窮屈な刺激すら快感にすり替わり、大樹の腰はさらに高く、前方へと突きだされる。

「ふぁうぅぅっ……やはっ、あぁっ……やば、いっ……くぅっっ……」

平均的な長さで、平均より少し太め――と自覚しているペニスは、女性の指で短く扱かれるだけで、亀頭をパンパンに張り詰めさせていた。真っ赤に膨らむ肉棒の先端には、染みだした先走りがうっすらと滲《にじ》んでおり、そこに女性の指が触れた瞬間、痺れるような快感が迸《ほとばし》る。たまらずガクガクと腰を震わせ、快感によがってしまうと、耳元には女性の嬉しそうな笑いが響いて、触れてきた指がクルクルと艶《なま》めかしく円を描いた。

『この辺りの出身じゃないみたいだし、私がもらって行っても問題ないわよねぇ？』

『その通りですよ、副長！』『今日の戦果として、いただいていきましょう！』

女性が周囲に呼びかけると、彼女の取り巻きたちが応じるように大きく叫ぶ。けれど、それを聞いて慌てたように声を上げたのは、目の前でペニスを凝視していたドレスの少女のほうだ。

『ま、待ちなさい！　出身がどこであろうと、ここにいたのなら、我が領土の男性ということになるわ！　あなたたちの好きにはさせないわよ！』

　先ほどまで肉棒に見入っていた女性とは思えない凛々しさで、彼女は細身の剣を構え、こちらに突きつける。不快なモノを晒していた罰を与えられようとしているのかと、大樹は肝を冷やしたが、その切っ先も彼女の瞳も、自分の後ろの女性に向けられていた。

（やっぱり、この人たちの関係は、感じた通りなんだな……）

　少女二人が仲間で、こちらの女性たちとは敵対しているらしい。その女性が大樹に働いた無法に対し、少女が憤っている――というところだろう。

（といっても、俺にとっては無法というより、むしろ……くっ、うぅっっ……）

　柔らかな肢体を押しつけられ、大勢の女性の前でペニスを扱いてもらっているなど、むしろご褒美の類《たぐい》である。その快感によがり、身体が脱力していくのがわかったのか、女性は大樹を抱えていた手を放し、自分の腰元に滑らせた。

『そう思うなら、力ずくで取り返してみなさい――非力なお姫様！』

「えっ――うおっっ⁉」

　女性が不意に鋭く叫んだかと思うと、シャリンッと刃の鞘走る音が響く。空いた手で抜き放ったのだろう、驚きの声を上げる大樹の顔の横を、鉈のような太く短い剣がすり抜け、少女が握る細身の剣を打ち据えた。

『ぐっっ……きゃあっっ⁉』

『ロザリー様！　お、お怪我はございませんかっ⁉』

細い剣は呆気なく弾き飛ばされ、少女もたまらず転ばされてしまう。気遣ったメイドが駆け寄る、その光景に取り巻きらが大笑いを響かせ、勝ち誇った女性は剣を納めた。

『あら、取り返す気概はないようね？　なら、おとなしく見ているといいわ……私が手に入れた、この上物の男が気持ちよくなる姿をねぇ？』

『や、やめなさいっ……くぅっ……』

力なく叫ぶ少女だが、その手にもまだ痺れが残っているのか、蹲《うずくま》ったままで手を押さえることしかできないようだった。

（いまの音といい、迫力といい……本物の剣、だよなぁ？　ってことは、やっぱりここは異世界みたいな場所で――おほっっ⁉）

冷静に状況を把握していた大樹の股間に、今度は左右から手の平が添えられる。先ほどと変わらず腰を突き上げさせられた体勢のまま、背後から女性に腰を使われると、大樹の腰もヘコヘコと突き上げられてしまっていた。見えないなにかにペニスを擦りつけようとしている、そんな姿を披露させられ、羞恥と被虐の快楽が肉棒を這い上がってくる。

「んぁっ、あっ、はぁっ……や、ばいぃ……んっ、うぅっ、もうっっ……」

十本の指が絡みつき、血管の浮かび上がった肉棒を揉み捏《こ》ねる――そのたびに腰の抜けるような快感が迸り、射精感が込み上げてやまない。女性の腰が打ちつけられるたび、自らの先走りでヌルついた手の中で、肉棒がグチュグチュと音を立てて扱かれた。指は生き物のように吸いつき、亀頭のくびれや裏筋を擦り上げ、精液を搾りだそうとしてくる。

（うぁっ、あぁぁぁぁっ！　やばっ、いっっ……もっ、イクッ……くぅぅぅっっ！）

やがて快楽に耐えかねた肉棒が、ビクビクと躍動を繰り返し――背後から抱かれる全身も、ガクガクと暴れるように震えだしていた。絶頂の予兆を察知した女性は耳元に嘲笑を響かせ、先ほどのように、長い舌を耳朶に絡みつかせてくる。

『あむぅぅっ……んじゅるるっっ、じゅれろぉぉぉっ……ほぉら、イキなさい♥　私に屈服させられた証――お姫様の前で、存分に吐きだしなさい！　ほらイケッ、イケッ♪』

なにを囁かれているのかはわからないが、シチュエーションから察するに、射精を強制されていることは疑いようがなかった。それに合わせて彼女の手も激しく上下し、肉棒が擦り切られんばかりに勢いよく扱き抜かれる。耳朶に塗りつけられる熱い唾液の感触も心地よく、それが肌を滑るたびに背筋が震え、腰が抜け落ちそうだった。

「やっっ……はぁっっ、んっっ、あぁぁっっ……イクッ、イクッ、イクぅぅっ……」

巧みな腰遣いに打ち上げられる股間が、濡れた指筒に何度も抽挿される、その快感はもはやセックスと言っても過言ではなかった。少なくとも、童貞の大樹にとっては同等かそれ以上の快感であり、オナホなどとは比べるべくもない。

（こんな、のっ……んぁっ、が、我慢、できないぃぃ……あぁぁぁ、イクぅぅ……）

弛緩した身体が彼女にもたれかかると、逞しい長身はそれをしっかりと支えて抱き締め、艶《あで》やかな笑い声を耳奥に響かせてくる。

『観念したようね――さぁ見せなさい、あなたのザーメン♥　手マ〇コでアクメさせられる瞬間、見ていてあげるわ♪　ほぉら……ピュッ、ピュッ、ドピュ～～～～ッッ♥』

「くぁっっっ、イッッ……クッ、うぅぅっ……んんんぅぅぅ～～～～っっ！」

――ビュグッッッ……ドプドプドプッッッ、ビュルルウゥウ～～～～ッッ！　ドクドクドクッ、ブビュルッッ、ビュプッッ！　ドクッドクッドクッ、ビュルルゥ～～～ッッ！

声高に叫び上げた瞬間、手の指をすべて弾き飛ばさんばかりに肉棒が膨れ上がり、爆《は》ぜ、白濁の噴水が勢いよく噴き上がった。

「あはぁっ、出た出た、ザーメン出たわねぇ♥　しかも、この量……それに濃さ♪　随分と優秀な牡牛を隠していたみたいねぇ、この国は！」

「ヒュ～ッ、アクメ顔エッッッロ♥」「イクときはイクって叫びなさいよ♪」

醜態を晒すと同時に逆った快感が、大樹の心に被虐の肉欲を刻み込んでくる。大勢の女性に笑われながら、煽られながら、恥ずかしいアクメを極めたことが惨めでたまらないのに、その感情さえもが、どうしようもない快楽となって肉棒を駆け抜けていた。

（あぐっっ、あぅっっ、んっっ……はぁぁぁぁあっ、きもっ、きもひ、いぃぃ……）

頭も身体も蕩《とろ》けきっているのに、身体はピンと硬く張り詰めて弓なりに反り、みっともなく股間を突き上げている。そこから白濁の筋が噴き上がるたび、大樹の表情は劣情に緩んで、情けない喘ぎを溢《あふ》れさせていった。

「やばっ、ひっ……んぐぅぅっっ！　あぁぁあっ、イクッ、またイクぅぅぅっ！」

叫ぶたびに肉棒が跳ね、白濁が飛び散り、床にボタボタと着弾しては広がっていく。そこから立ち上る牡の臭気に羞恥を覚えさせられ、大樹は顔を赤くして背けようとするのだが、快感に蕩けた顔を晒させようと、無理やり前を向かされてしまう。

そこにいるのは、膝をついて床に蹲る二人の少女だ。その目の前にもたっぷりの精液がブチまけられており、彼女らもそれをマジマジと見つめていた。

「っっ……こ、これが、男の人の……しゃ、射精……それに、精液……ごくっ……」

「や、やめなさい、リコ……そんな風に見つめるなんて、淑女の行為じゃないわ……」

そんな風に言いながらも、ブロンドの少女自身、床にへばりつく大量の精液から目を離せていない。プルプルと震え、テラテラと輝く白濁の塊をジッと見つめ、鼻をヒクつかせては漂う牡臭を吸い込み、小刻みに喉を震わせているのがわかる。その視線は精液をじっくりと堪能したのち、今度は女性に握り締められた肉棒へも向けられ、次第に好色な色を孕《はら》みだし、艶めかしく潤み始めていた。

「あんなに大きいチンポ、母様の後宮にもいたかどうか……すごいわね……」

「ロザリー様こそ、じっくり見すぎじゃないですか……はぁっ、んっ、あぁぁ……」

もう一人の、大樹より若く見えるメイドの少女ですら、精液と肉棒へ目が釘付けになっている。よくよく見れば、薄い花弁のような唇も半開きになって、そこから覗く舌先が、肉棒をしゃぶるようにチロチロと揺れていた。

そんな彼女たちの欲望を煽り、嘲り、見せつけるように——背後の女性は大樹の肉棒へ指を纏《まと》わりつかせ、耳朶に吸いつきながら、甘く熱く囁いてくる。

「ふふっ……何度だって射精していいのよ、素直な牡牛ちゃん？」

「あっ、はぁぁっ……だ、めっ……んっっ、イクッッ、イクぅぅっっ！」

「ええ、どうぞご自由に――ほらイケッ、イケッ、射精しろっ♪　チンポ汁ブチまけなさいっ、私の手マ○コに負けなさいっ♥」

もちろん、射精したところで女性の手は止まることなく、むしろさらに激しくなって、肉棒を何度も扱き上げる。包皮が引きずり下ろされ、晒された亀頭を指で捏ねくり回しながら、再び包皮を被せ戻す――男性の激しい自慰を再現するような、下品で浅ましい快感を無理やり注ぎ込む、強制的な搾精手淫だ。競走馬に鞭を入れるように、伸ばされた指が睾丸を弾くと、さらに射精欲を煽り立てられ、肉棒は激しい脈動を繰り返す。

「あひっっ、いひぃぃぃぃっっ！　いぐっっ、んぁっっ、あおぉぉっっっ！」

絶叫のような惨めな喘ぎを迸らせながら、大樹は何度も腰を跳ねさせ、空を突き上げ、そこに白濁の雨を撒き散らしてしまう。濃厚な、ゼリーのような塊に繋がる精液が噴き上がるたび、女性らの歓声は驚愕《きょうがく》の色も湛え、さらに甲高く響き渡っていた。

「あはぁっ、すっごいザーメン♪」「こんなの膣内射精されたら、一発でイケそう♥」

「副長、もっと搾り取ってやりましょうよ！」「おもらしアクメしちゃえっ♪」

快感に蕩けた頭に、女性の嬉しそうな歓声、煽りを孕んだ嘲笑が滑り込み、ゾクゾクと背筋が震えて止まらない。床におびただしい量の白濁が刻まれるほど、大量の射精を果たしたというのに、女性――副長と呼ばれている彼女の手に包まれた肉棒は、いまだに萎えることなく反り返り、ギチギチと苦しそうに躍動していた。

「大きさ、射精量、それに回復力――本当に立派なチンポねぇ♪　本当に、あの方のもとへ持ち帰るのはもったいないくらいだわ……いっそ、もらってしまおうかしら♥」

ペロリと女性が唇をねぶる、その音が耳に流れ込み、大樹はたまらず熱い吐息を溢れさせる。それを感じた彼女も嬉しそうに笑いをもらし、耳朶をしゃぶりながら囁く。

「ねぇ、あなたもそう思うでしょう？　私のモノになれば、これから毎日……いつでもどこでも、色んなことして射精させてあげるわ♥」

「ふ、副長、それはっ……」「問題になるのでは……」「リーダーにバレたら……」

部下の女性たちが心配そうな声を上げるが、副長の彼女は意に介さない。

「ここにいるあなたたちが伏せておけば、知られることはないわ。私が持ち主なら、あなたたちだって自由に楽しめるのよ……密告者なんて、出るはずがないわよねぇ？」

彼女らの欲望を見透かした副長の囁きに、全員がゴクリと生唾を飲んだ。

「そ、そういうことなら、まぁ……」「私たちは、副長直属の部下ですし……」

しおらしいことを言ってはいるが、彼女らの目当てが大樹であるということは、誰が見ても明らかだった。そんな彼女らの会話を耳にしながら、大樹はぼんやりと考える。

（え、と……これって、俺の処遇の話、だよな……？　俺をモノにするとか、自由に射精させるとか……そんなことして、楽しいのか……？）

彼女らの目的が理解できず困惑しているうち、大樹はふと、ある事実に気がついた。

（……あっ⁉　そういえば、さっきから……この人たちの言葉が、わかる？）

はっきりとは覚えていないが、おそらくは射精した直後くらいからだろうか、彼女らの言語が違和感なく耳に届いていたことを思いだす。原因は不明だが、言葉が通じるなら対話して、状況を把握しなければ――。

「はっ、あ……あ、あのっ……俺、どうなるんですか……」

そう思って口を開くも、彼女の対応は思ったほど穏健ではなかった。

「あら？　なぁんだ、ここの言葉も話せるのね――まぁ、それはそれで好都合♪」

「え――あ、あの、ちょっと……んぅっ⁉」

ニヤリと笑った彼女は、射精直後の過敏極まりない勃起をキュッと握り、指に絡んだ精液を塗りつけるようにして、またも扱き始めた。

「ひぁうぅぅっっ⁉　んひっっ、ひぁぁっ……ぁんっ、んぅっっ！　ま、待って、くださいっ……いひぃっっ！　イッ、イッたばかりで、くすぐった……あぐぅぅっっ！」

「それがいいんじゃないの、それが♪　もっともっとイカせまくって、イキ癖つけて――おもらしピュッピュ大好きな、よわっちい馬鹿チンポに躾《しつ》けてあげるわ♥」

嗜虐《しぎゃく》的な言葉を浴びせた彼女は、精液をローション代わりにヌコヌコと肉棒を扱き立てながら、周囲の部下たちに呼びかける。

「あなたたちも参加しなさい♪　せっかくだから、チンポとタマもしゃぶってあげるといいわ。キス以外なら、何をしても構わないわよ」

「マ、マジですかっ！」「ありがとうございます、エイダ様ぁ！」

大盤振舞いな申し出――なのだろう――を聞いた女たちは、一斉に歓声を上げ、我先にと大樹に飛びかかってきた。

「ウチら一生、エイダ様についていきますんで！」「久々の男ぉ……滾るわぁ♪」

一人の女は副長――エイダの反対側から顔を擦り寄せ、彼女がそうしていたように、大樹の耳にむしゃぶりつく。

「んはぁぁぁ……あむっっ、じゅるるるぅぅっ♪　んぇろっ、はぁっ、おいひぃっ♥」

「くひぃぃっっ⁉　ひゃっ、めっっ……んぐっっ、あうぅぅっっ！」

生き物のようにくねる熱い舌が耳穴に捻《ね》じ込まれ、グジュグジュと淫猥《いんわい》な音を響かせ、ねっとりと舐め回し、快感を注ぎ込んでくる。思わず身体を跳ねさせ、逃《のが》れるように暴れかけるが、しっかりと掴まれた身体はやはりビクともしない。重そうな装備を着けているとはいえ、ほとんどが華奢な女性にしか見えないというのに、彼女らの膂力は大樹の知る大柄な男たちほどもあるかのように、力強い拘束を与えていた。

「は、放して、くださ……ぁっ、んぅっっ！　んはっっ、はぁぁぁ……」

「あっははは、可愛い声だすじゃない♪」「乳首も可愛い……おいしそぉ♥」

言いながらシャツを肌蹴《はだけ》させた女たちは、プックリと膨らんだ大樹の乳首に吸いつくと、口腔《こうくう》で包み込み、舌を被せて舐め回してくる。

「んぶじゅっっ、じゅるるっ、じゅれろぉぉ……」「ぶちゅぅぅっ、ちゅばぁっ♪」

「んっやぁぁぁっっ！　らへっっ、はひぃぃっっ！　まらっ、イッひゃいまふぅ！」

呂律の回らない舌で叫ぶと、その唇を押さえるように背後から手が伸び、女性の指が舌をつまみ、扱き上げた。

「いくらイッてもいいわ……ほら、今度はお口で射精できるのよ、嬉しいでしょ♪」

「んふぁぁぁ……あはぁぁぁ……」

女性の指に舌を扱かれると、その心地よさに蕩けた喘ぎが溢れてしまう。たちまち弛緩した身体を抱き締めるエイダに肉棒を扱かれ、腰を突きださせられ、さらにはその肉棒の先端に、別の女性の唇が吸いついてきた。

「ふぁぁぁ……すんごい濃ゆい、ザーメンの匂いぃ……いただきまぁす♥」

「そんらっ、きひゃなっ……んぁうぅぅっっ！」

唾液のたっぷり詰め込まれた肉筒が、ヌルリとした感触とともにペニスを包み込み、ジュルジュルと音を立てて飲み込んでいく。それに合わせてエイダの指穴が滑り、肉棒を根元まで緩やかに扱き立てた。

（やっ、あっ……やばっ、いっ……こんなっ、すぐっ……うぅぅぅっっ！）

初めて味わうフェラチオの快感に加え、大勢の女性に密着され、愛撫され続ける快感は脳が灼ききれそうなほどで、瞬く間に脳を蕩けさせる。もはや身体に力は入らず、女性たちの腕や身体でなんとか支えられている状態だった。

「ぶじゅっ、じゅぱっっ、じゅるるるぅっっ♪」「ほらイケ、射精しろっ♪」

囁きに混じって耳や乳首がグチュグチュと舐め回され、気がつけば指や太ももにまで、女たちが吸いつき、しゃぶり立てている。貪欲な性的捕食者に捕らえられた哀れな獲物、それが大樹のいまの姿だった。

「んっふふふ……気持ちよさそうねぇ、淫乱チンポくん？　ほら、射精しろ……しろ、しろ、しろっ♪　みっともないおもらしで、私たちを悦ばせなさいっ♪」

エイダが囁き、耳をしゃぶる。頭全体を使った、まるでフェラチオのような唇と舌遣いで耳朶が犯され、その動きと同期させるように、指で作られたリングがペニスの根元を扱き立てられていた。

それら、身体中から注ぎ込まれる快楽が一つになり、重く熱い疼きとなって、下腹部から股間へ流れ込んでいく。咥《くわ》えついた女もそれを察したのか、頬を窄《すぼ》めて隙間なく肉棒を犯すと、エイダがしているように頭を前後させ、肉棒を扱き抜いていく。

「ほらイケッ♥」「イケッ♥」「ザーメンもらせ♥」「射精しろ♥」「アクメしろっ♥」

「ぶちゅっつっ、じゅるるっ、ちゅばぁあっ♥」「じゅぽっっ、じゅるるっ、ぐぽぉっ♥」

嘲りの混じった命令を囁かれ、粘膜の絡みつく淫猥な水音を奏でられ、全身を余さず快楽に蕩かされ、もはや抵抗は不可能——しようとすら考えられなかった。

「はっ、はっっ、あぁぁっ……イクッ、イキますっ、あぁぁぁぁっ……イクぅぅっ！」

——ビュグビュグビュグビュグゥウゥ～～～～ッッッ！　ビュググッッ、ブピュッッ、ドビュルゥウゥ～～～～ッッ！　ビクビクビクッッ、ドビュルッッッ！

みっともない叫びとともに、快楽の証を女性の唇へ注ぎ込む――その快感に腰がガクガクと震え、膝が崩れ落ちそうになる。その身体を女性らの手で支えられ、情けなさを味わわされながら、その手が這い回る快感に身を震わせ、さらに肉棒を爆ぜさせていく。

「んふっ、あっっ……くあぁぁぁっっ！　で、るぅっ……んんぅっっ！」

「うわ、すっご……♥」「射精なっがぁ……♥」「匂いここまで来るんだけど♪」

ヒソヒソと囁き合う彼女らの好色な空気が、耳から脳へ滑り込み、どこまでも牡欲と被虐欲をくすぐってくる。欲望は熟成された精液と混ざり合い、女性の口で扱かれるままに啜《すす》りだされ、腰を引くことができなかった。みっともなく腰を捧げた浅ましい姿をクスクスと笑われ、羞恥を覚えれば覚えるほどに肉棒は硬く膨らみ、乳首も痛いほどに勃起してやまない。小指の先ほどに膨らんだ突起に女性らは歓喜の声を上げ、嬉しそうにむしゃぶりつくと、それらもペニスと同じように、舌と唇で瞬く間に蹂躙《じゅうりん》された。

（やっ……ばっ、はぁっ……んっっ！　ぜ、全然、治まらないぃ……んっふぅぅ……）

女性らの手の中で横たわっているような状態で、全身に快楽と肉欲をみなぎらせながら、大樹は荒く息を乱す。その上向きの蕩け顔を、エイダが嬉しそうに見下ろしてくる。

「こんな風に犯されているのに、気持ちよくてたまらないなんて……とんだ淫乱なのねぇ、あなたって♥　飽きるまで味わってから、高く売り飛ばしてあげるわ♪」

「えぇ～、もったいないですよぉ！」「最後まで飼うか、私にくださいよぉ♪」

部下たちの勝手な言葉と笑い声に、エイダは無言の笑みで応えながら、ゆっくりと顔を下ろしてくる。真正面から見るのは初めてということになるが、思っていた通り、化粧っ気は薄いながらも相当な美人だ。ポッテリとした男好きのする唇は艶めかしく潤み、好色に細められた妖艶な瞳とともに、眼前まで迫ってくる。

「それじゃ、唇もいただいちゃおうかしら……ん、ふ……」

売り飛ばすだの、自分たちのモノだの——彼女らが野盗かなにかの類で、自分のことを戦利品としか思っていないことは、薄々感じていた。それでも、これほど魅惑的なキスシチュエーションを見せられては、逃れようという気にもならない。

(こ、こんな美人に射精させてもらって、しかも……キ、キスまでしてもらえるとか、マジかよ……異世界やばいな、もしかして最高なんじゃ——)

いまだにしゃぶられているペニスからの快感に、うっとりと表情を緩めてしまいながら、大樹は思わず瞳を閉じて、彼女の口づけを受け入れそうになる——が。

「っ……いい加減になさい、この下劣女ども！　これ以上の狼藉は許さないわよ！」

「——あら、まだいたの？　てっきり逃げだしたかと思っていたわ、お姫様」

嘲りの返事とともにエイダが顔を上げ、少女を見つめる。それを受けて部下の女性らも同じようにし、慌てた様子で武器に手をかけた。

「なんなのコイツ、やる気？」「この人数相手に、勝てると思ってるの？」

「勝てるかどうかより、やるかどうかよ——その男は、我が領土の男なんだから」

ダメージから回復したらしく、ミニスカドレスの少女は拾った剣を構え直し、こちらに突きつけている。美しく揺れるブロンドといい、見るからに高そうな装備といい、お付きのメイドといい、エイダの呼ぶお姫様という呼称といい、やんごとなき身分であることは疑いようもなかった。

緑色の大粒な瞳は、強い意志と覇気を感じさせ、気高い輝きを放っている。翻《ひるがえ》るブロンドは金糸のごとく柔らかに靡き、頭の左右に結わえられ、見目の麗しさを飾っていた。白い肌は遠目にも肌理《きめ》の細やかさが感じられ、まるで神々しく輝いているようにさえ見える。劇の演者として見ていたときよりも、さらに美しく、そして猛々しく、戦乙女のごとき威光を背負っているように感じられた。

「そこのあなた——大丈夫よ、私が必ず助けてあげる」

「え……あ、はい。いや、でも……危なくない、ですか?」

先ほどの力量差を見ているためか、どうしてもそんな考えが浮かんでしまう。気遣ったつもりだったのだが、少女はキッと瞳をツリ上げつつ、けれど気にしていないといったそぶりで口元に笑みを湛えた。若干引きつってはいたが。

「……し、心配は無用よ。おとなしくしていなさい」

「は、はぁ……お願いします、えーっと……ロザリー、さん?」

先ほど、確かメイドの少女がそう呼んでいたように思う。それを思いだして呼びかけたのだが、少女——ロザリーは驚いたように目を見開き、周囲の女たちは一斉に噴きだす。

「ぷふっ……さんって♪」「領民にも舐められてるなんて、さすが出来損ない♪」

（出来損ない……どういうことだ……？）

意味はわからないが、とにかく自分が失礼な物言いをしたのだと気づき、慌てて口を噤《つぐ》む。そういえば彼女はお姫様なのだ、さんではなく、様をつけるべきだった。

「す、すいません、ロザリー様っ……でも、本当に気をつけてください」

「――構わないわ。それに、心配は無用と言ったはずよ……もうすぐ来るはずだから」

ロザリーが意味深にそう囁いたことで、エイダを中心に彼女の部隊も、全員が警戒を露《あら》わにし、陣形を組もうとする。

「エイダ様、これっ……」「やばくないですかっ⁉」

「ええ、やばいわね……しくじったわ。この子があんまり美味しそうだからって、つい時間をかけすぎちゃったかしら。ともかく、急いで――」

それでも大樹だけは連れ去ろうというのか、エイダは大樹の腕を引き寄せ、抱え込もうとした。だが、その行動よりも早く――。

「ぉ――おぉぉぉぉ……ぬおぉぉぉぉおっっっ！」

「な、なんだっ⁉　地震っ……じゃ、ない？」

遠くから地響きのような音が聞こえてきたかと思うと、入り口のスイングドアが勢いよく弾き飛ばされ、何者かが飛び込んでくる。

「遅参いたし、申し訳ございません、殿下ぁっ！　事情は領民たちより伺っております、すぐさま敵を討ち果たしてご覧に入れましょうぞ！」

飛び込んできたのは、長身であるエイダやロザリーより、さらに背丈のある大柄な女性だった。それでもその巨躯《きょく》を感じさせないのは、どこか気品のある、彼女の整った顔立ちのためだろう。ロザリーほどではないが、生まれのよさを感じさせるほどに肌は美しく、なにより髪の艶やかさが印象的だった。

直前に見ているのがエイダの黒髪だからか、同じ黒髪であるだけに、違いがはっきりと感じられる。この女性のそれは、まさしく鴉の濡れ羽色――エイダの埃っぽくくすんだ髪も魅力的ではあるのだが、しっとりとした濡れ色の黒は、見ているだけで触れたくなる妖艶さを孕んでいた。

そんな艶やかな髪を、戦闘の邪魔にならないよう、頭の高い位置で結い上げている彼女の全身は、分厚い金属を繋げた鎧で覆われている。手には大振りの斧槍を持ち、腰にはこれまた大きな剣を帯びて、威風堂々とした立ち振舞いを見せていた。

ロザリーが姫だというなら間違いない、この女性の役割は騎士か、近衛隊長だろう。

「テレーズ様！　よかった、いらしてくださったのですね！」

メイドの――リコと呼ばれていた少女が嬉しそうに声を跳ねさせると、チラリとそちらを見た鎧の女性、テレーズは安堵させるように頷き、彼女を指さす。

「メイド、お前は殿下をお守りしておけ！」

「は、はい！　ロザリー様、どうぞこちらへ――」

そう言ってリコが手を引こうとするも、ロザリーはそれを制し、テレーズに告げる。

「その前に――テレーズ、まずは彼を助けなさい。どういう事情かは知らないけど、我が領土に現れた数少ない男性よ。傷一つ負わせないように、いいわね」

「御意にございまする！　ぬぅおぉぉぉぉ――っっ！」

本当に理解したのか――と思うような勢いで、斧槍を振りかざしたテレーズが一直線に突っ込んでくる。

（いやいやいや！　なんかよくわかんないけど、俺を助けようとしてくれてるなら、俺を人質に取られたら終わるんじゃないかっ⁉）

荒事に疎い大樹ではあるが、さすがにそのくらいはわかる――と思っていたのだが、驚いたことにエイダたちの対応は異なっていた。

「くっ、この脳筋女めっ……」「この男が怪我でもしたらどうするのよ！」

彼女らは大樹を巻き込まないように背後へ押しのけ、庇うように立ちはだかり、剣を構える。もちろん、彼女らの隊長であるエイダも同様だ。

「ふはははは、覚悟ぉ――っ！」

「ちょっと、お姫様イジメが過ぎたかしらね……くぅっ⁉」

振り下ろされた斧槍を受け止め、いなそうとするエイダだが、重々しい武器を振るっているとは思えないほどの速度で切っ先がぶつかると、一瞬にして彼女の剣は弾き飛ばされてしまう。先ほどのエイダとロザリーの戦いを、逆の視点で見ているかのようだ。

「副長、危ない！」「お下がりください！」「っていうか、逃げましょうよ！」

武器を失った彼女を庇い、部隊が後退しながら陣形を組む。それらを牽制しながら、堂々と大樹に歩み寄ったテレーズは、その肩をグッと掴み、爽やかな笑みで語りかけた。

「無事だな、少年？」

「え、ええ……ありがとうございました、テレーズさん」

もっとも、エイダたちにしても自分を害するつもりは、少なくとも現状ではなかったのだから、実際に助けられたかはわからないが――おそらくは彼女、ロザリーが保護してくれるということになるなら、感謝はしておくべきだ。

「よし、ならば下がっていろ！　私は連中を――退《しりぞ》ける！」

大樹の身体をロザリーたちのほうへ押しのけ、再び女騎士が鋭く床を蹴った。見るからに重そうな装備だというのに、まるで重量を意に介しておらず、先ほどと同じく斧槍が振り回され、横倒しになったテーブルや椅子を粉砕していく。

（……まるで重戦車だな）

その勢いから逃げ惑いつつ、なんとか立ち位置を入れ替えたエイダたちは、転がるようにスイングドアから飛びだしていく。

「サービスする前に、連れて帰っておくべきだったわね……仕方ない、いまは諦めてあげるわ。だけど、また会いましょう――絶倫で巨根な、美味しい牡牛ちゃん♥」

「え――あ、はい」

「はいじゃないわよ！」

思わず返事してしまった大樹をペシリと叩き、ロザリーがテレーズに指示を飛ばす。

「境界までは追撃を許可するわ、そこから見えなくなったら戻りなさい」

「御意に！　そらあぁぁぁっ、退かぬなら切り捨てるぞぉぉぉっっ！」

声高に返事を叫び、エイダたちを追って彼女も飛びだしていった。大声の主が消えたからか、先ほど以上の静けさを広げる屋内にて、大樹とロザリー＝バラデュールは向き合うことになる。

「それで――あなたは何者？　この土地を、ロザリー＝バラデュールの治める領地、バラド王国のレゾン自由区と知って、足を踏み入れたのかしら？」

「ロ、ロザリー様……あのような目に遭われた男性に、あまり強く言われては……」

詰問するような態度のロザリーを、リコがなんとか宥《なだ》めようとするが、彼女の剣呑な態度は変わらず、大樹を鋭く睨みつけている。

（バラド、王国……なるほど、ね……うぅ……）

そんな態度に苦笑しようとしたところで、フラリと頭が傾いた。

「……えっ？　ちょ、ちょっと、しっかりなさい！　ねぇっ、あなたっ⁉」

「た、たた、大変ですっ……わたし、ベッドの支度を整えて参りますので！」

「安全な場所に運ぶのが先よ！　手を貸しなさい、リコ！」

ようやく騒ぎが収まった、その緊張からか。それとも、やはりここが自分の知る世界ではないことを理解したことで、とうとう脳が限界を迎えたのか。

剣呑なロザリーの問いに応える余裕もなく、大樹はその場に崩れ落ち、意識を失ってしまうのだった――。

◇

（お、お、おぉ……ここが、例のメンズエステか――）

濡れた感触が身体中を這い回り、心地よさがズクズクと股間を疼かせる。濡れた布地は上質な生地なのか、滑らかな刺激で舐めるように肌を擦り、触れてくる指の刺激も相まって、肉棒は破裂せんばかりに膨らんでいるのがわかった。

（くっ、あぁぁぁ……扱き、たいぃぃ……これ、いいのか？　いいんだよな？）

抜きなしメンズエステでのそういった行為はご法度だが、ここは確か、なんでも思い通りになる店舗――すなわち、抜きあり店舗のはずだ。このまま扱こうが、その姿を見せつけようが、手伝ってもらおうが、客の思いのままである。

（よし、そうと決まれば――ぅっ、ぐっ……あ、あれ？）

そう思って手を伸ばそうとするのだが、妙な重さが動きを阻害し、ペニスに触れることができない。その焦れったさが、さらに股間を熱く火照らせ、痛いほどに反り返った肉棒が何度も跳ね震える。それと同時に、大樹は先ほどまでの状況を思いだしていた。

（待て――そういえば、確か……俺は、異世界っぽいところに来ていたんじゃ……）

だとするなら、ここは――。

（これは……夢、なのか？）

そう意識すると、フワフワとしていた感覚が徐々にはっきりとしていき、身体を擦っているのが柔らかなシーツか布団の感触だと気づく。腕が重いのは、夢の中にありがちな半覚醒状態の弊害、金縛りのようなものだろうか。

（とりあえず――無理やり、目を覚ますっ……くっ、おぉおっっ！）

　気合を入れて、まずは目を開けようとするが、腕と同じく鉛のように重い瞼が圧《の》し掛かり、目を開かせてくれない。その重さは、大樹の身体にかかっていた負担そのものだ。

（……ちょっと楽観視してたけど、実はかなりやばい状況なんだよなぁ）

　いきなりの異世界転移、そこからの目まぐるしい展開は、脳と身体に大きな負担を与えていたことだろう。まだもう少し眠っていたい、そんな気持ちが引き起こす疲労と睡魔はもしかすると、現実逃避の意味合いも含んでいるのかもしれない。

（とはいえ、寝ててもどうにもならんぞ――おらぁっ、さっさと起きろ！）

　冬の早朝に起床するように、今度こそパチッと目を見開いた大樹の意識は、一瞬にして覚醒に向かい――こちらを覗き込んでいた大粒の瞳と、視線を合わせることになる。

「うぉわっっ⁉」

「ひゃっ……す、すみませんっ、驚かせてしまって！」

　鈴を転がしたような愛らしい声音で、メイド服を纏う少女が囁いた。

　赤みがかった髪は長めのショートボブに整えられ、しっとりとした絹糸のごとき艶と柔らかさで、覗き込んだ大樹の顔を撫でるようにサラサラと揺れている。前髪は少し長いようだが、先ほど視線の合った大粒の瞳は、それに隠されることなくこちらを見つめ、キラキラと黄金色の輝きを放っていた。

　こちらの反応に驚き、半開きに緩んだ唇はやはり細く、小さく、触れれば溶け消えてしまいそうに、うっすらとした桃色に色づいている。けれど、陶器のような白肌に浮かぶそれは、実際の色合いよりもくっきりと浮かび、大樹の視線を惹きつけていた。

（おぉ……あのお姉さんとか、お姫様もかなりの美人だったけど……このメイドの子も可愛いよな、やっぱり……この世界では、これがスタンダードなのか？）

　思わず、声もなく見惚れていると、慌てた様子だったメイド少女は躊躇いつつも手を伸ばし、大樹の額に触れる。

「し、失礼します……えぇと、熱はないようですね……痛むところはありますか？」

「いや、大丈夫……もしかして、ずっと看病してくれてたんですか？」

　ゆっくりと起き上がりながら問うと、彼女は恥ずかしそうに俯《うつむ》き、小さく頷いた。

「そっか……あ、ありがとうございました。えっと……リコ──さん、でしたっけ？」

「はい……申し遅れました、ロザリー様お付きのメイドで、リコと申します」

　ベッド脇の椅子から立ち上がり、ペコリと頭を下げるリコ。いかにも異国人といった顔つきの彼女だが、そんな彼女と普通に会話できているのは、不思議な感覚だった。

（ここに来てすぐ──少なくともお姫様が言い争ってたときは、言葉がわからなかったんだよなぁ……やっぱりあれか？　射精させられたことが、なんかのきっかけに──）

　と──考え込みそうになったところで、なにかを聞きたそうにしているリコの態度に気がつき、大樹は慌てて話を向ける。

「っと……その、まずは……ありがとう、ございました。見ず知らずの俺を、こんな形で介抱してくれて……あのお姫様にも、ぜひお礼を言わせてもらいたいんですけど」

「あ——そ、その前に、えぇと……いくつか、お伺いすることがありまして……」

そう来るだろうな、と予想はしていた。

倒れる直前に聞こえたお姫様の言葉によれば、大樹は彼女が治める領土に突如現れた、素性の知れない怪しい男である。普通なら置き去りにするか、領土の外にでも捨てられそうなものだが、そこで気になるのが、騎士の女性に追い払われた一団の態度だ。

彼女らは大樹を貴重な存在として認識しており、弄《もてあそ》んだ挙句に、持ち帰って所有しようという相談までしていた。なにより、その場にいたのは全員が女性——本来であれば、荒事の片をつけるのは男性であるべきだろう。少なくとも大樹の知っている常識では、往々にして、そういった場で力を振るうのは男の役目だった。

なんとなくの想定を終え、大樹はリコの言葉を待つ。

「まず——お名前を、お伺いしてもよろしいですか」

「そうでした！　すみません！」

完全に失念していた非礼を恥じつつ、慌てて頭を下げた。

「俺は間宮大樹——あ、名前は大樹です。気軽に、呼び捨てにしてください」

「ダイキ、さん……ですね？　承知しました、それではダイキさん、改めまして——」

ご丁寧に敬称をつけてくれ、リコが続ける。

「ダイキさんは、どちらから来られたのでしょうか。我が国——少なくとも我が領土に、ダイキさんのような方はいらっしゃらなかったと記録されていますから」

「はは、ですよね……俺のほうも、この場所にまったく見覚えがないわけですから」

困ったように苦笑いする。その受け答えは逆に怪しかったかと危惧するが、少なくともリコに訝《いぶか》しむ様子は見られなかった。

「なるほど……あの、ダイキさん？　わたしなどに敬語は不要ですから……どうぞお気を楽にして、思いだせることをお話しください」

（あ、あぁ〜〜〜……これは、混乱してるって思われてるのかな？）

ショックによる記憶の混濁、記憶喪失の類と思われ、随分と気を遣われているようだ。だが、それでも不審な人間に対し、そのような対応をすることが普通だとは思えない。やはりこれは、大樹が男であるという事実が重要視されているのではなかろうか。

「リコさん——いや、リコのほうこそ、俺が男だからって気を遣わないでいいから」

「えっ!?　い、いえ、ですが……男性の接待を賜るなど初めてのことですし、まして我が領土にいる数少ない男性ですから、丁重におもてなしさせていただかなくては……」

「ああ——やっぱり男が貴重ってことみたいだな、なるほど」

確認が一つ済んだことでホッとする大樹の反応に、リコは小さく首を傾《かし》げた。

「まさか、そうしたこともご存じなかったのですか？　いえ、ですが……先ほど、自分が男であることを、引き合いにだされていましたよね？」

「いや、ごめん……あの逃げていった人たちの言葉とか反応から、そうじゃないかと思ってさ。申し訳ないけど、さっきのはカマをかけさせてもらったってこと」

特に隠すようなことでもないと、潔く頭を下げると、リコは恐縮するように手を振る。

だが、そのことによってなおさら、彼女は頭を悩ませることになったようだ。

「ということは――やはりダイキさんは、我々が男性の保護を第一に考えていることを、ご存じなかったということですよね？　どうして……ダイキさんの暮らしてきた場所には、それほど大勢の男性がいらっしゃる、ということでしょうか？」

「それはまぁ、ある意味ではそうなんだけど――」

この先の事実は伝えるべきか、伏せるべきか――少し悩んだが、少なくとも彼女は友好的に、そして真摯に接してくれている。そんな彼女のいる国が、いま自分を保護してくれようと考えているなら、すべて明かしておいたほうがお互いのためだろう。

「……ここからは、信じられないようなことを言うと思う。だけど俺は嘘を吐いてないし、リコやこの国、それにお姫様の領土をどうこうしようとは考えてない。俺だっていまだに、どうしてここにいるのかわからないんだから……それだけは、信じて欲しいんだ」

自分でもおかしなことを言っているとは思うが、こう説明するしかない状況だ。あとはすべてを話し、それから彼女に――そしてお姫様に、判断を仰《あお》ぐほかない。

「よくわかりませんが……わかりました。どうぞ、仰《おっしゃ》ってみてください」

大樹の口振りが真剣味を帯びていたおかげだろうか、リコも神妙な態度で座り直し、こちらの言葉に耳を傾けてくれる。そのことに感謝を告げ、大樹は語り始めた。

「まず——おそらくだけど、俺はこの世界の人間じゃないと思う」

そんな突拍子もない言葉には、さすがのリコも不思議そうな表情を浮かべ、訝しむ反応を隠せていない。それでも彼女は、黙って大樹の言葉を待ってくれていた。

それを受けて、大樹は説明を続ける。

地球という世界、日本という国、そこで自分はとある店を訪ね、気がつくと先ほどの場所にいたこと、そして戻ろうとしたが帰り道が失われていたこと——。

「言葉については、リコやお姫様も聞いてたと思うけど、最初はまったく通じていなかったはずだ。みんながなにを言っているのかわからなかったし、俺の言葉も通じていなかったと思う。その……わかるようになったのは、俺が射精した直後からじゃないかな」

少女の前でそんな言葉を口にした羞恥に、思わず耳を熱くする。そんな反応を見たリコは、大樹以上に恥じ入る——などということはなく、劣情を覚えたような好奇溢れる顔でこちらを見つめ、妙にモジモジとし、太ももを捩《よじ》るように脚をくねらせていた。

それはまるで——予想外のエッチなハプニングを目にした童貞の男子学生が、勃起したのを慌てて隠し、誤魔化そうとしているかのような反応だ。

（ああ、やっぱり——こんな若い女の子でも、頭の中はさっきの女の人たちと同じで、俺にエロいことしたいって考えてるんだろうな……っていうか、反応エロッ！）

　自分よりも僅《わず》かばかり年下に見える彼女――それも元の世界なら、純朴で清楚にしか見えない可憐な美少女が、少しいやらしい単語を聞いただけで反応し、発情してしまっているという状況に、股間が熱く昂《たかぶ》ってくる。

「あ、あの、ダイキさん……？」

「あ、ごめんごめん――と言っても、あとはまぁ、リコも見てた通りだと思う」

　そう指摘すると、リコは大樹の陵辱劇を思いだしたのか、申し訳なさそうに顔を伏せた。

とはいえ、彼女の手は長いスカートの股間付近をキュッと握り、なにかをこらえるように押さえつけていたが。

「あの女の人たちに、色々されて……それから騎士の人に助けてもらって、お姫様に問い詰められて、気絶した――そんな感じだな」

「す、すみません、お辛いことを思いださせてしまって……」

「いやいや、大丈夫だって。地球と日本のことも説明したけど、俺の住んでた世界じゃ男のほうがエッチなことに積極的でさ。さっきのも、むしろ嬉しいくらいなんだからさ」

　明るく笑い飛ばすように返すと、リコは驚いた様子で目を見開き、感嘆するように熱いため息をもらした。

「はぁ――すみません、疑うつもりではないのですが……それが本当だとしたら、私たちにとっては理想的な世界、と呼べるかもしれませんね」

「あの様子じゃ、そうかもなぁ……」

あれだけの美女たちが、一人の男に群がり、絶頂させて悦ぶ――元の世界であれば、男の夢ですらある痴女ハーレムというシチュエーションが、こちらの世界では犯罪になるのだ。いや、元の世界でも犯罪ではあるのだが、あれだけの美女集団に迫られて拒否する男など、よほど潔癖な人間でなければあり得ないだろう。その犯罪的行為を、むしろ男の側が望んでいるような世界は、この世界の女性にとっては垂涎《すいぜん》ものに違いない。

(……いや、待て。つまり俺はいま、その垂涎ものの状況にいるんじゃないか？)

あらゆる女性が男を欲し、男を射精させて見世物にし、悦ぶという世界――彼女らの要求に応じる必要もありそうだが、こちらが望めばなんでもしてくれる、という想像もあながち間違いではないだろう。行こうとしていたメンズエステで叶えたかったシチュエーションが、まさか異世界で味わえるとは思わなかった。

「……リコも、俺にああいうことしたいって、思ってたりするのか？」

「ふぇっ⁉　なっ、ななっ、なんっ……わたっ、わたしは、その、そのようなっ……」

何の気なしに確認してみただけなのだが、やはりというべきかリコは大慌てで、童貞男子のような反応を見せてくれる。自分が逆の立場で、同級生の痴女にそんなことを言われたら、胸を張って頷いてみせただろう――そんなことを考え、破廉恥さを反省する。

「それじゃ――こっちの世界のことも、よかったら教えてもらえないか？」

「そ、そうですねっ！　ダイキさんの話が本当なら、わたしたちの常識については、まるでご存じないということのようですし……それでは――」

浅ましい欲望を誤魔化すように咳払いを一つ挟み、彼女は語りだした。

「まず――わたしたちの国だけでなく、この世界は男性が圧倒的に不足しているんです」

世界という言い方を借りるなら――と、リコは付け加える。

「そもそも種として、女性が生まれやすいということもあるのですが……それゆえに、各国の地位や権力を持つ方々は自身の力を誇示するため、年頃の男性を囲い込み、ハーレムとして抱えているのです。数少ない男性を一人の権力者が抱え込むわけですから、結果として下々の間には行き渡らず、男性の存在が貴重になってくるんです」

「女性が生まれやすいって、どのくらい？」

「そうですね……仮に十人の子供を作ったとして、一人でも男であれば凄まじい幸運、というくらいにでしょうか」

確率としては一割に満たない、下手をすれば九割九分は女が生まれるということだ。

「それはまた……いや、でもおかしくないか？　そんな状況で一人の女が男を独占したら、あっという間に子供が生まれなくなって、国が滅ぶんじゃ――」

「はい、仰る通りです。ですが、その……女性のサガと言いますか、えぇと――」

急にモジモジとしながら、リコが逡巡《しゅんじゅん》する。しばし言いあぐねていたようだが、やがて覚悟を決めた様子で、耳を染めて恥じ入りつつ、言葉を続けた。

「どの女性も、欲望を満たしたいという気持ちは、あるわけですから……そういった中に、ハーレムから必要に応じて男性を下賜《かし》する、という形が政《まつりごと》の基礎となっています。各国の王――この国の国王陛下ももちろん、そのような形で国を治めているわけです」

「……あっ、ああ！　なるほどね、そういう……性欲を人質にされてるのか……」

自分の国で労働し、国を栄えさせるなら、男を貸し与えてやる――国王と民衆の間にはそういった契約が結ばれ、いわば御恩と奉公のような関係で、国家運営をしているということだ。それにしても、そうまでしなければ抗《あらが》えないほどに、この世界における女性の性欲は強いということなのだろうか。

「せ、性欲というよりは……その、子供を……赤ちゃんを孕むというのが、欲求の根底なのだと思います。性欲のほうも否定はしませんが、それだけなら男性に頼らずとも、解消方法はあるわけですし……」

「――というと？」

ちょっとした悪戯《いたずら》心、セクハラのような気持ちで問うと、思った通りに頬を赤らめつつ、伏し目がちで躊躇いながら、リコは恥ずかしそうに答える。

「じ、自分で……とか……あとは、女性同士で――」

「マジでっ⁉」

素晴らしい――同性間の行為も広く認められているとは、ある意味で自分のいた世界より進んでいるのではないだろうか。とはいえ、そこには合理的な理由も感じられる。一人の男を複数の女で共有するのが当たり前という世界なのだから、女性同士の接触を忌避していては、効率よく性行為に及べないはずだ。女性同士というより、多人数プレイが推奨されており、結果として、女性同士の行為に嫌悪を抱かなくなったのだろう。

「……もしかして、リコとお姫様も、そういう――」

「わたしとロザリー様は、そのような関係ではありません！」

血相を変えた彼女は思わず叫び上げ、慌てて声のトーンを落とし、囁いた。

「その、わたしは平民の出ですから……王家の方とそのような行為に及ぶなど、もってのほかです……そんな畏《おそ》れ多いことなど、考えたこともありません」

「そうか……いや、そうだよな。お姫様ってことは、王家の抱えてる男を優先的に使えたりするわけだし、その必要もないのか……」

大樹がそのことに気づいて口にするが、そこでリコはふと表情を暗くし、躊躇いがちになりながらも、国の内情について語り始める。

「それが、そのようなことでも……ロザリー様には、クロエ様と仰る妹様がいらっしゃるのですが、継承権はその妹様がお持ちなのです。そうした事情から、お二方の立場を明確にすべく、ロザリー様は国王陛下より、後宮の男性との触れ合いを許可されておらず……やがて王宮より放逐され、王国の隅にあるこの地へ封じられることとなりました」

悲しそうに目を伏せるリコの態度は、ロザリーの受難を憂いていることがはっきりと感じられた。ロザリーのことを慕い、彼女の力を知り得ているからこそ、この不当な扱いに憤り、嘆き、なにもできない無力さを噛み締めているのだろう。

「妹のほうが、序列が上……こっちの世界では、長子が優先されるわけじゃないのか？」

「いえ、そこにも事情があるのですが……すみません、それは申し上げられなくて」

なにかしらの理由で、姉であるロザリー姫は後継に相応《ふさわ》しくないと判断され、厄介払いのように田舎へ追いやられたということだ。

「とはいえ、ロザリー様もお国のため、あらゆることに尽力しておいでです。村の産業にも手を加えられていて……ただ、人手や資材の不足に加え、先ほどの野盗たちが頻繁に押し寄せることもあって、たやすくはないのですが」

リコはそう言うが、この村が活力に満ちた場所であることはわかる。おそらくは酒場であろうあの家屋にも、そこから眺めた田舎の街並みにも、どこかしらに人の手が加えられており、土地で暮らす人々の営み、息吹のようなものが感じられた。

彼ら――否、彼女らは暮らしに絶望しているわけではなく、また停滞してもおらず、なんらかの希望を抱いて日々を送り、生を謳歌している。そうした意識が民衆から生まれるということは総じて、上に立つ人物の器量が優れているということだ。

きっとロザリーは、リコだけでなくこの土地の領民からも愛され、大切に思われているのだろう。そして彼女もまた、継承権を失ったからといって腐ることなく、領民と土地を愛し、豊かな暮らしを与え、ひいては国を豊かにするため、邁進している。

(男を手中にするって目的もあったとはいえ、見知らぬ俺を守ってくれようとするくらいだもんな……失礼なことも言っちゃったし、ちゃんと謝ったほうがよさそうだ)

守ってくれた――といえば、リコも触れた野盗のことが少し気になった。

「あのお姉さんたち——野盗って言ったよな？　ああいう人たちは、昔からこの近辺にいたってことなのか？　ずっと領土が荒らされていて、王国は手を打たなかったのか？」

「それは……どうなのでしょうか。わたしたちもこちらへ来て、まだ二年ほどでして……ですが、言われてみればそうですね。彼女らが襲ってくるようになったのは、確か半年ほど前ですが……それから月に一、二度やってくることを思えば、現れたのは最近なのかもしれません。村の産業も軌道に乗り、これからというところでしたのに……」

悔しそうに唇を噛むリコの姿に、大樹は思わず、彼女の手を取っていた。

「え——ダ、ダイキさんっ⁉」

「そんな状況なのに、俺を守ってくれてありがとう……で、だ。お礼と言ってはなんだけど、なにかできることがあるなら、俺にも協力させてもらえないか？」

こちらの言葉が聞こえているのか、いないのか——手を取られた驚きに、顔を真っ赤にして慌てているリコに、大樹は続ける。

「産業の手伝いもそうだけど、野盗を追い払うのにも、協力できるかもしれない……ほら、俺だって男なわけだし、女の人相手なら、簡単にやられたりしないと思うんだ」

「え、と……それは、どういうことでしょうか？」

あたふたとしていたリコだったが、いまの言葉におかしなところでもあったのか、不思議そうに小首を傾げる。

「どういうって……そのままの意味、だけど？」

「……あの、つかぬことをお伺いしますが——もしかしてダイキさんの世界では、男性が女性よりも強かったりするのでしょうか？　腕力や、体力的に……」

「——えっ」

そんな馬鹿な——と思うが、よくよく考えれば、そうなのかもしれない。数が少ないとはいえ、男性をモノのように扱う女性の政治に、反発を覚えない男性がいないというのもおかしい話だ。一ヶ所に集められた男たちが女より強ければ、一斉に蜂起すれば逃げることは容易《ようい》で、国家運営に大打撃を与えることになる。それが起こっていないのだとしたら、よほど男性が優遇されているか、そうする気力すらないということだ。

後者の場合、考えられることは二つ。一つは、扱われ方や数の問題で、男性側から暴力的な思考や反骨精神が失われているということ。そしてもう一つは、リコが指摘したように、男性が肉体的にも女性に劣っており、抵抗できないということだ。

（あるいは、両方——いや、だけど……）

それはあくまで、この世界のことで——よそから来た自分であれば、並の女性になら対抗できるのではないだろうか。

「……ダイキさん、お気持ちだけいただいておきます。ですが、ダイキさんは男性なのですから……なるべく屋内で、ご自分を大事になさっていてください。この領土にいらっしゃる限り、大切に扱わせていただきますので」

「だ、大丈夫だって！　なんだったら、力比べでもしてみないか？」

そうすれば、自分の——異世界の男の力を実感してもらえ、頼りにしてもらえるはずだ。

そう思って大樹は手を伸ばすが、リコは困ったように苦笑いするばかりである。

「男の人に暴力なんて、とんでもないことです……どうぞお許しください」

「いや、本当に大丈夫だからさ、一回だけでも——」

そこへ——部屋の入り口から、諭すような声が投げかけられた。

「あなたには無理よ。男は男らしく、女の言うことに従っていなさい」

凛とした、小さくともよく通る声が響き、カツンッと床を鳴らして少女が入ってくる。

長く軽やかなブロンドを頭の左右で小さく結び、それを揺らして歩く少女の背は高く、王者としての雰囲気を感じさせる、堂々とした足運びと立ち振舞いだった。

その表情には厳しさと優しさを秘めた輝きが浮かび、緑柱石のような瞳は美しく、キリリと引き締まっている。リコよりも肌理細やかに見える肌が、彼女よりも少し焼けて見えるのは、それだけこの田舎町を闊歩《かっぽ》し、領民の生活を見て回っているためだろう。それでも女性としての美を些《いささ》かも損なっていないと感じさせるのは、生まれ持っての美しさ、高貴さ、品のよさが佇《たたず》まいから表れているからだ。

モデルのように背筋を伸ばし、胸を張って立つ彼女の全身は、布地の少ないビスチェのようなドレスに包まれている。際どいデザインであるため、丸みを帯びたヒップや太もものラインはもちろん、スラリと伸びた美脚に、局部までが見て取れた。

そのドレスで隠せない部位は鎧のパーツで覆われており、その武骨さが逆に、女性らしい肉体とのギャップを感じさせる。思わず食い入るように見つめてしまっていた大樹だが、やがて彼女が歩みを進めた音を聞いて、ハッと我に返った。

「む、無理ってどういうことだよ……やってみなきゃわからないだろ？」

「ダ、ダイキさんっ……ロザリー様に、そのような口を――」

「構わないわ。せっかく私のもとに来た男なのよ、そのくらい自由にさせなさい」

王者としての――否、女性としての余裕だろうか。少し鼻につくくらいの上から目線に、大樹は思わず反発を覚える。

「お優しいお姫様だな。まずは、保護してくれたことに礼を言うよ」

「気にしなくていいわよ。私の領地に男は皆無……年頃の若い男が来たなら、丁重に扱わせてもらうわ。もちろん、この地を離れることだけは絶対に許さないけどね」

「それは俺が決めることだろ？」

起き抜けのためか、ベッドから立ち上がろうとすると、僅かに足元がフラついた。リコが慌てて支えてくれようとするが、それを制して、大樹はロザリーと向かい合う。

「あら、ここを出ていくの？　こう言ってはなんだけど……あなた、ほかに行く当てがあるっていうのかしら？　お話では、異世界とやらから来られたそうだけど」

「なるほど。女らしく生きる王家のお姫様は、盗み聞きが得意らしい」

煽るような大樹の言葉に、スゥッとロザリーの瞳が細められた。空気の変化を察し、リコが慌てて止めようとするが、彼女が言葉を発する前に、姫君がそれを手で制す。

「忘れているようだから思いださせてあげるけど、あなたみたいなか弱い男が領外へ出たら、例の野盗たちの餌食になるだけよ。この地にいる限り、安全は保障してあげる……それが理解できたら反発せず、おとなしくしていなさい」

「俺だってそうしたいけどな……聞いてたならわかるだろ？　異世界の男として、女に一方的に守ってもらうわけにもいかない。せめて、その安全保障に協力させてくれないかって、頭下げてお願いしてるんだ」

「そういうことは、頭を下げてから言うものよ」

言われてみれば、確かに頭は下げていなかっただろうか。だが、この強気な女性に頭を下げることは、なんとなく癪だった。

「なら、下げさせてみたらどうだ？」

「――男をそんな風に扱うなんて、この世界を生きる女にはできないことよ。だけど、どうしてもして欲しいと男から頼まれたなら、やってあげるのもまた、淑女の義務ね」

言いながらロザリーは腰の剣に手をやり、けれどそれを抜くのではなく、鞘ごと外して床に放り捨てた。

「いらっしゃい、異世界からのお客様――特別に私自ら相手をしてあげる。男相手なら、左手一本で十分よね？　一発でも私を殴れれば、戦力として認めてあげるわ」

「そりゃあ嬉しい――けど、こっちだって女を殴るような教育は受けてないんだ。寸止めで勘弁しといてやるよ！」

言い放ち、一気に距離を詰めた大樹は、心苦しいながらも拳を振り上げる。相手の左手しか使わないという煽りをありがたく頂戴し、対応しにくい右側から、だ。

（よし、当たる――）

ロザリーの反応が遅れているのを見て取り、大樹はそのまま拳を振り抜く。もちろん当てるつもりはなく、顔の前で寸止めするつもりだった。けれど――。

「……遅すぎるわ。そんなのでよく、協力したいなんて言えたものね」

「え――うおっっ⁉」

凄まじい速度で動いた左手が、大樹の手首を力強く掴む。こちらの突進の勢いを完全に殺し、受け止めきるほどの膂力で握られた腕が引かれ、身体が大きく振り回される。

「おわあぁぁぁっっ⁉」

「男を殴るつもりはないから――これで十分でしょう？」

グゥンッと宙を舞わされた大樹の身体は、そのまま放り投げられ、再びベッドの上へ叩きつけられた。柔らかな布団のおかげか、痛みを感じることはなかったが、ショックで呆然《ぼうぜん》とする大樹に、ロザリーがゆっくりと歩み寄る。

「手荒なことして悪かったわね。だけど、これでわかったでしょう？　確かに並の男よりも身体つきはいいし、筋肉もあるとは思う……でもそれだけよ、女の力には敵わない。私相手でさえこれなら、あの野盗になんて到底及ばないわよ。諦めなさい」

そう言われて思いだすのは、彼女に掴まれたときも、まったく抵抗できなかったことだ。

あれは魅力的な女性に密着され、抵抗する気が起きないせいかと思っていたが、なんのことはない。肉体的に劣っていて、普通に抵抗できなかっただけなのだ。

（……身体の作りが、根本的に違うみたいだな。俺より細く見える腕でも、中に詰まってる筋肉とかの質が、まるで別物だ。単純に、俺の何倍も強いんじゃないか……）

ロザリーの言葉にも反応できず、ベッドに横たわっていると、さすがに申し訳ないと思ったのか、彼女は大樹を覗き込むように身体を傾けた。

「……とりあえず、ゆっくり休んでいなさい。さっきも言ったけど、ここにいる限り、悪いようにはしないわ……少なくとも、あの野盗たちのような扱いはしない。あなたの男としての役割は、そのうち果たしてもらうけど……選ぶ権利くらいは与えてあげるから」

「あ、あの、ロザリー様……」

慰めるように肩を叩き、ロザリーはこちらに背を向ける。

「あとは任せるわ、リコ。私はテレーズと、今後の対策を協議しておくから」

気まずさに追い立てられるように、ロザリーが部屋をあとにする。残されたリコはオロオロとしつつ、とりあえずといった様子で、寝転んだままの大樹に布団をかけた。

「その、気落ちされないで……げ、元気をだしてください、ね？」

「ああ、うん……ありがとう……」

情けない――というより、ただ恥ずかしかった。

言い方は癪だったものの、ロザリーはロザリーなりに大樹のことを思いやって、なにもするなと言ってくれていたのだ。男の安いプライドで反発し、それを無下にしてしまったことが恥ずかしく、大樹はしばらく、身体を起こすことができなかった——。

◇

「お姫様はねぇ、少し言葉はキツいけど、悪い方じゃあないんだよ」

そう語ったのは、リコとともに大樹の世話を命じられたという、村の女性たちだ。

しばらく休み、気を取り直した大樹が空腹に気づき、どうしたものかと考えていたところへ、リコと彼女らが食事の支度をしに来たのである。そんな彼女たちの年齢は、下は二十から上は五十間近と幅広いのに、皆とても若々しい風貌をしていた。それでいて年齢を聞けば納得できるような、熟れた魅力も不思議と内包している、現代であれば美魔女と呼ばれるような、美しい女性ばかりだった。

(やっぱり、このレベルがこっちの世界のスタンダードなのか……最高だぜ!)

大樹の世話を誰がするかという相談でも、老若問わず奪い合うという騒動があったらしい。それだけ自分という若い牡が歓迎されているのだと思うと、健康的な十代男子としては、妙な気を起こしてもやむを得ないといったところだ。

(……これ、触っても怒られないんじゃないか?)

一人の三十代半ばという女性に肩を借り、ベッドから食卓まで移動しようとした大樹は、ふとそう考えて彼女のムッチリとした尻房を触ってみたのだが、まるで嫌がるそぶりは見られなかった。それどころか、大樹の態度に気をよくしたかのように、彼女のほうから乳房や太ももを擦りつけ、ぴったりと密着してくるのである。

（マジかよ……やばい俺、この世界に永住してぇ……）

身体を支えてもらうという建前で、柔らかな肉体を存分に堪能したところで席に着き、大勢の給仕を受けながら食事を済ませた。その席で聞かされたのが、先の言葉だ。

「悪い方じゃない、か……」

「そ、その通りです、ダイキさん！　ロザリー様はいつも領民の方々を気遣って、皆が豊かな暮らしをできるよう、あらゆることを意識していて——」

「あ、いや——それはわかってるんだけどさ」

なんとなく呟き、復唱してみた言葉に、思ったよりも大きな反応が返ってきた。

「……そうまでするのは、なにか理由があるのかと思ってさ。ここに来ることになった経緯もそうだけど、そんなに王家と折り合いが悪かったりするのか？」

「それは……はい、その通りです」

逡巡しつつも、リコは言っておくべきだと判断してくれたらしい。

「ロザリー様とクロエ様の扱いの差は、それはそれは露骨なものでした。ロザリー様がこの地に封ぜられたあと、クロエ様は嫡子として強権を与えられることとなり、中央にて一部の軍権すら握っていらっしゃると聞きます。それに付随する形で——一部の地区に対しては、独断で様々な決定権を行使できる、とのことです」

「へぇ……ん？　その、一部の地区っていうのは——」

「はい――このレゾン自由区も、クロエ様がお望みになれば、ロザリー様に代わって治めることもできるでしょう。ただ、その……クロエ様は、ロザリー様とは……領民に対するお考えが、違っていらっしゃいますから……」

王家の批判をできない立場であれば、そう言及するのが精いっぱいなのだろう。だが、そこまで聞けば察しはつく。

「領民の人たちが虐げられないよう、この地区を盛り立て、その妹が手をだせないほど大きな地区にしようっていうのが、お姫様の考えなわけだ。けど、そうして踏ん張っている代償として肝心の男は分けてもらえず、野盗が頻繁に襲ってきてるってのに、援軍の一つも送ってもらえない――疲弊させて、姉の大事な地盤を奪うためにも、か」

「……はいっ……あっ⁉」

悔しそうに肯定したリコは、ベッドメイク中だったシーツを強く握り潰してしまい、慌てた様子でそれを伸ばしていた。そんな彼女の手を止めさせ、大樹はベッドに上がる。

「ダ、ダイキさん、まだ途中ですから……」

「いや、いいよ。俺のベッドなんて適当で……それより、嫌なことを話させてごめんな」

フルフルと力なく首を振るリコは、やはり現状を再認識したことで、少し落ち込んでいるように感じられた。そんな彼女の手を取り、ベッドの隣に腰かけさせる。

「ふぁ……あの、ダイキ、さ……こ、このようなことは、あまり……」

「まぁまぁ、そう硬くならないで――ちょっと頼みたいことがあるだけだからさ」

「は、はぁ……わたしにできることでしたら、なんなりとお申し付けください」

リコは従順にそう答えるが、大樹としてはもちろん、頼みごとがあるわけではない。自分によくしてくれる彼女を、少しでも明るい気持ちにしてあげたいだけだ。

（とはいえ、俺は女心がよくわかんないし……いや、待てよ？）

この場で考えるべきは、女心なのだろうか。この世界の女性は、元の世界での男性の思考――目の前にいる少女は少女ではなく、自分と同じ童貞男子の思考を持ち、自分よりかなりムッツリな性格ということだ。

（童貞男子の元気がないとき、なにをされたら元気が出る……？）

女子と楽しく会話できるだけで、『もしかしてこの子、俺に惚れてるんじゃね？』と勘違いし、やたら前向きになってしまう悲しい生き物――それが童貞男子だ。その関係性が会話から触れ合いへ、そしてより濃厚なスキンシップになるにつれ、思い込みと自信が力を与えてくれるのである。となれば――。

「えーっと……そうそう、色々あったからかな、実はまだちょっと疲れてるみたいでさ。よかったら、マッサージでもしてもらえないかな。全身お任せって感じで」

同世代の異性、自由に触り放題――これに勝る距離の近さはあるまい。自分が女子にこんなことを言われたら、一気に一線を越えてしまう自信があった。

リコとて年頃の女子であり、自分ほどではなくとも、心の奥に獣欲を滾らせているだろうと大樹は目している。男に触れたこともないと言っていたくらいだ、ここで男に触れられるとあれば、大いに喜び、元気になってくれるに違いない。

「っっ……え、えぇと、それは……私がダイキさんに、マッサージを……つまり、その……お、お身体に触れて……ということでしょうか？」

案の定――顔を真っ赤にしたリコは、自分の手と大樹の身体を交互に見つめ、なにかに葛藤しているようにプルプルと頭を震わせ始める。

「よ――よくないですっ、それは！　たた、確かに女性同士でやることはありますし、一部の王族は、男性と相互にマッサージされることもあるようですがっ……じょ、女性のほうから男性にするなんて、そのっ……普通は、失礼なことなんです！」

いけない、だめだと口にしてはいるが、彼女の目は興味津々といった様子で大樹の身体に向けられており、心の底から嫌だと思っているわけでないのは明らかだ。要するにこちらの世界では、断りなく女性から男性に触ることや性的なアピールをすることが、いわゆるセクハラや、痴漢――痴女行為として認識されているらしい。思い返せば野盗のエイダにされていたことにも、お姫様やリコは激昂して反発していたのだから、あれは相当な陵辱行為、いわゆるレイプという扱いになるのだろう。

（なるほど――ってことは、だ……）

よくないから、あるいは男性が求めないからこそ、女性が引け目を感じて迫ってこないのであり――男の側が誘いさえすれば、本当はやりたいという女性が大多数なのではないか。そうでなければ、野盗のお姉さんたちがあれだけ盛り上がっていたわけもなく、リコたちも見入ったりはしていなかったはずだ。

（そうと決まれば、まずはやってみることだな……）

逆に考えれば、こちらからリコたち女性の身体に触れ、マッサージをしてもセクハラにはならず、むしろいわゆるメンズエステの逆バージョンとして、女性たちから大いに喜ばれる可能性もある。いずれはそうした行為にも手を伸ばすとして、まずは彼女たちから触れてもらうという行為を、自分に対しては合法だと認識してもらわなければ。

「あの、ダイキさん……私、なにか失礼なことを……？」

「いや、そうじゃなくて……こっちの世界だと、随分と女性は気を遣ってるんだと思ってさ。とにかく、俺に対してはいちいち気がねしないで、好きなようにしてくれて構わないから……マッサージ、やってみてくれないか？」

「え――って、ちょっと⁉　なにをっ……や、やめてください、ダイキさんっ！」

再びベッドの上へ横たわり、着ていたブラウスやデニムを脱いで下着姿になると、リコは慌てた様子でシーツを引っ張りだし、大樹の身体にバサァッと被せて覆い隠した。

「なにをなさっているんですか、いきなり！　だだ、男性がそんなっ……女性の前で、肌を晒すような無防備な格好を……いけませんっ、破廉恥です！」

「そうは言っても……直接、身体に触れたほうが効果あるんだし、仕方ないだろ？」

シーツを剥《は》がそうとすると、必死にそれを押さえつけられる。予想外の力強さに抗いながらそう告げると、ムグッと困ったように彼女が言葉を詰まらせた。

「ほら……俺が頼んでるのはいやらしい行為じゃなくて、あくまで治療行為なんだから。そうやって意識されると、こっちのほうが恥ずかしくなるんだけど？」

「そ、れは……そう、なのかも……しれませんけど……」

「そんなに抵抗があるなら、そうだな——俺が触る場所を指示して、その通りにやってもらうってのはどうだ？　それだったら、俺がお願いしてるってわかりやすいだろ？」

そう言ってシーツを滑らせ、タンクトップの胸元や肩をチラつかせると、リコは真っ赤になりつつもチラチラとこちらを見やり、徐々に手の力を緩めていく。あと一歩だ。

「実を言うと——俺、向こうの世界ではマッサージのこととか色々と調べててさ、それなりに詳しいんだよ。リコがお姫様たちにもマッサージしてあげてるんなら、なにかアドバイスできるかもしれないし……勉強のつもりで、試してみないか？」

「ぅ——ま、まぁ……勉強になるというなら、やぶさかではない……ですね……」

(——落ちたな)

ニヤリと内心でほくそ笑み、シーツを引っ張ると、すでに彼女の力は抜けきっており、スルリと肌を這って滑り落ちた。なんてことのないタンクトップ姿の上半身が晒されるが、それを目にしたリコは息を呑み、コクリと小さく喉を鳴らして、尊いものでも目にしたように瞳を細め、こちらを凝視してくる。

「……どうかな？　その、ちょっとは鍛えてるつもりなんだけど、おかしいか？」

「ふへっ⁉　ぜっ、ぜぜんっ、全然っ、おっ、おかしくないっ、ありませんっっ！　とても――えっと、き、綺麗な、お身体かと思います、はいっ！」

「そっか――ありがとな、リコ」

　自分でも気持ち悪いと思いつつ、はにかんだように微笑んでみせると、やはりそういった仕草がストライクだったようだ。彼女はスカートの股間を強く押さえつけ、気持ちを逸らすように何事かを呟きつつ、太ももを擦り合わせている。おそらく、神かなにかに祈りを捧げ、欲情したことを懺悔しているのだろう。

（生真面目系ムッツリ女子、悪くない――いや、いい！）

　痴女が真面目な優等生男子を誘惑する、そんなシチュエーションのエロ漫画をいくつも読んだことを思いだしつつ、リコの手を取って、寝転んだ身体に導く。

「本当はうつ伏せになって、背中のほうからやってもらうべきなんだろうけど……こっちのほうが見ながら教えられるし、この体勢でやってもらうぞ」

「は、い……よろっ、よろしく、お願いします……ぅくっ……」

　遠慮しがちだった彼女の視線は、いつの間にかしっかりと大樹を見つめるようになっており、胸板や脇腹、果ては下腹部のほうにまで向けられ、全身を往復している。ここまで興味津々でいてくれるなら、もっと触れられる体勢のほうがいいかもしれない。

「それじゃ――リコもベッドに上がってもらえるか。それで、俺の太ももに跨《また》がる感じで座ってくれ。そこから手を伸ばして、上半身からマッサージしてもらおう」

「あ、脚に、ですね……は、いっ……おぅっ、ほぉ……あぁ、すごい……」

決して柔らかくはない——どちらかといえば硬いはずの太ももに跨がったリコは、男体の神秘に触れたとばかり、感極まった様子でため息をもらした。そんな彼女の、置き場に困っている手を引いて肩に触れさせ、体重をかけるよう指示する。

「身体を支えてもいいから、手をついて……ほら、首から肩にかけてのラインを指で押してみると、硬くなってるのがわかるだろ？」

「あ——はい、確かに……なるほど、こんな風に……」

リコ自身、やはりマッサージにはあまり詳しくないらしく、その手つきはおっかなびっくりで、探り探りといった印象だ。細くしなやかな指が筋肉の凝りを確認しながら、ギュッギュッと弱めの圧力を加えてくる。そのまま揉んでもらってもいいが、まずは緩やかなやり方から覚えてもらおうと考え、肌を撫でるような指圧を繰り返してもらう。

「とりあえずは、凝りのある部分や血流の集まる場所——いわゆるリンパ腺を把握してもらいたいからな。俺の言う通りに、ゆっくりと身体中を撫でていってもらえるか」

「か、身体中をっ……は、い……頑張り、ます……ゴクッ……」

跨がられた太ももが、彼女の脚でキュッと挟み込まれ、ショーツ越しの熱く湿った感触が伝わってきた。その刺激だけで——なにより、美少女が真っ赤な顔で跨がり、押し倒すような体勢になっていることで、大樹の興奮も高まってくる。そんな状態で潤んだ瞳に見つめられ、美少女の細く柔らかな手に身体を撫で回させ、勃起するなというほうが無理だ。

（おほっ……や、やっべぇぇ……くぅっ、うぅっっ……めっちゃ、気持ちいいっ……）

自身がシャツとボクサーパンツだけという格好も相まって、触れ合いの密度が非常に高いおかげか、興奮もひとしおだった。肩から腕、そして胸元から乳首を擦りながら下腹部へ滑る手の感触に全身を跳ねさせているうち、下着の中では痛いほどに肉棒が膨らみ、反り返っているのがわかる。当然、リコもそのことに気づいていないわけがない。

「っっ……あ、の……えっと、次、は……ど、どこを、すれば……いいですか？」

なるべく大樹の顔を見るように話してはいるが、その視線を頻繁に股間へ向け、ギンギンに膨らんだ形を見つめては、唇をいやらしく緩めているのがわかる。太ももに跨がる彼女の股間は火傷《やけど》しそうなほどに熱く、下着の奥から濡れ染みの感触がジュワァッと広がり、肌を舐めるような刺激が溢れだしていた。マッサージを勉強するといった建前も、すでに忘れてしまっているような節がある。

（にしても……男が勃起するのと同じ感覚で、こっちの女の子は濡れやすいってわけだな……もしかしたら、めちゃくちゃイキやすかったりするのかもな……）

こちらを窺う振りをしながら、さりげなく腰を前後させ、密かな自慰に耽《ふけ》っている彼女の呼吸は荒く、ともすればこのまま果ててしまいそうにも見える。その様子を見届け、指摘しても愉しそうではあるが――マッサージの指導をするのが最優先だ。

（もしかしたら、この先……何度もしてもらうことになるかもだからな）

果たせなかった夢、メンズエステのサービスを受けるという目的を、この世界で果たせるかもしれないのだ。指導にも欲望と熱が入り、大樹は彼女に指示を与える。

「次は――もう少し、座る位置を下がってもらえるか？　手は鼠径部から太ももに滑らせて、太ももを手の平で握るように指を押し込んで、上下に扱いてみてくれ」

「しご――えっ、しごっ、扱くんですかっ⁉」

思わずといった様子で叫んだ彼女の目は、もはや誤魔化そうというつもりもない様子で、膨らんだ股間の頂点を見つめていた。勘違いさせておくのも面白そうだが、それをしてもらうのはもう少しあとだ――それを指摘したときの彼女の反応も楽しめることだし、施術の指示だけは正確に正しておく。

「太ももを、な。さっき腕を撫で扱いてもらったみたいに、太ももでも同じようにしてくれ。まずは正面、そこから適度に左右にも滑らせて、ゆっくりと撫で扱くんだ」

「あ――す、すみませんっ！　そうですよね、太もも、太もも……も、もちろんわかっています、はい……それでは、失礼します――」

物欲しそうな顔で勃起を見つめながらも、太ももに堂々と触れられる悦びが勝ったのか、彼女は震える手を伸ばし、張り詰めた太ももに指を沈ませる。

「わ、硬い……けど、表面は柔らかいですね……奥が、硬くて……ん、しょ……」

「んふっ……くっ、おぉぉ……はっ、あぁ……いい、そのまま……んくぅっ……」

思わず喘ぎをもらしてしまい、彼女の指刺激に反応するように、下着の膨らみがビクビクッと跳ね震えた。刹那《せつな》、大樹の反応を見逃すまいとするリコの視線が股間を凝視し、膝下に跨がる彼女の淫唇が、またも熱く潤んだのを感じる。

「はふっ……んっ、あぁっ……す、すみません、つい……ぃっ、しょっ……」

その股間をグリグリと大樹に擦りつけ、快感を貪りながら、彼女はスリスリと太ももを撫で回してくる。最初は遠慮がちだった指の動きも、いまや太ももの感触を堪能するような大胆さで蠢いており、上下に滑りながら、グニグニと脚の肉を揉みしだいていた。

「はぁぁぁ……すごい、すごいぃ……これが、男の人の身体……脚の感触も、すごいです……あぁ、こんな……裸に近い格好で、組み敷かれて……んっ、ふぅぅ……」

ほぼ無意識なのか、ボソボソともれる彼女の声には、淫猥な欲望が透けて見えている。指示せずとも、両側の太ももを同時に扱いたり、あるいは片側の太ももを両手で扱き、揉み捏ねたりと、施術というより欲望を満たすだけの動きも露わになっていた。とはいえ、そうした行動はマッサージ施術にもよくあることで、問題ではないのだが。

（めっちゃ夢中になってる……これは、もうちょい際どいとこまでいけるか？）

顔を赤く火照らせ、熱っぽい息をもらして太ももを味わっている彼女に、少し過激な指示も与えることにする。その先は、彼女が望むに任せようとさえ思っていた。

「リコ、次はもっと上だ……下着の中に指が入っていいから、もっと付け根まで擦るようにしてくれ。鼠径部も、リンパが集まってるらしいからな」

「ぇ——あ、はい……もっと、上……んくっ……パンツの、中も……くふぅぅぅ……」

果たして、狙いは的中したようだ。彼女の目は牡欲を——この世界では牝欲だろうか、異性に対する強烈《きょうれつ》な劣情を湛えたように艶めかしく輝き、その手は慌ただしく太ももの付け根まで伸びてくる。

「い……いいんですよね、ダイキさん？　その、このまま……中に――」

「ああ、大丈夫……その、どこでも大丈夫だから……好きなところを触ってくれ」

言いながら僅かに腰を浮かせ、彼女の指に、下着越しの勃起を軽く触れさせた。刹那、リコの理性がプツンと切れたように、彼女の手は遠慮もなく下着の奥に滑り込む。

「それじゃ、やりますからぁっ……んっ、あぁっ……すご、いぃ……あっっ♥」

甘く喘いだ彼女の指は、申し訳程度に太ももを撫でながら、一直線に肉棒を目指し、そこに触れていた。熱く膨らみきった、ガチガチの肉棒に触れるや、彼女の身体は感極まったように震え、指はそのまま肉棒に絡みついていく。

「こ、これっ……んぅっ、これがぁ……男の、人の……はぁあっ、すごいっ、硬いっ……熱いです、お、おちん……ぅっ……チン、ポ……男の人の、チンポぉ……♥」

発情しきった瞳で股間を凝視し、全神経を指先に集中させているような様子だった。基本的な知識はあるのか、左右から指で挟み込んだペニスをシコシコと扱きつつ、時折擦れる睾丸は、あまり強くなりすぎないよう慎重に撫で転がしてくる。

「くっ、んっっ……ちょっ、擦りすぎ、だっ……うくぅぅっ……」

その刺激の強さに、たまらず腰を震わせて指摘するが、完全に発情しきった牝の性欲を曝けだしていたリコは、もはや止まれないようだった。

「ど、どこを触ってもいいって、言ったじゃないですかっ……こんな、こんなことぉ……

はぁっ、んんぅぅっっ……ダイキさんが、悪いんですよっ……」

さらに奥まで指を捻じ込み、肉棒を握るように絡みつかせたリコは、それを激しく揉みしだき、扱きながら大樹を糾弾する。

「素敵な男性だと思ってたのにっ、こんなっ……ふしだらな格好で、わたしのことを誘惑してっ！　身体中、好き勝手に触らせるなんて……しかもっ、乳首もチンポも、ガチガチに勃起させてっ……そんなエッチな姿、我慢できるわけないじゃないですかっっ♥」

「くっ、あぁぁっ……それ、は……ご、ごめんっ……んふぅぅっ！」

予想以上の大きな劣情に火を点けてしまったと気づくも、もはや大樹自身、美少女から与えられる快楽に抗えなくなっていた。指で揉みくちゃにされる肉棒からはドプドプと先走りが溢れ、下着の先端に淫猥な染みを刻み、亀頭から肉竿へ滴り落ちる。それを指先に感じたリコは、ニンマリと唇を緩め、先走りを掬《すく》ってペニスに絡みつかせてくる。

「ほら、やっぱり――ダイキさんも、感じてるじゃないですかっ♥　わたしを誘惑して、身体中にイタズラさせてっ、気持ちよくなってたなんて――へ、変態ですねっ♥」

（ま、まさかのSキャラ……けど、いいっ……うくっ、気持ちいいっ……）

責めているような口調だが、彼女の表情といい声の弾みようといい、大樹の淫らさを歓迎し、悦んでいるようにしか感じられなかった。際限なく溢れる先走りは、もはや指で掬い取るという手間すら省き、絡みつかせた指で直接擦りつけ、塗り込み、それを潤滑油にして、ペニスを大胆に扱き抜いてくる。

「はぁっ、んふぅぅ……すごい、音ぉ……こんなに濡らして、いやらしいっ……ダイキさんの、変態ぃぃ……はぁっ、あふぅっ……んぁっ、はぁっ、あんっっ♥」

グチュグチュ、ニチャニチャと粘っこい水音を響かせながら肉棒を苛《いじ》め抜き、身悶えする大樹の痴態を見下ろし、リコも腰を前後上下に揺すり立てていた。膝から脛の張りだした骨の感触で淫裂を擦り、あるいはそこにパンパンと股間を打ちつけて快感を貪り、蕩けきった顔でこちらを見つめてくる。

「はぁっ、んぅぅっ、気持ちいぃぃぃ……ダイキさんも、いいんですよねっ？　だって……チンポもパンパンになってますし、こんな……乳首も、こんなにぃ……」

先走りでベトベトになった片手を抜き、無防備な上半身に伸ばすと、硬く膨らみきった乳首をキュッとつまみ上げ、甘噛《あまが》みするように抓り上げた。

「ひぁうっっ！　んっ、ちょっ、そこは……くぉっ、ほぉぉ……」

「あはっ、可愛い声ですね……いいですよ、もっと聞かせてください……ダイキさんの気持ちよくなってる声、聞かせてくださいよぉ……んっ、はぁぁぁ♥」

片手で乳首をつまみ、片手で肉棒を扱き——そのまま上半身を傾けたリコは、空いたほうの乳首に唇を寄せ、熱い吐息を溢れさせると、敏感な乳突起を唇に包み込む。

「んちゅぅぅ……ちゅぱっ、じゅるぅうっっ……んちゅっ、ぶじゅっ、れろぉぉ♥」

「くひぁっっ！　あぅっ、あぁぁっ、そこっ、すごっ……んっ、いぃっ……」

熱い粘膜襞が乳輪を包み込み、ヌルリとした弾力ある刺激が乳首を叩き捏ね、強烈な吸引刺激とともに転がしてくる。先ほどまでの鋭い言葉とは裏腹に、舌遣いは子供をあやすように優しく、ねっとりと舐め蕩かすような刺激を与え、一方的に弄んでいた。

「くふぅっつ、ふぁっつ、あぁぁぁ――っっ！」

「んちゅっ、じゅるぅぅっ……はぁっ、おいしぃ……こんなにいやらしい、感度のいい乳首だなんてっ……ダイキさん、可愛いっ……素敵ですっ……エッチすぎますっ♥」

見た目は小柄な少女だというのに腕力があるためか、圧し掛かられると、拘束されているかのようにまるで抵抗ができない。一方的に蹂躙され、感じさせられ、可愛いと連呼される様はまるで、男に犯されている女のようだ。

（そ、そりゃ、こうなるよな……んぐぅっっ！　女のほうが力も強くて、性欲も強くて、男とヤリたくてウズウズしっ放しなわけだし……くぁっ、はぁぁっ！）

野盗の女性たちに味わわされたような、犯される快感を可憐な美少女から味わわされる背徳感に腰が大きく跳ねる。否、腰だけではない。背中も反り返り、足先までがピンと張り詰め、全身で快感を貪ろうとしているのが丸わかりだった。

「ちゅぱっっ、じゅるっ、れろんっ、れろぉっっ……ダイキさん、気持ちよさそう……いいんですか、これが？　このまま、イッちゃいそうですかぁっ？　んっちゅぅぅっ♥」

「あぅっ、あぁぁっ、やばっ……くっふぅぅっっ……」

矢継ぎ早に問いただされながら、最後には乳首を強烈に啜り上げられ、腰が浮くのを止められない。リコに擦りつけるように腰を振ってしまうと、嬉しそうに微笑んだメイドの少女は大樹を見つめながら、肉棒に絡みつかせた指をキュッと締めつけてくる。

「イキまふか、ダイキひゃん……あむっっ、じゅるるうっっ……んふぅ♥」

「はぁっ、あっ、イクッ……あぁっ、イクッ、イクぅぅぅ……」

快感を訴えてガクガクと腰を振り、その動きに合わせて肉棒を激しく扱き立てられ、もはや我慢の限界だった。彼女の指に包まれたまま、肉棒はこれでもかと反り返ってギチギチと硬さを増し、肉竿も亀頭も大きく膨れ上がっていく。その中心部を熱い迸りが込み上げ、彼女の指に導かれるまま、尿道口を押し開いた。

「くっっ、あぁぁぁ――っっ！　イクッ、イクぅぅっっ！　リコッ、イクぅぅっ！」

「本当に、いやらしいっ……ちゃんと謝ってくださいっ！　こんなエッチな人だったのに、それを隠してわたしを誘惑したことっ……謝りながら、射精してくださいっ♥」

「ごめっっ……んんぅっっ、あぁぁっ、ごめんなさいぃっっ！」

快感に蕩けきった頭は、リコの命令を拒むことなく受け入れ、催促するような手コキ刺激に促され、謝罪の言葉を叫び上げる。それと同時に快感が膨れ上がり、下着の中で――彼女の手に包まれたまま、無様《ぶざま》に弾け飛んだ。

――ビクビクビクッッッ……ビュルルルゥウゥ～～～～～ッッッ！　ドプッッ、ドプドプドプゥッッ、ビュググッッ、ドビュルゥッッ！

「んふっっ、じゅっるぅぅぅっっ……んくっ、あはぁぁっ♥　すごい、出てます……これが、男性の絶頂っ……射精、なんですねっ♥　このまま扱いたほうがいいんですよね、知ってます……全部、だしきってくださいっ……んちゅっ、じゅるるっ、れろぉぉっ♥」

「ま、待って、ゆっくりぃぃ……んぐぅぅっっ、くぁぁっっ、イクぅぅっっ！」

容赦なく乳首を啜り上げられ、射精中の肉棒をゴシゴシと扱かれ、さらに高く腰が跳ね上がった。彼女の手を突き上げるように腰を振らされてしまい、下着の中に容赦なく精液を打ち放ってしまう情けなさと惨めさ——それを彼女の愉悦に満ちた瞳で見つめられ、抗いようのない被虐の快楽が肉棒を突き抜けていく。

「あっ、イクッッ……んんぅぅっっ！　はぁっ、まだっ、出るぅ……あぁぁ……」

「ちゅばっっ、じゅるっ、あむちゅぅぅ……んぇろぉぉっっ……ちゅっ、ちゅぅぅっ……ちゅぱぁっ♥　ほら、射精するときは……謝りながらって、言いましたよね？」

「んぁぁっ、ごめっ、ごめんっ、なさっ……いっ、くっ……イクッッ……」

謝罪しながらの射精という背徳感も、牡欲を満たすスパイスにしかならなかった。謝罪を口にするたび、快感は青天井で膨れ上がり、彼女の手に扱きだされ、ドプドプと下着の中に溢れだしていく。それらはすべて、彼女の手でペニスに塗り広げられ、さらなる快感をもたらす潤滑油となり、肉棒をニュルニュルと心地よく扱き立てた。

「はぁっ、んっ、あぁぁっ……かわ、いいっ……わたしの手で男の人がっ、こんな風によがって、気持ちよくなって……射精してるなんてっ、たまりませんっ……」

感極まったように呟き、甘く喘いだリコは、我慢の限界とばかりにしがみついてくる。

「あはぁぁっ、ダイキさんっ♥　もっとイッてください、我慢とかしないでっ……いやらしくイッてる顔、わたしに見せてくださいっ……射精してください、ダイキさんっ♥」

「はっ、いぃっっ……んぁっ、ごめっ、ん、なさっ……あぁぁあっ、イクぅぅっ！」

乳首を抓っていた手が離れ、力強く抱き締めてくる感覚に癒やされながら、大樹は思う存分に精液を打ち放っていく。そのたびに彼女の指は亀頭を撫で、肉竿を扱き、その一方で唇が頬や首筋を撫で、甘い口づけを這わせるように滑らせてきた。

「はぁっ、可愛いっ……ダイキさん、もっとぉ……イッて、イケッ、イケぇっ♥」

「ま、待って、リコッ……ちょっ、休ませ、あっ……んっっ、イクッ、くぅぅっっ！」

たまらずリコに抱きついてしまいながら、指穴や手の平とセックスするように腰を振り立て、さらに盛大な射精を噴き上げる。男が女に組み伏され、一方的に快楽を注ぎ込まれ、挙句に甘えるように抱きつき、無様に嬌声《きょうせい》をもらして果てさせられる——言い訳の余地などこれっぽっちもないマゾ射精、被虐の肉悦に、快感中枢が焼き蕩かされそうだった。

「んぁっっ、あぁぁあっっ！　リコッ、イクッッ……あぁっ、ごめんなさいぃっ！」

「いいですよ……イケッ、射精しろっ、変態っ……ダイキさんの変態っ、マゾッ♥」

性癖を決めつけるような言葉を耳に流し込まれ、それが射精の快楽とともに、脳内の奥深くに刻み込まれていく。

（あっ、はぁぁぁ……そうか、俺は——マゾ、だったのか……あぁぁ、イクぅぅ……）

柔らかく温かな、甘い香りの漂うメイド少女に必死で抱きつきながら、大樹は蕩けきった頭で、その言葉を素直に受け入れていた——。

「申し訳ありませんでしたっっ！　な、な、なんとお詫《わ》びすればよいのか……」
◇
「いや、気にしなくていいから……俺が指示したことなんだしさ」

震える声で床に指をつくリコを宥めつつ、身体を起こさせる。部屋もシーツもベッドも、互いの指や股間も精液の淫臭に満ちた状況では、謝るよりその処理が優先だ。

「で、ですが、男性にあんなこと……女として恥ずべき、最低の行為ですっ……」

プレイ時は完全に理性が飛んでいたのだから、時間が経って冷静さを取り戻すと、そんな考えに至るのも無理はない。しかしこちらとしては、彼女を元気づけるためにさせたことなのだから、こうして落ち込まれるのも困る。

「本当に気にしないで――というか、リコは嫌々やってたりしたのか？　俺はむしろ、リコにあれだけされて嬉しかったから、またして欲しいくらいなんだけど……」

まさかそんな言葉を返されるとは思っていなかったのか、驚いた様子で彼女は顔を上げ、俺の真意を問うようにジッと見つめてくる。その言葉に応えるように、再び硬く屹立《きつりつ》している股間を、彼女のほうに見せつけた。

「す、すごい、またこんなに……そういえば、野盗にされていたときも、確か……」

「さっきも言ったけど、俺の世界ではこれが普通だから……」

両者の口振りから想像するに、こちらの世界の男性はあまり数をこなせず、もしかしたらモノ自体もさほど大きくないのではないだろうか。だからこそ、権力者は大勢の男を集め、長く楽しめるよう考えているのかもしれない。

「もし――リコがもう一回したいなら、俺としては大歓迎だから。もちろん、マッサージの続きもしてもらうけどな」

「そっっ……れ、は……その……わたしとしましても、別に……ダイキさんがよろしいのでしたら、やぶさかではないと申しますか……後学のためにも、ぜひ……」

モジモジとはにかんではいるが、要するにヤリたいということだ。

「ふーん……俺にはあれだけ言ってたのに、リコも結局はエッチなんだな」

「なっ――そ、それはっ……否定しませんけどぉ……でも、この世界では当たり前なんですっ！　男の人なのに積極的な、ダイキさんが変わってるだけなんですっ！」

ムキになってくる彼女の反応を見るに、少しは元気になってくれたようでホッとする。

「まぁ、どっちでもいいけど――じゃ、次は直接やってみるか。野盗のお姉さんにされてたとき、チラッとは見たかもだけど……生でしっかり見たことないんだろ？」

「……………あ、はい……よろしければ、ぜひ……見せて、いただけますと……はい」

誘われればすぐに応じる辺り、どうやら相当に溜まっていたようだ。そんな彼女の、生ペニスを拝んだときの反応を楽しみにしつつ、大樹は服を脱ごうとする――が。

「た、大変だっっ……敵っ、敵襲だぁ――っっ！」

「えっ⁉」「な、何事ですかっ⁉」

思わぬ形で、行為の続きは中断されるのだった――。

二章　目覚める性力

敵襲と叫ぶ声、村中に広がる動揺――その騒ぎの中心は村の広場らしい。

慌てて衣服を整えて広場へ向かうと、少し前に見たような武装の女たち十数人が、村人たちと向かい合い、一触即発という状況だった。

「げっ……もしかして、あの野盗の人たちがまた襲ってきたのかっ？」

「そのようです――って、ダイキさんは下がっててくださいっ！　どこかに隠れて！」

勢いで連れてきてしまった大樹の存在に気づき、リコが声を潜めて物陰に潜ませようとするが、武闘派集団である野盗――そのリーダー格である女は見逃してくれない。

「はっ、なるほどねぇ――確かにいるじゃあないか、男が♪」

「しまった……」「は、早く逃げなさい、大樹さん！」「ここは私たちが！」

慌てた村人の女性らが、大樹を庇うように女の前に立ちはだかろうとするが、それはあまりに無謀な行いだった。

「どきなっっ！　アタイの目当てはあいつだ、あんたらに用はないよ！」

背中に携えた巨大なアックスを手に取ることすらなく、女は逞しく鍛えられた腕を振り抜き、数人の女性をまとめて弾き飛ばしてしまう。それを見て呆気に取られ、または怖気づいて動けなくなった女たちの前を悠々と歩き、野盗のボスは大樹の前にやってきた。

「ほう、エイダの報告通りだね——なかなか可愛い男じゃあないか♪」

大樹を見下ろす女性の背丈は、おそらく百九十近くはあるだろう。鍛えられた巨躯は縦にも横にも幅広いが、醜く太っているわけではなく、引き締まった魅力的な肢体を誇っていた。筋肉フェチの気はなかったが、これほどの美女の逞しい肉体を見ていると、否が応にも彼女に抱かれる妄想が膨らんでしまい、股間が熱く滾ってしまう。

（エロ漫画でよくある、ヤリチン巨根見ただけで発情する女の子かよっ……）

心の中で自分にツッコミを入れるも、視線は彼女の顔や身体を舐め回すように見つめてしまい、たまらず熱い吐息がもれた。巨躯の下着はスリングショット水着のような、ほとんど覆いがない布を申し訳程度につけているだけで、バストと股間、それに肩を守るビキニアーマーを、その上から装着している。そのために彼女の健康的な肉体美、とりわけ圧倒的なサイズを誇る乳房が半裸状態で露わになっており、大樹の牡欲を誘ってやまない。

濃緑色の髪は、アスリートの多くがそうしているように短く刈り込んであり、鍛えられた身体と非常にマッチしている。それほどにマッチョで長身の女性でありながら、顔はモデルのように美しく、彫りの深い整った造形をしていた。

そんな彼女の隣に、背後から歩み寄って並び立ったのは、以前に村を襲い、大樹に乱暴を働いた——とされている、美しい野盗の副長、エイダだった。

「でしょう、マルタさん？　飼ってよし売ってよしの、いい戦利品になるわよ♪」

黒髪の彼女がスッと手を滑らせ、大樹のあごを持ち上げる。その指に撫でられているだけで、以前の手コキ快感を思いだしてしまった大樹の股間は、ズボンをパンパンに膨らませて、痛いほどに勃起していた。

（うぅ……やばい状況だってのに、めっちゃ興奮する——ってそうじゃなくて、お姫様はどこだよ！　あのでっかい騎士の人もいないしっ……なんでだっ⁉）

勃起を隠すように腰を引かせつつ、周囲を見回してみるが、王女のロザリーに騎士のテレーズはもちろん、彼女らに指揮されているという兵士たちもいなかった。いくらなんでも異常だと困惑していると、大樹の考えを察したようにエイダがクスクスと笑う。

「単純な作戦よ、ただの陽動♪　大規模襲撃の気配を悟らせて、そっちに気が向いている隙に、本丸を叩く——ここに残せる守備兵なんて、数も質も最低限でしょうしね」

言いながらエイダの手はあごから首筋へ滑り、そして胸板を撫で、次第に下腹部へ迫ってきた。抵抗できずにいると、彼女の指は艶めかしくくねって股間に達し、爪を立ててカリカリと刺激を与えてくる。服の上からでもわかる、射精を促そうとする動きに腰が跳ね、膨らんだ勃起がビクビクと躍動を繰り返していた。

それを見たエイダが、艶めかしい吐息をもらす。前回のことが忘れられないのか、興奮に震える彼女の指はすぐさまファスナーを下ろし、モノを取りだそうとしていた。そんなエイダの手首を、横合いから伸びた逞しく大きな手がガッシリと掴む。

「こいつはアタイのもんだよ——それで不服はないはずだね、エイダ？」

「……ええ、もちろん♪　下準備でもと思ったのだけど、余計なお世話だったわね」

納得はしていない様子だったが、外見からも判断できるほどに、エイダと野盗のボス――マルタと呼ばれた彼女の実力には、大きな隔たりがあるのだろう。エイダは潔く大樹から手を引いて、ボスの近づくスペースを広げた。

「聞き分けがいいねぇ……お前さんもそうなら、面倒がなくていいんだが」

「……ああ、わかってる。俺は逆らわないから、村人たちには手をださないでくれ」

エイダに敵わなかったロザリー、そのロザリーにすら敵わなかった自分が、エイダより強いと目される女傑に敵うとはとても思えなかった。幸い、彼女らの目的は大樹の身体であり、それを自由にできるなら、村人にも自分にも無法を働きはしないだろう。

「ああ、もちろんさ。潔い男だ、気に入ったよ……たっぷりと可愛がってやる♪」

舌なめずりをする女が、太い腕をズイッと伸ばした。けれど――。

「まっ……待ちなさいっっ！　その方への乱暴は、ゆゆ、許しませんっ……」

「え――リコッ⁉」

大樹に伸びようとした女の太腕を、リコが両腕で懸命に掴み、押さえつけようとする。

もっとも、マルタが少しでも力を込めれば、すぐさま振り払われそうではあるのだが――それでも彼女の小さな行動は、周囲の村人たちにも勇気を与えたようだ。

「そ――そうだそうだ！」「リコの言う通りさ！」「野盗に男を取られてたまるか！」

襲撃を知って駆けつけてきた彼女らは、用意してきた鎌や鍬などの武器を構え、武装する野盗たちを向き直る。村人らの抵抗の意思を悟り、野盗たちがそれぞれの得物に手をかけると、広がった戦闘の気配にマルタがニヤリと唇を歪めた。

「ほぉう、アタイらとやろうってのかい……身の程知らずの女どもだねぇ？」

「ま、待ってくれ！　みんな、俺のことはいいから！」

大樹がそう言って制すも、リコは震えながら、ブンブンと首を左右に振る。

「い、いけませんっ……ロザリー様は、この村にいればダイキさんの安全は保障すると仰ったんですからっ……その言葉を、嘘にするわけには参りません！」

「それはっ……状況によるだろ！　お姫様だって、俺と村のみんなを秤にかければ、みんなを選ぶはずだ！」

男の存在は確かに貴重ではあるが、ここまで共に村を守り、育ててきた村人たちは、お姫様にとっては家族であり、大事な家臣である。そんな彼女らを傷つけられ、命の危険に晒すくらいなら、替えの利く男のほうを見捨てるほうがマシなはずだ。

そう思っての大樹の言葉にも、リコは頑として動かない。

「やる気みたいだね。なら――ちぃとばっかり、痛い目に遭ってもらおうか！」

凄まじい肺活量と筋肉から放たれた大喝は、痛いほどに空気を震わせ、周囲の人間全員の身体をビリビリと痺れさせるほどだった。彼女の圧力は村人に恐怖を、仲間の野盗たちには激励を与え、たちまち村の反抗ムードは委縮させられていく。ただ一人を除いては。

「……ダイキさんには、指一本触れさせません！　ロザリー様が守ると仰ったなら、それがわたしたちの意思ですっ……この村の――この国の意思です！」

声は震え、表情も恐怖に引きつってはいたが、リコの腕にはさらなる力が込められ、マルタの腕を押さえつけようとする。そんな勇気ある行動に猛女も嬉しそうに目を細めたが、彼女は自分に逆らう相手に手心を加えるような、優しい性格ではなさそうだ。

「言うじゃないか――だったら、一秒でも長く生き残ることだねぇ！」

反対の腕で殴りつけようとする動きに、身を竦《すく》ませて目を瞑《つむ》るリコ。けれど、その拳が彼女に届くより早く、大樹は反射的に飛びだしていた。

「よせっ……くそぉっ！」

「はんっ！　ボウヤはおとなしく、震えてりゃあいいものを！」

この世界においては、おそらくリコにすら勝てない非力な男。そんな大樹が庇いに出たところで、拳の勢いが抑えられるわけもない。とはいえマルタにも、攻撃を止めようというつもりはなかった。身の程知らずの小娘もろとも、生意気な男に躾を与えるいい機会――その程度に軽く考えた野盗のボスは、嗜虐的に唇を歪め、勢いよく拳を振り抜く。

「アタイの男にしてくださいって、懇願させてやるよ――おぉっっ⁉」

その拳が大樹の手に触れた瞬間、二人の身体は馬車に撥ねられたように弾き飛ばされる――かに思われた。だが、そんな大方の予想を裏切る現実が、そこには広がっていた。

「うっ、おおぉぉぉおっっっ――ごはぁっっ⁉」

「――――えっ？」

悲鳴のような声を響かせ、勢いよく宙を舞って弾き飛ばされたのは、殴りかかってきたマルタのほうだった。それを手で受け止めようとした大樹も、そしてリコも、殴られかけたという事実すら感じさせせない無傷の状態で立っており、ポカンとした顔を晒している。

「えっ……な、えっ……なんでだっ⁉」

「ダ、ダイキさんが……やったのですか？　どうやって……」

数メートルほども飛ばされて家屋の壁に激突し、ピクリとも動かなくなったマルタと自分の手を見比べ、大樹はただ困惑するばかりだ。

(なんだ、いまの……魔法とか？　当たる前に、手から衝撃波みたいな……いや――)

拳が手に触れた感覚は確かにあったし、それを押し返そうと、足を踏ん張ったことは覚えている。違和感があったのは、間違いなくそのときだ。思ったよりも威力がないことに驚きつつも、足を踏み込んで身体を支え、できることなら拳を弾けるようにと両手を突きだし、受け止めようとしたはずである。その瞬間、相手の身体は振り抜かれた拳ごと、まるで張り子の大岩であったかのように、吹っ飛ばされていたのだ。

(俺が、やったのか……？　でも、どうやって……お姫様にすら勝てなかったってのに、なんでそんな力があるんだよ――)

崩れ落ちたマルタの傍で、瓦礫が崩れ落ちる音が聞こえるまで、その場にいる誰もが一歩も動けなかった。

「ぐっっ……く、くそっ、なんだってんだ、いまのは……ぬあっ⁉」

巨体との激突で崩れた瓦礫を押しのけ、マルタが立ち上がる。しかし、無防備なところに受けた強烈な打撃は、彼女の身体の深いところまでダメージを与えたようだ。

「マルタさん！」「ボ、ボス、大丈夫ですかっ⁉」

慌てて駆け寄った部下たちが、数人がかりで身体を支える。その様子を見れば、ボスの態度が悪ふざけではないことがわかったのだろう。女野盗たちは信じられないといった表情でこちらを見やり、すっかり戦意を萎えさせたように、腰が引けてしまっていた。

「エ、エイダさん、どうしましょうっ……」

「──え、わ、私っ⁉」

まさかテレーズもいないのに、マルタがここまでやられることになるとは夢にも思っていなかったらしく、指示を仰がれたエイダもすっかり取り乱している。

ただ、戦意をいくらか萎えさせているとはいえ、集団の戦いになればこちらが不利なのは間違いない。大樹自身、なぜあの大柄な女性を吹き飛ばせたのかわからないし、理由はさておき大樹が奮戦できたとしても、他の村人らは戦いの訓練など受けておらず、まともな武器もない素人の集まりだ。武器を持った野盗がその気にさえなれば、たちまち蹂躙されてしまうことだろう。マルタもあの様子とはいえ、実力者としてのプライドがあれば、死ぬ気で立ち上がり、襲いかかってくるはず──さほどの猶予はない。

（とにかく、戦いになったら終わりだ……あいつらを撤退させるには──）

マルタを、そして大樹を交互に見つめるエイダは、どうすべきか考えあぐねているように見えた。そして彼女はマルタに忠誠を誓っているわけではなく、言うなれば互いに利用し合うような関係で、ともすれば出し抜いてやろうとさえ思っているように見える。

そんな彼女であればボスの復讐戦として、あのマルタを倒したような相手に挑むことなど、極力避けたいと考えているはずだ。

（っていう、俺の見立てが正しかったらいいんだけどなっ……）

それを確認する術がない以上、この想定で動くしかない。エイダを丸め込み、撤退する正当な理由を与えてやれば、賢しい彼女なら退いてくれるだろう。

「どうするんだい、エイダさん？　俺はこのまま、異変に気づいたお姫様たちが戻ってくるまで、時間を稼いでもいいけど……退いてくれるなら追わない、約束するよ」

「――っ！　そうね……テレーズまで加わるとなると、さすがに面倒だわ……」

俺の目論見《もくろみ》通り――こちらの考えを瞬時に悟ったエイダは、ここで手打ちにする判断を下してくれたようだ。腕を上げ、それを村の入り口方向へ振り、意思を示す。

「撤退よ！　想定外の事態が起こった以上、リスクは避けないと……マルタさん、申し訳ないけどここは、一番偉い人の利益を優先するってことでいいかしら？」

撤退の指示を聞いたときは、苦々しい表情を浮かべたマルタだったが、その後に囁かれた言葉を聞いてハッとした顔になり、結局は副長の判断に従った。

「チッ、仕方ないね……退くよ、お前たち！」

「りょ、了解です！」「ボス、肩を――」「畜生、覚えてなさいよね！」

等々――口々に捨て台詞を吐き、野盗たちは蜘蛛の子を散らすような勢いで走り去っていく。その間も村の面々は警戒を怠ってはいなかったが、やがて捲土が収まると、その先に野盗たちの姿が見えないのを確認し、一斉に歓声を響かせた。

「やったあぁぁっっ！」「追い払ったわ、私たちが！」「違うよ、それを言うなら――」

互いに抱き合って喜んでいた彼女らは、大樹のもとへ我先にと飛び込んでくる。

「すごいわ、ダイキさん！」「男の人なのに、どうやってそんな力をっ……」

「それより、怪我はありませんかっ⁉」「そうだ、リコちゃん！　リコちゃんも――」

一瞬で取り囲まれた大樹とリコは、彼女らから揉みくちゃにされながら、やれ痛いところはないか怪我はないかと、身体中をペタペタと弄られる。

「だ、大丈夫です、わたしはっ……ダイキさんこそ、大丈夫なんですかっ？」

「ああ、俺も平気……だけど、さっきの力はいったい――」

なにか副作用のような反発があるかと思ったが、身体に異常は感じられなかった。

「本当にお強かったんですね、ダイキさん……異世界の男の人って、すごい……」

「いや、そういうわけじゃないと思う――というか、あんな強そうな女の人が相手だったら、元の世界だったとしても、普通に負けてたと思うぞ……」

あれは戦いの資質に恵まれ、それを伸ばすために鍛え抜いた超一流のアスリート、まさしく戦士の中の戦士だ。素人の男子学生が、簡単に勝てるような人間ではない。

しかし――だとしたら、あれはなんなのだろうか。

魔法だ、いや神の力だ。そんなことを村人たちが口々に話し、ああでもない、こうでもないと言い合っていると——。

「っっ……皆、無事でしょうね！　村はどうなっているの、わかる範囲で教えて！」

勢いよく馬を飛ばし、汗と埃に塗《まみ》れたロザリーが、息を切らして駆け込んでくる。

「ロザリー様よ！」「ああ、よくぞご無事で……」「村は無事です、ご安心を！」

そんなロザリーを労わり、馬から下りるのを手伝いながら出迎え、村人たちが口々に伝えた。それを聞いた彼女の表情は、たちまち困惑に歪められる。

「はぁっ、はぁっ……村が、無事ですって……？　どうして——いえ、それは喜ばしいことだけど……連中はどうしたのっ？　あのマルタが逃げるわけないでしょう！」

「いえ、それが——実は、ダイキさんが……」

「ダイキ——まさか、あの男を渡したんじゃないでしょうねっ⁉」

自分が村に残っていれば、間違いなくそう判断したことだろう。村人たちにも落ち度がないことは、重々承知の上だ。けれどいまの状況、ロザリーの立場としては、自分に無断で国の財を売り払われたようなものであり、叱責《しっせき》しないわけにもいかない。

「……落ち着けよ、お姫様。俺は無事だよ、この通り……あと、村のみんなもな」

目を剥いて怒鳴るロザリーの前に、大樹とリコが歩み出ると、王女の顔は安堵した様子で緩み、村人たちをグルリと見回した。

「怒鳴って悪かったわね……皆で村と彼を守ってくれたこと、礼を言うわ」

その表情は穏やかながらも、心配と気遣いに満ちていることがわかる。ただ、怪我や血痕がまるでないことに、強い違和感を覚えているようではあった。

「……それで、なにがあったの？　マルタとエイダが襲撃してきて、怪我人がいないというのも妙な話だわ。誰がどうやって撃退したのか、報告をお願い」

そんな彼女の問いに、大樹はどう答えるべきかわからなかった。大樹の態度を見てか、村人も言いあぐねている様子で、その視線は自然と、ロザリーの前に立つリコへ向かう。

「……リコ、答えなさい。なにか取引をしたのね、それも重要な——」

「そ、そうではないのですが……なんと申し上げればよいものかと……」

リコがそうして慎重に言葉を選んでいると、ロザリーが乗っていたものより遥かに大きく、頑丈そうな馬が、鎧を纏ったブロンドの騎士を乗せて駆け込んできた。

「ぬおおおおおおぉぉっ！　おおっ、無事だったか皆の者！　少年、メイド、お前たちも無事でなによりだ……殿下は皆の心配ばかりしておいでで、いち早く戻られたのだぞ」

「……黙ってなさい、テレーズ」

「はっ！　失礼いたしました！」

ほんのりと頬を染めたロザリーの言葉に、馬から下りたテレーズが膝をつく。そこでロザリーは仕切り直すように咳払いを挟み、改めてリコに詰問する。

「続きを話しなさい、なにをしていても叱ったりしないわ。村を守り、皆に怪我もなく、男まで確保できたんだもの。これ以上の結果はない、最高の成果と褒めてあげる」

「……はい。ですが、その……最高の成果を招いたのは、わたしたちではありません」

意を決したリコが顔を上げて告げると、王女はますます怪訝《けげん》そうに首をひねった。

「……どこからか、援軍でも来たの？　まさかとは思うけど、王都の軍かしら？」

「いえ、違います。マルタと野盗を追い払ったのは――こちらにいらっしゃる、ダイキさんのお力によるものです」

その言葉を聞いた瞬間、驚きと怒りに見開かれた瞳が、まっすぐに大樹へ向けられる。跪《ひざまず》いたままのテレーズは、普通に驚いた様子でこちらを見ていたが、頭のてっぺんから足の先までをじっくり眺め、首を傾げてから、聞き間違いだなというように首を振った。

「……もう一度聞くわよ。誰が、どうやって、マルタを追い払ったの？」

ロザリーも同じように思ったらしく、大樹を睨んだままリコの言葉を待つ。けれど、信じがたいような事実を告げるリコの言葉を、周囲の村人たちも次々と肯定し始めた。

「リ、リコちゃんの言うことは本当です！」「信じられないかもしれませんが……」

「ダイキさんが両の腕を伸ばして、マルタをこう、ドーンと突き飛ばして――」

村人たちが擁護するように繰り返すが、傍で聞いていた大樹は身を縮めながら、空気が冷えていくのを感じる。彼女らの言葉を聞くたび、ロザリーが目元をピクピクと痙攣《けいれん》させ、ますます鋭く大樹を睨みつけてきたからだ。ただ――そこにあるのは怒りではなく、ある種の苛立《いらだ》ちか、あるいはやるせなさのようなものに思われる。

大事にしていた、信頼し合ってきたはずの村人たちが、なんらかの理由で嘘を吐いているという事実に、自分の無力さを噛み締めている――そんな態度だ。

「……そう。ダイキの力が、テレーズをも凌駕《りょうが》しようというマルタを上回り、彼女をドンと突き飛ばして、全身を複雑骨折させたというわけね。それに恐れをなして、野盗どもは尻尾を巻いて逃げ去ったと。へぇ～、そう……なるほどねぇ……」

「そ、その通りです、お姫様――ひぁっ⁉」

　わかってもらえたかと安堵しかけた村人は、シャリンッと鋭く引き抜かれた剣の輝きに、尻もちをついて後ずさりをする。

「なら、その証拠を見せてもらいましょう。ダイキ、もう一度私と戦いなさい……ああ、使ったのは剣じゃなくて拳だったわね。それなら、また素手のほうがいいかしら」

　剣を戻し、背後のテレーズに投げつけたロザリーが、拳を高く掲げた。

「……マルタに殴られたのを止めたら、あの女のほうが飛ばされたのよね。なら、私の拳も受け止めてみなさい。それで止められるようなら、信じてあげるわ」

「落ち着いてくれよ、お姫様。俺だって、なにがあったのかよくわかってなくて――」

「だから――それを確認してあげるって言ってるのよ！」

　その拳の勢いたるや、ともすればマルタの殴打よりもさらに威力があったかもしれない。とっさに受け止めようと手を伸ばした大樹だったが、腕は拳に撥《は》ね飛ばされ、そのまま肩を強打され、きりもみするように吹っ飛ばされてしまう。

「ごはっっ……おっ、ぶっ……やっべ、めっちゃ痛ぇ……」

　転がるように叩きつけられ、その痛みが身体のあちこちに響き渡る。

「ダ、ダイキさんっ……大丈夫ですかっ？」

「ああ、なんとか……たぶんお姫様も、かなり手加減してくれてたんだろ……」

慌てて駆け寄ってくるリコに支えられて立ち上がると、それを確認したところでロザリーはクルリと背を向け、馬を引いて歩き去っていった。

「あ——ロ、ロザリー様っ、誤解です！　本当に、さっきはダイキさんがっ……」

「——あとで報告に来なさい。真実のみを伝えるように、いいわね」

淡々とした言葉と背中から伝わるプレッシャーに、その場の誰も、反論することができなくなる。ただ、さすがにそのままというのも忍びなかったのだろう、顔を伏せて王女を見送る村人たちに、テレーズが小さな声で囁いた。

「……お前たちが殿下を慮《おもんぱか》っていること、お気持ちを慰めたいことは、このテレーズの心にもしかと響いた。それは私からもお伝えしておく——だが、こういうことはこれっきりにしてくれ。殿下もなにかと忙しく、お疲れが溜まっておいでなのだ。そうした些事で煩わせては、いかにお優しい殿下といえど気分を害されようというもの……違うか？」

リコの肩を優しく叩き、諭すように言い残したテレーズは、いい仕事をしたとばかりに汗を拭い、馬を引いて行ってしまう。そんな彼女にも反論することはできないでいたが、それでもここにいる村人たちは皆、伝えた話が真実だとわかっていた。

だからこそ、どうしてこうなってしまったのかと、困惑するしかない。

「……と、とにかく、みんなが無事だったんだから、よしとしましょう！　あの力のことは、俺とリコのほうで調べてみるってことで……皆さんはいつも通り、村のことをしておいてください。お姫様のご機嫌も、こっちでなんとかしておきますから――な？」

おかしくなった空気を誤魔化すように、大樹が少し明るい口調で提案すると、リコもハッとした様子でコクコクと頷き、村人たちを見回した。

「テレーズ様も、ああ仰っていましたし……ロザリー様も、皆さんに対して怒ったりはしていないと思います、安心してください。あとのことは、わたしたちにお任せを……」

そう言ってリコが頭を下げれば、村人たちも従うほかはない。

「まぁ――それしかないわね」「ダイキくんのお怪我も、ちゃんと診てあげてね」

苦笑いでそう指摘されたことで、大樹も受けた傷の痛みを思いだすのだった――。

◇

宛てがわれていた部屋に戻った大樹は、リコから傷の手当てを受けながら、マルタを追い払ったことと、またもロザリーにやれたことを思いだし、しばし思案する。

「う～む……確証はないけど、時間制限って考えるのが自然かもなぁ。相手次第で、俺が敵だと思っていたら発揮されるってルールだと、さすがに複雑すぎる気がする」

改めてリコとも力比べ――単純に腕相撲をしてみたところ、やはり細腕相手に完敗を喫してしまった。マルタを撃退した腕力が消えているのは間違いないため、次はどうすればあの力が発動するのか、条件を考察しているところだ。

「特別なことはしてないよな……食事も、普段通りなんだよな？」

「はい。国内のどこでも作られる、一般的な家庭料理ですから……男の人が食べたからといって、力が強くなるということはないかと……」

その食事が原因なら、世界各地で同じ事態が起きていそうだが、そうした事実はないらしい。異世界から来た大樹だからこそ、という可能性もなくはないが、そうなれば関わってくる条件は食材かメニューか、はたまた時間か量かと多岐にわたる。それらの中から偶然、条件に適うものを引き当てたというのは、少し幸運が過ぎるような気もした。

「……いやまぁ、特殊能力ってだけでも十分幸運だけどな」

ともかく、それ以外の点で考えるとしても、大樹がここに来たのは昨日のことだ。以降のことを振り返るなら、エイダに射精させられ、気を失い、ロザリーに投げ飛ばされ、食事をし、野盗の襲撃があって――。

「――あっ！」

「ダイキさん、なにか気がつかれましたか？」

「ああ、あった！　というか、それしか考えられない！」

思えば、言語がわかるようになったのも、射精したことがきっかけだと考えられなくもないタイミングである。それを思えば今回も、それが原因である可能性は高い。

「さっきの――リコがやってくれたマッサージと、そのあとの手コキだ！」

「てこっ……ダ、ダイキさんっ！　はしたない言動は慎んでくださいっ！」

そう窘《たしな》めてはいるものの、真っ赤になったリコの視線は、躊躇なく大樹の股間を見つめている。その仮説を検証できる——つまりは、もう一度ペニスを触れるのかという期待感を、まるで隠しきれていない様子だ。

「……まぁ、一理あるかもしれませんが。試してみましょうか？」

もしかすると、そもそも隠すつもりがないのかもしれない。とはいえ、リコのほうから提案してくれるなら、大樹としても拒む理由はなかった。

（ただ——もう一つ条件がある、ってことも考えといたほうがいいよな）

そう、これはあくまで検証のためであって、やましい気持ちがあるわけではない。そう自己弁護しつつ、もう一つの可能性を探るため、大樹は真面目くさった表情を浮かべた。

「リコにもしてもらうつもりだけど、その前に——一応は試しておく必要がある。この村にまだ処女だって子がいるなら、その子から先にしてもらいたいんだ」

「————はぁ？」

見るからに不機嫌な態度で問い返すリコ、その反応はもっともだ。挿入には至らなかったとはいえ、そうした行為に及んだ相手が目の前にいるというのに別の異性を呼ぶなど、自分では物足りないのかとプライドを傷つけられることにもなる。貞操観念の問題もありそうだが、そもそも一人の男性が複数の女性を相手にするのが一般的な世界なのだから、そこまで嫌悪や忌避されるような行為ではない——と、思いたい。

「い、いや、落ち着いてくれ……リコにしてもらったことで、俺にあんな力が身についたんだとしたら、その条件はなんなんだよって話だ。リコが初めて男に触れたからなのか、マッサージしたことがよかったのか、逆にマッサージは関係ないのか——」

「……同じ条件でもう一度やってみて、効果が出るか確認したいってことですね」

わかってくれたか——と安堵したものの、リコの視線はジトッと責めるように大樹を睨んでおり、納得したようには見えなかった。とはいえ、反対するだけの根拠が乏しいこともあり、ロザリーにも真実を報告したいという思いがあるためか、渋々と応じてくれる。

そうして数分後——部屋にはもう一人、いかにも純朴そうな少女が招かれていた。

「こ、こ、このたびはっ……私などをお召しくださって、ありがとうございます！　パン工房ディネルタの娘、ユリアと申します！　お見知りおきください！」

初めて男に接する緊張でガチガチに強張《こわば》っている彼女の顔は、茹で上がったように真っ赤に紅潮している。長い栗色の髪を三つ編みのおさげにし、頬にはほんのりとそばかすが残っているなど、垢抜けていない田舎娘そのものといった雰囲気だ。

とはいえ、この異世界のスタンダードは期待を裏切らず、彼女もまた、目を見張るほどの可憐な美少女には違いない。目鼻立ちはくっきりと整い、やや肉厚な唇も蠱惑的《こわくてき》で、話すたびに濡れた粘膜がプルンプルンと震えている。背丈はリコより頭半分ほど低く、それが彼女の幼さを感じさせているのだが、バストサイズは正反対——それなりに大きいリコを軽く凌駕し、大きく見えたロザリーのそれすらも上回る、重量感たっぷりの巨乳だった。

この陽気に合わせてのものなのか、異性の目を気にする必要がない解放感からか、着用するチュニックの胸元は大きく開かれており、その巨乳は凝視せずとも視界に飛び込んでくる。コルセットとまでは言わないが、ガードルのようなもので腰回りをきっちり締めつけているためか、くびれの落差もあってさらに大きく見えるほどだ。

「――素晴らしい」

「は？　あ、ありがとう、ございます……？」

名乗りもせず、いきなり感嘆されてしまったのでは、彼女が困惑するのも無理はない。そんな大樹の反応を、隣に立つリコが大きな咳払いで窘める。

「ンンッ……ゴホッ、ゴホンッッ！」

「あ、失礼……えっーと、いきなり呼んでしまって申し訳ない、ユリアちゃん。俺は間宮大樹といって、ここのお姫様に保護してもらってるんだけど――」

おそらくは知っているであろうことから始まり、大樹たちはリコの言葉も交え、いくつかの事情をかいつまんで説明する。野盗の襲撃、それを撃退した大樹の力と、その力を発揮するための条件について――もちろん、条件については仮説に過ぎないのだが。

「――ってわけでユリアちゃんには、それを確認する手伝いをしてもらいたいんだ。指示に合わせて、俺の身体を触ってもらうってことなんだけど――どうかな？」

「やりますっ、ぜひやらせてくださいっ！」

リコが処女と見越して連れてきた彼女は、やはり紛《まぎ》れもなく処女だったらしい。まるで童貞中学生のような反応を見せ、鼻息を荒くした少女は顔を真っ赤にしながら、大樹の身体中を舐め回すように見つめ、すでに手を伸ばしてきていた。

「は、話が早くて助かるな……それじゃ、ベッドに上がってもらおうかな」

「っっ……は、はひっ……失礼しますっ……」

ふっくらとした指の長い手を取り、彼女をベッドに誘い、自分を押し倒させるように跨がらせる。その光景を眺めているリコの表情が硬く、なにかを必死でこらえている様子なのが怖いが、いまは検証のために我慢してもらうしかない。

「どうかな、男の身体は……そんなに面白いもんでもないと思うけど」

「と、とんでもないですっ！　思ったより硬くて、ゴツゴツしててっ……すごく、エッチです……こ、興奮しますっ……うっ、わっ……あぁぁ、こんなに硬いんだぁ♥」

大樹の胸板や腹筋、二の腕をペタペタと撫で回しながら、少女の表情はたちまちデレデレと緩んでいく。男体への純粋な興味は、たちまち浅ましい劣情へと変わっていくようで、彼女の指は次第に肌に食い込み、奥の筋肉やうっすらと乗った贅肉《ぜいにく》を揉みしだくように動いて、その感触を味わおうとしていた。

「はぁっ、んっ、あぁぁぁ……これが、男の人ぉ……すごっ、すごいぃっ……」

甘い吐息が何度も溢れだし、半開きの唇からはダラダラと滝のような涎《よだれ》が流れ落ちていく。純朴そうな見た目の少女が、心の奥底に秘めていた童貞男子じみた欲望をじっくりと観察してやりながら、大樹は彼女の手に指を絡めつつ、もう片方の手で服を肌蹴させる。

「ダ、ダイキさん……んふぅっ、あっ、すごっ……指も、気持ちいぃぃ……ひんっ♥」

性欲がどれだけ男性寄りになっていようと、女体の柔らかさやしなやかさ、繊細な肌の感触などはまるで変わらなかった。指を絡ませ合い、手を握るだけで女性の感触が伝わり、興奮に股間が何度も跳ねる。そこに跨がっている彼女にも、すでに硬い感触は伝わっているに違いない。膨らんだ肉棒の感触が、ショーツ越しの股間を押し上げた瞬間、少女の全身がビクリと大きく跳ね震え、生温かい染みがジュワリと股間に染みてきた。

「……ユリアちゃん、かなり濡れやすい感じだな。裸とか見たら、もっとすごいことになりそうだけど……どうする、見てみたい？」

「み、見たいっ、見たいですっ……お、男の人の、はだっ……裸ぁっ……」

スリスリと指を擦りつけ、ボタンを外したシャツを引っ張っただけで、彼女の身体は前のめりになり、食い入るような視線をぶつけてくる。傍にリコがいて、鬼のような形相で睨んでいることにも気づかず、懸命に腰を振って股間を擦りつけてくるユリアは、目の前で晒されようとしている男体に誘惑されっ放しだった。そんな彼女の劣情を限界まで煽るように、ゆっくりとシャツを捲って視線を誘導しながら、ギリギリまで胸元を隠し――。

「それじゃ――こんなものでよければ、遠慮なく見ていいよ」

ユリアの喉奥から艶めかしいため息がもれるのに合わせ、上半身の裸を曝けだす。運動部に所属していた大樹の身体は、鍛えていない身体より遥かに筋肉がついているはずだ。

この世界の女性は、あれだけ強いにもかかわらず、マルタのようにマッチョな女性はあまり多くない。男性のほうもまた、性欲や扱われ方が関係するのか、どちらかといえば女性的――中性的な外見が多く、華奢な体型が多いとは聞いていた。

だからこそ女性は、男の筋肉や大柄な骨格に魅力を感じ、興奮するのだという――。

「はぁっ、あぁぁっ……ダ、ダイキさんの、裸ぁぁ……んぅっ、あぁぁぁっ！」

ほどほどに鍛えられたという程度ではあるが、そんな筋肉質な男体を目にした瞬間、少女の初心《うぶ》な劣情は、あっさりと限界を迎えてしまったようだ。女性の魅力的な身体に触れ、それを見せつけられた童貞少年よろしく――ユリアの全身はビクビクッと細かな痙攣を繰り返し、擦りつけていた股間の奥から、熱い迸りがブチュゥッと音立てて滴り落ちる。

「あはっ、あっっ……すごっ、うぅっ、んくぅぅっっ♥　イクッ、うぅっっ、ごめんなさいぃいいっ、イクッッ、イクぅぅぅっっ♥」

謝りながらも彼女の腰振りは止まらず、股間に感じる熱い膨らみを淫裂に擦りつけながら、絶頂に声を喘がせていた。太ももをキュッと閉じて腰を固定したまま、浅ましい自慰に耽る羞恥と、男の身体を使って果てたという充実感を心の底から味わっているのだろう。無垢な田舎娘の表情はトロトロに緩みきり、牝欲に満ち溢れていた。

（おぉぉっ、ほんっとエロいな、この世界の女の子は……俺の裸オカズにして、チンポ使ってオナニーするとか、マジで男に飢えすぎだろっ……）

その性に貪欲な姿はたまらなく淫靡で、なによりも愛らしかった。羞恥に悶える少女の顔を、意図的にニヤニヤと見上げて笑ってやると、それだけで彼女の腰はさらに激しく擦りつけられてくる。異性の裸を見ただけで果てた、自分でも想定し得なかった早漏ぶりを嘲笑されているという実感に、被虐の悦楽が込み上げ、止められないようだ。

「あっ、やっ……だめっ、だめですぅ……ぁくぅっっ！　んっ、やっ……み、見ないで、くださいぃっ……あはぁっ、んぅっ……そんな風に、笑わないでぇっ……♥」

　彼女がなにを求めているかなど、その表情や仕草、そして言葉から、手に取るようにわかってしまう。自らの浅ましい姿を晒し、それを許容してもらいつつ、それでいて嘲笑されたい——そんなマゾヒスティックな欲望が、彼女の潤んだ瞳には滲んでいた。

「……いやぁ、これは笑っちゃうかなぁ？　俺はまだ脱いだだけなのに、それ見ただけでイッちゃうなんてさぁ……さすが処女、すっごい早漏だね」

　そんな彼女の期待通りの言葉を浴びせてやると、前屈みの体勢で後ろに突きだされた尻房が、ビクビクビクッと激しく跳ね震える。言葉と嘲笑によって深いアクメを味わわされ、スカートにすら大きな染みが広がってしまうほどの、大量の愛液が淫裂から噴きだし、股間はおもらし状態になっていた。そんな彼女の濡れた淫部に太ももを押しつけ、突き上げるような振動を小刻みに浴びせてやるだけで、今度は身体が大きく仰け反り、弓なりになって激しい痙攣を繰り返す。

「んっあああぁぁっっ、あひぃぃぃ——っっ♥　らぇっっ、そぇらめれすぅぅっっ！　いひゃっっ、イッひゃうっっ、またイキますぅっっ！　んふぅぅ——っっ！」

「いいよ、何回イッても……チョロいマ○コが負け続けてるとこ、ずーっと見ててあげるからさ……ほらイケッ、満足するまでしっかりイッとけ♪」

　妙な愉しさ、嗜虐の快感に促されるように、彼女を甘く責めるような言葉が湧き出て止まらなかった。しかし彼女も嫌がるそぶりはなく、むしろ喜悦《きえつ》に唇を緩めて涎を垂らし、瞳を細めて喘ぎをもらし続けている。

　手を繋いでいるからこそ、なんとか身体は支えられているようだが、自力でそれをする力すら抜け落ちてしまっているように見えた。小柄な身体を引き寄せてみると案の定、抵抗なく全身が滑って寄りかかってくる。そんな彼女の両脇から腕を通して抱き締めてやり、優しく背中を叩きながら、なおも膝や太ももで股間をグリグリと圧迫する——刹那、ブシャァッッと凄まじい水音が響くと同時、デニムに熱い水流が降り注いで、大樹の下半身は水浴びでもしたようにびしょ濡れになっていた。

「……愛液おもらしだけじゃなくて、潮噴きおもらしまでしちゃうとはね。ほんっと、ユリアちゃんはマゾっ気強いよなぁ……そんなんで、俺のことマッサージできるのか？」

「んぁっ、んぐっっ、あはぁぁぁ……でき、まっ、ひゅっっ、あうぅぅっっ♪」

　肯定しながらも彼女の喘ぎも、甘く熱い蕩けた吐息もまるで止まらず、股間からはなおもチョロチョロと熱い牝汁が流れ落ちている。これが収まるまでは、身体に力が入ることはないかもしれない——少しやり過ぎたかもと反省しつつ、大樹は彼女の耳元に口を寄せると、汗に塗れた舌をしゃぶり、腰から尻にかけてのラインを撫で回していく。

「ま、いいよ——そのまましばらくイッて、それから手伝ってもらうから……」

「んひゅっ、はっ、あぁぁ……は、ひぃ……んぁっ、あんっっ♥」

　甘い汗の味を啜り、耳朶を吸いしゃぶり、耳穴へ舌先を潜り込ませ、縦横にくねらせて舐め回す。そのたびに彼女の腰はガクガクと震え、牝汁おもらしのほうも、しばらくは止まってくれそうになかった――。

◇

ベッドシーツがびしょびしょになり、床板にまで淫猥な水たまりが広がるほど、もらしにもらして絶頂を繰り返したユリアを、十数分ほど休ませ――それからようやく、彼女へのマッサージ指導を開始する。肉体労働の多いパン工房の娘だけあって、おそらくは親にすることが多いのだろう、マッサージ自体の筋は悪くないようだった。

「こう、ですよねっ……はぁっ、ダイキさんの身体、本当にいやらしいですよぉっ……こんなの触ってたら、私っ、またぁっ……んっ、あっっ……くふぅぅっ……」

濡れたデニムを脱ぎ、下着だけになった股間の裾に指を這わせながら、彼女の手は脚の根元から膝下までを緩やかに、けれど力強く捏ね扱いていく。興奮気味の彼女は、かなりの力を込めて太ももを揉みしだいているようだが、潤滑油となる薬剤を用意してもらえたおかげで、それほどの痛みを感じずに済んでいた。

(それにしても、面白い植物があるもんだな……樹液と水を混ぜれば、保湿ローションみたいなものになるのか――量産もしやすいみたいだし、これはかなり便利かも)

ユリアの手で塗り広げられる薬剤は、材料がヤグラと呼ばれる植物から採取されるため、ヤグラ蜜と呼ばれているらしい。そのヤグラ蜜がねっとりと肌に絡みつき、下着の裾から竿や睾丸に塗りつけられ、舐め上げるような感触を染み込ませてくる。すでにギチギチに勃起している肉棒は、下着をこれでもかと膨らませて張り詰めており、彼女の指遣いに合わせて躍動を繰り返していた。それを見つめる少女の瞳は劣情に満ちており、生で見たい、できることならむしゃぶりつきたいと顔に書いてある。

（まぁ焦らすのが目的じゃないし……マッサージも、これで十分くらいかな）

前屈みになって股間に顔を寄せようとする彼女を制し、腰を浮かせた大樹はゆっくりと下着を脱ぎ下ろしていく。息を呑むのはユリアだけでなく、隣で興奮を隠しきれないまま様子を観察していたリコも同じだった。ゴム紐部分に亀頭が引っかかり、先端を押し下げられた竿が、勢いよく跳ねて姿を現す――その瞬間、二人の唇からは感極まったような吐息が溢れ、視線が肉棒に吸いついてきたのを感じる。

「こ、これがぁ……んっく……ごくっ♥」「ダイキさんの……生、チンポぉ♥」

この世界の男性器は、彼らの平均である華奢な体型に合わせてなのか、あまり大きいものはないらしく、元の世界での平均ほどである大樹のモノでも、いわゆる巨根として認識されているようだ。その平均サイズ――よりも少し太めである肉棒が、下腹部を叩くほどに反り返り、竿をバツンバツンに張り詰めさせている様子を見て、二人の息が荒くなっていく。特に、下着の中で射精してしまったために、それを生では見ていなかったリコの興奮は、おそらくユリアのそれよりも激しいのではないだろうか。

「初めて触ったこれを……絶頂させたんですよね、私……あれ、すごかったなぁ……」

そのときの高揚感を思いだしたのか、リコは恍惚《こうこつ》とした笑みを浮かべ、スカートの上から股間を押さえつけて身震いする。彼女の囁きが耳に届いた大樹も、あどけないリコの嗜虐的な姿や、手コキで導かれた射精の快楽を思いだし、何度もペニスを跳ねさせていた。

そんな反応を催促と取ったのか、目の前でそれを凝視していたユリアは、何度も深呼吸して恥垢の匂いを嗅ぎ取りながら、熱い吐息を肉幹に浴びせかけてくる。

「はぁっ、はぁっ……んっ、すぅぅぅぅ……あはぁぁぁっっ♥　とってもいやらしい匂いですよっ、ダイキさん……さ、触ってみてもいいですかっ？」

「ああ、頼むよ……俺もそろそろ、気持ちよくしてもらいたいからな」

そう言って腰を浮かせる大樹だったが、その行動は、異性に対して絶頂をねだるポーズにほかならない。差しだされる生殖器を前に、ユリアはヤグラ蜜をたっぷりと絡めた手でそれを握り、脚にそうしていたように柔らかく揉みしだき、扱き上げていく。

「あっはぁぁ……すっごく熱いです、これぇっ……こんなに硬くなって、すごくぅ……いい、匂いぃ……はぁっ、んっ……ちゅっ、れろぉぉぉ♥」

「──くぉっ⁉　おっ、ほっ……うぁっ、そこ……いいっ……くぅっっ……」

ヌルヌルとした感触で肉竿を扱きながら、甘い香りの蜜を舐め取るように、彼女の小さな舌がピチャピチャと亀頭を舐め擦り始める。くねる舌先が裏筋を擦り、かと思えばプックリとした唇《まぶ》が亀頭を啄《ついば》み、チュパッ、チュパッと音を立てて吸い立て、ヤグラ蜜と唾液をたっぷりと塗し広げてきた。どこで覚えたのか、ただやりたようにやっているだけなのか、濡れた舌が艶めかしくくねり、肉棒を丁寧に舐め上げ、精液を誘うように吸いついてくる。

「んぁっ、べろぉぉぉ……んぅっ、ちゅぅぅっ……ろう、れふかぁ、らいきひゃん……んちゅっ、はむっ、じゅぱっ、れろぉぉ……ひんぽ、きもひいいれふかぁ……？」

　ベロッ、ベロンッと舌で肉棒を弾く動きを繰り返し、その様を見せつけながら、ペニスに頬擦りするような仕草でユリアが見上げてくる。瑞々しく滑らかな、若さを感じさせるスベスベの肌に肉棒を撫でられ、それと同時に浴びせられる艶めかしい舌遣い、指の扱き上げに自然と腰が浮き、こらえようにもこらえきれない快感が込み上げてきた。

「はぁっ、んっっ、あぁぁ……いいっ、めちゃくちゃぁ……ぁくっ、それっ、そのままぁ……か、顔でっ、もっと擦って……くっっ、うぅぅっっ！」

「んふぅ……こう、ですかぁ？　はぁっ、熱ぅい……チンポにこんなことしていいなんて、夢みたいですよぉ……んはっ、はぁっ、んちゅっ、れろっ、べろぉぉっ♥」

　大樹のリクエストに応えて、幼い顔立ちを見せつけながら、少女が懸命にペニスに頬擦りを繰り返す。ギャップのある淫靡な仕草を目にした瞬間、大樹の下腹部に腰の抜けるような快感が突き抜け、彼女の顔に向かって股間を押しつけさせる。

「やっっ……ぱっ、あぁぁっ、イクッッ……ユリア、ちゃっ……んっ、イクぅっっ！」

「本当ですかっっ……んひゅっっ、ひゃうぅっっ♥」

　――ブビュクッッッ、ビュクビュクッッ、ブビュルゥウウゥ～～～～ッッッ！

　彼女が喜悦に瞳を輝かせた瞬間、その顔を目がけ、勢いよく精液が撃ち放たれた。目の前で爆ぜる肉塊が、白濁の汚液をドプドプと吐きだすにも拘わらず、彼女は顔を背けたり逃げたりするどころか、嬉しそうに頬を擦りつけ、精液を顔で受け止めようとする。

「んぁっっ、あはぁぁっっ……すごっ、射精ぃぃ……んっっ、くふぅぅっっ……こんなに、出るんですね、精液ぃ……はぁっ、あんっ、あつぅっ……んっ、もっとぉっ♥」

「マ、マジで、いいのか……んくっっ、あっ、イクッッ……くぅぅっっ！」

彼女の言葉に甘えて腰を振り、プニプニとした柔らかな頬肉にペニスを擦りつけるだけで、精液が啜りだされるようだった。トロトロのヤグラ蜜が潤滑油となり、それが絡みつく感触が彼女の頬や肌を淫靡な生殖器に作り替え、肉棒を包み、扱いてくる。

「はぁっ、すげっ……ユリアちゃんのほっぺた、気持ちいいっ……ぐうっっ！」

「ひゃぁんっ♪　んっ、嬉しい、ですっ……んぁっ、はぁぁっ♥　も、もっとぉ……んっ、全部っ、だしてぇ……顔に、ぶっかけてくださいぃっ♥」

たまらず手を伸ばして頭を押さえつけ、額や鼻先にペニスを擦りつけ、残った精液を懸命に搾りだし、ぶっかけてしまっても、彼女に嫌がるそぶりは微塵《みじん》もなかった。顔を真っ白に染め、肉竿を舌先でくすぐりながら、唾液の糸を引いた唇を見せつけ、白濁が噴きだすたびに瞳を細めている。

「んっあぁぁ……ひゅごい、あひゅい、れふぅ……んっ、ちゅっ……はぁぁんっ、おいひぃぃ……ホロ苦くて、濃い……男の人の、味ぃ……ちゅぶっ、れろぉぉぉ……♥」

そうするのが当然とばかり、精液を啜って味を堪能したユリアは、コクコクと小さく喉を鳴らす。無理しているとか、興味からというわけでもない。純粋に精液に旨味を感じ、逆に飲ませてもらっているとでも言いたげな態度で、顔中の牡液を丁寧に拭い、舐め取り、蕩けきった満面の笑みを浮かべていた。

「んくっ、ごきゅ……ぷぁっ、はぁぁぁ……ありがとう、ございましたぁ♥ 精液……ダイキさんのザーメン、とっても美味しかったですぅ♥」

そんな感謝の言葉まで告げられれば、それはもはや決定的だと考えられる。男性の存在、精液の存在が貴重なのは言うまでもないが、おそらくは彼女らの味覚さえも精液の——飲精行為のために整えられており、それを味わうことも淫靡なプレイの一つなのだ。

(マジか……あぁ、こっちこそありがとう……異世界、最高っ……)

歓喜に浸る全身は震え、肉棒は目の前の淫らな飲精をオカズに、萎えるどころかますます硬く膨らんでいく。それをユリアがうっとりと見つめているせいで、さらに続きをお願いしたくなってしまうが——。

「あ、そうだった——リコ、確認だ。力が強くなってるか、腕相撲で試してみるぞ」

「ふぇ——あっ、ひゃいっ！　そそ、そうですね、力試し！　やってみましょう！」

ギリギリのところで思いだし、リコを振り返って呼びかけると、彼女も慌てた様子で居住まいを正し、バサバサとスカートの裾を翻した。直前に彼女の手が、スカートの上から荒々しく股間を擦り、おもらしのような染みを大きく広げていたのは見逃すことにする。

「それじゃ、行くぞ——」

「は、はい、お願いします――えいっ！」

　簡単に腕をつけただけの、適当な姿勢での腕相撲だったとはいえ、結果は大きく変わることはないだろう。大樹の腕は横倒しにされ、手の甲がベッドマットを叩いていた。

「おっと……俺が負けるってことは、力が出てないのか……」

「少なくとも、ユリアちゃんでは無理だった――ということになるでしょうか？」

　そう口にしてから、リコはハッとした表情で気遣うように少女を見やったが、彼女は特に気にした様子はなく、行為の余韻に浸っているようだった。

「まぁ、そうなるかな。となると、リコにはどうやってもらえばいいのか……」

「……わたし、なんとなくわかったかもしれませんよ」

　蕩けた笑みを見せるユリアの姿に、ムッとした表情を浮かべていたリコはそう呟くと、長いスカートを脱いでベッドに上がり、腰の上に乗ってくる。

「えっ――うわっ⁉　お、おい、リコ……どうしたんだよ、いきなり――」

「確かにユリアちゃんはマッサージをして、ダイキさんをしゃ、せ……ぜ、絶頂させたかもしれません。でも、なんというか……雰囲気が違ったんですよね」

「雰囲気って、どういう――ふむぅっ⁉」

　大樹が問うより早く、たっぷりのヤグラ蜜を手の平に馴染ませたリコの手が、ヌチュリと音を立てて胸板を擦り、筋肉を揉むような指遣いで、上半身へそれを塗り広げてくる。

　大樹が教えたように、リンパを中心に肌を押し撫で、血行を整えるように揉みしだくその施術は、筋肉の奥底にまでポカポカとした熱を注ぎ込んだ。

「――いかがですか、ダイキさん？　気持ちいいですか？」

「あ、う、うん……気持ち、いっ……ひっ、いっ……んっ……」

大樹が口を開くに合わせ、彼女の手はわざと胸筋をゆっくりと撫で下ろし、手の平や指先で乳首をコリコリと転がし、爪先で甘く掻き捏ねてくる。そのたびに腰を捩り、ビクンビクンと全身を跳ね震わせる大樹を見下ろして、リコは嬉しそうに微笑む。

「可愛らしい感じ方ですね、ダイキさん♪　ここ、そんなにいいんですか？」

「そ、こぉ……ふぐっ、んっ、あぁぁぁ……周りっ、ばっかぁ……あぐぅっ……」

指腹で舐め回すように乳輪を撫でるのに、肝心の乳首は、硬い爪先が僅かに擦るばかりで、もどかしさばかりが募っていた。たまらず腰を捩り、上半身を反らせて身悶えしてしまうと、その拍子に跳ねた肉棒が彼女の尻肉をベチンッと叩き、甘い快楽に痺れる。

柔らかな尻肉の感触は、触れた瞬間にペニスを包み込むようにたわみ、濡れたショーツの感触とともに、肌の温もりを感じさせた。もちろん、さらにその奥――太ももの間で熱く発情し、ジュクジュクと蜜汁を溢れさせている淫裂の感触も、延々と腰の上で円を描き、吸いついてきている。淫らな唇が啄むように下腹部を食《は》む、その刺激だけで肉棒は破裂しそうなほど膨らんでおり、先走りが撒き散らされ、彼女の尻房を汚していった。

「ちょっ、あっ……リ、コッ、おぉぉ……う、上ばっかじゃ、なくてぇ……」

「ふふっ♥　わかってますよ――こっちのほうも、ナデナデして欲しいんですよね、ダイキさんは……あはっ♪　ちょっとぉ……おっきくしすぎですよ、この敏感オチンポ♥」

身体を少し下に滑らせた彼女が、ブルンッと跳ね震えた肉棒を股間の前に見据えて、クスクスと嘲笑交じりに囁く。亀頭だけでなく肉竿全体を、果てはその付け根から睾丸、蟻《あり》の門渡《とわた》りに至るまで、ペニスは自身の垂らした先走りでドロドロに濡れ染まっていた。

「こんなに膨らませて、自分のお腹まで叩いちゃって……ほら、わかります？　太ももの内側をナデナデしてあげたらぁ――ふふっ、ビクンビクンッて♥　何回も跳ねて、お腹にベチンベチン当たってますよ？　触ってください～って、おねだりしてるみたいに♪」

じっくりと、舐めるような視線で勃起の挙動を確認しながら、リコがニヤニヤと笑い、視線を絡ませてくる。そのからかうような目に見つめられるだけで、自然と腰が持ち上がり、肉棒を空気に押しつけるように、カクカクと揺すれてしまっていた。そんな動きを窘めるように、リコは体重をかけて大樹の太ももに座り、ヌルついた手の平を脚に滑らせる。

「まぁ、まだチンポには触ってあげませんけどね♥」

クスクスと笑い、彼女の手は睾丸の付け根ギリギリのところを撫で擦りながら、徐々に指を増やして太ももを擦り、揉み、太もも全体を丁寧に弄ってくる。目の前で肉棒はビクビクと跳ね震えているのに、それを嬉しそうに眺めるだけで、指は太ももとその付け根を往復し、時折ペニスの根元に円を描くような動きを見せるだけだ。

「初めて顔を合わせた女の子相手に、あんな風にチンポ好き放題させて、簡単に射精しちゃうようなビッチさんには――すこ～しお仕置きが必要みたいですから♪　い～っぱい焦らしてから、気持ちよ～くピュッピュさせてあげます――わかりましたか～？」

「そ、んなっ……あぐっ、くぁうぅぅっっ！」

なんとかペニスに触れてもらおうと腰を捩り、肉棒を振って愛撫を求めるも、彼女の手はスルリスルリと風のようにそれを避ける。あまりにも挙動を大きくしてしまうと、彼女の手は太ももすら離れ、腰や脇腹、下腹部を撫でて蜜のヌルつきを広げるようになり、さらなる焦れた感覚が膨らんでいった。

「ふふっ……必死すぎ♥　なんとかオチンポ擦ってもらおうとして、頑張って腰振りしてるの――すっごく浅ましいですね♪　でも仕方ないですよね、わたしの手やユリアちゃんのお口で、気持ちよ～くピュッピュする快感、覚えさせられちゃったんですから♥」

ピュッ、ピュッと擬音を口にするたびニヤニヤと笑いながら、肉棒からギリギリ離した位置で指の輪を作り、エア手コキのように上下に扱く仕草を見せる。彼女の指摘を受け、恥ずかしくてたまらないはずなのに、彼女の手に合わせて浅ましく腰を振ってしまい、与えられない快楽のもどかしさに腰がみっともなく捩られていた。

「なっ、あっ……あぁっっ、もっ……もう、いいだろっ、そろそろぉ……」

「え～？　まだですよぉ……まだ、ま～だ♥　太ももばっかりで、上半身がほったらかしでしたから――今度はもう一回、おっぱいと腕と、揉ませていただきますね♥」

嗜虐的に瞳を細め、ペロリと唇を舐めたリコの身体が前のめりになり、両手が胸元から肩、そして二の腕へと移り渡っていく。ヌルヌルとして滑りやすいはずなのに、彼女自身

加える。


の体幹が相当鍛えられているのか、身体は大きく揺らぐことなく、適度な強さで指圧を加え、繊細な動きで筋肉に振動と熱を与え、身体の奥底に心地よさを染み込ませる。

「はぁぁんっ、硬ぁい♥　それでいて、ちょっぴり柔らかくてぇ……モミモミするの、とってても気持ちいいです♪　ほらぁ、モミモミ、ナデナデ……時々、シコシコ♥」

「くぉあっっ、はぁぁっっ！　そこっ、乳首ぃぃっ……んふっっ、くふぅぅっ！」

胸筋を揉み捏ねられ、その刺激に身を委ねて意識を蕩けさせた瞬間、彼女の指が乳首をつまみ上げ、シコシコと小刻みに扱き上げてきた。刹那、大きく跳ねた肉棒からビュルッッと先走りが噴きだし、下腹部にパタパタと降りかかる。

「あ〜あ、透明なのおもらししちゃってぇ——堪え性がないですね、おねだり癖のついた弱々チンポは♥　ユリアちゃんのこと、バカにできないですねぇ〜♥」

「そ、れはぁ……あふっっ、んっ、あぁぁっ……」

爪の先でつままれ、引っ張り上げられ、かと思えば指腹で優しく転がされ、その刺激が迸るたびに、全身がビクビクと面白いように跳ねさせられ、操られてしまう。ブルンブルンと震える肉棒は先走りを撒き散らし、それらは当然、近くに密着しているリコの股間や下腹部にも、ねっとりと糸を引いて浴びせかけられていた。

「んふっ、くふぅぅん……わたしも、ちょっとぉ……熱く、なってきちゃいました……はぁっ、ふぅ……ちょっと見苦しいですけど、失礼しますねぇ……」

男の肉棒から溢れた先走りの感触に、性感の昂った表情を浮かばせ、瞳をうっとりと蕩けさせながら、彼女もシャツのボタンを外して前を肌蹴る。巨乳というほどではないが、けして貧乳ではない豊かな乳房と、それを包む愛らしい色のブラジャーを覗かせ、彼女がパタパタと身体をあおいで見せる。シャツの内側に籠もっていた蒸れた空気が流れ、大樹の鼻腔を甘い香りがくすぐってきた。

（うっ、あぁぁ……めっちゃ、いい匂いっ……あぁぁっ、舐めたくなるぅっ……）

ユリアの耳をしゃぶったときから感じていたが、やはり間違いない——この世界の女性の体液、並びに体臭は、牡欲と食欲の両方を揺さぶるほどに甘く、芳《かぐわ》しい。もしかすると、そう感じるのは異世界から来た大樹だけなのかもしれないが、これほどの劣情と興奮を煽られる変化なら大歓迎だった。

彼女の身体に吸いつきたい、むしゃぶりつきたいという欲求は秒単位で膨らみ、その欲望がペニスを硬く、熱く屹立させる。そんな反応を見て昂る彼女が、ますます身体を熱く火照らせ、汗を掻き、甘い匂いを漂わせてくる——官能のスパイラルに、頭の中はトロトロに蕩けつつあった。とりわけ、彼女の太ももの間から染みだしてくる牝の甘香は、身体が弛緩させられてしまうほどに強烈で、大樹の視線はそこを凝視しっ放しである。

視線を感じているリコは嬉しそうに微笑み、身体のラインに沿って手を這わせ、腰骨にかかるショーツの端に指を絡ませた。

「本当に、どうしようもないくらいエッチなんですから、ダイキさんったら……女のアソコが気になる男の人なんて、相当な淫乱さんですよ？」

　こちらのマゾ性を見透かしたように囁きながら、指を絡めたショーツがずらされ、布地の奥から蒸れた空気がムワァッと溢れ返る。牝の淫蜜が醸しだす濃厚な甘い香りは、ねっとりとした熱さを絡めるように肉棒を這い上がり、そこから下腹部へ、胸元へ、そして――顔へと届き、誘惑するように鼻腔をくすぐった。

「ふぁっ……はぁぁあっ、すげぇぇ……リコの、お、オマ〇コッ……いい、匂いしてるぅっ……は、早く、見せてっ……オマ〇コ、見せてくれっ……リコぉっ……」

　溢れた熱い空気に撫でられ、焦れったさに跳ね躍る肉棒を、リコがクスクスと笑って見下ろす。その根元へ触れさせるように腰を突きだし、濡れた淫裂の感触を太ももに塗り広げながら、彼女は舌で湿らせた唇を開いた。

「お願いするときはぁ――見せてください、って言うんですよ？」

「っっ……はっ、あぁぁっ……はいっ、はいぃぃいっっ！　おねっ、お願いっ……しますぅっ、見せてくださいっ……オマ〇コ、見せてくださいぃっ！」

　生の牝肉を拝んだことがない、童貞のみっともなさを曝けだして懇願する大樹の姿に、リコの唇が嬉しそうに緩んでいく。自分はすでに、大樹のペニスを生で見ている――それに対して目の前の男性は、いまだ女のそれを知らず、見たいがために必死で自分の言葉に従っているのだ。その優越感が精神的な余裕に繋がり、リコの愉悦と快楽は止まらない。

「ふふっ――いいですよ、変態さん♥　そこまでお願いするなら、見せてあげます……いやらしい目を凝らして、じ～っくり見てくださいね？　わたしの、オ・マ・ン・コ♥」

片手で股間を隠したまま、器用にショーツを脱ぎ下ろしたリコは、再び騎乗位の体勢に戻り、焦らすように両手の指を肉襞《にくひだ》の前へ揃えた。それを粘膜襞に食い込ませ、ジュワァッと大量の牝蜜を搾りだしながら、熱く蕩けた淫らな割れ目を開帳していく。

「はぁい——どうぞ♪　これがぁ……変態のダイキさんが、どぉ〜〜〜〜〜〜〜してでも見たくてたまらなかった、わたしのぉ——女の子の、オマ◯コです♥」

大陰唇《だいいんしん》を指でしっかりと固定し、これでもかというほどに開かれ、見せつけられた牝の淫華は、言葉を失うほどに艶めかしく、美しかった。

「——っっ……はっ、あっっ……はぁぁっっ……リコッ、リコぉおっ……」

自分の裸をオカズに果てたユリアではないが、そのままリコの秘部をオカズに、肉棒を扱きたくなってしまう——そう思わせるほどに淫猥な花弁が、そこに咲き綻んでいる。

おもらしのように溢れ出る牝蜜で粘膜襞はジュクジュクに濡れ蕩け、薄桃色の肉襞が真っ赤に充血し、ヒクヒクといやらしく蠢いていた。真っ白な肌の太ももと、その内の真っ赤な肉穴というコントラストだけでも淫ら極まりないというのに、指先で僅かに緩まされた膣口《ちつこう》からは、泉のようにコンコンと蜜汁が溢れ、垂れ流れている。その上側の小孔がヒクついている様も、さらに上側の肉真珠が包皮を半分ほども剥き上げ、プックリと膨らんでいる様も、大樹の牡欲を誘ってやまない。

「すごっ……すご、いっ……めっちゃ、エロいっ……綺麗っ、綺麗だっ……リコのマ◯コ、最高っ……初めて見たけど、これっ……絶対、これが一番だっっ……」

食い入るように見つめ、肉棒を痛いほどに張り詰めさせ、ガクガクと腰を跳ねさせてしまう大樹。いまにも果てそうになっているはしたない反応に、羞恥で頬を赤く染めながらも、リコは満足げに微笑み、その割れ目を肉竿に宛てがってくる。

「んふぅっ……そこまで悦んでいただけるなんて、本当に嬉しいです♥　そのまま、見ているだけで満足でしたら……このエッチな唇で、チュコチュコ～って扱いて♪　気持ちいのビュルビュルゥ～～ッてさせてあげますけど……ふふっ、どうされますか？」

そんな風に上から目線で誘ってくるリコだが、彼女の瞳にもはっきりとした淫欲が浮かんでいた。牝襞にしても、肉棒に触れただけで激しい痙攣を繰り返し、牡に吸いついて、膣奥《ちつおく》へ誘うような動きを繰り返している。

『挿れたいっ、挿れたいっ、挿れたいっ——チンポ挿れたい、生チンポぉっ♥』

彼女の膣肉の蠢動《しゅんどう》、濡れた瞳の熱視線は、口よりも雄弁に欲望を語っていた。その反応に誘われるまま、大樹も腰を浮かせ、濡れた媚肉にズリズリと擦りつけて訴える。

「リ……リコの中で、イカせてっ……射精っ、させてくださいぃっ……」

「んっ、あぁ…ふふっ、どこの——中、ですか？」

大樹の腰遣いに合わせ、彼女も上半身を反らせて股間を突きだしながら、濡れた淫肉で竿に口づけてくる。肉棒を根元から舐め上げられるような甘い感覚に、ペニスをジンと熱く痺れさせながら、快感を訴えて何度も腰を跳ねさせ、肉襞を擦り、声高に叫ぶ。

「オッ……オマ〇コッッ、リコのオマ〇コの中ぁっっ！　オマ〇コッ、挿れさせてぇっ…

……射精させてくださいっっ！　お願いっっ、お願いしますぅぅっ！」

童貞を捨てたい――それ以前に、牝肉の味を知りたいという一心で、懸命に肉棒を擦りつけて彼女に媚を売り続ける。二度、三度、四度、腰を跳ねさせるたび、擦れ合う粘膜襞からクチュクチュと淫音が響き、先走りが止めどなく噴き上がっていた。

自分という女を求めて浅ましく腰を振る牡の態度に、感極まったように身を抱いて震えるリコは、快感に蕩ける下半身を叱咤し、ようやく淫裂を持ち上げていく。

「しょ――しょうがないですね、ダイキさんはぁ♪　そんなにオマ○コ欲しいなら、挿れさせてあげます……この淫乱チンポ、オマ○コで食べてあげますっ♥」

「はぁっ、おっ、おねがっ、ひぃっっ！　いっっ、しまっ、あっ……あぁぁぁっっ！」

反り返った肉棒を、彼女の指が直立に固定させてきた。そうしてそそり立った肉竿を、彼女の淫裂がたっぷりの蜜汁を絡めてしゃぶり、啜り、舐め上げ――大きく広がった割れ目と肉穴で、亀頭から一気に飲み込んでいく。

――チュプジュッツッ……ブジュッツッ、ジュグゥッツ、ブッツチュウウウウッツッ！

「んぐぅぅっっ！　くぁっっ、はぁぁっ……んふっっ、あはぁぁぁ……」

肉膜をこじ開け、貫いたような感触が微かに竿を撫でた、その直後――ヌルついた熱壺に肉棒を根元まで咥え込まれ、蕩かされる快感が奔《はし》り、大樹の喉から感極まった喘ぎがもれた。同時にリコも、全身をプルプルと痙攣させながら、肉穴を締めつけ、大樹の腰に置いた手で懸命に身体を支え、膣奥まで抉《えぐ》られる快感に蕩声を響かせる。

「んふっっ、くふぅぅぅぅんっ……っっ♥　んはっ、あっ、はぁぁぁ……こ、れぇぇぇ……あんっ、あっっ、しゅごっ……んぅっ、かたっ、あっっ……ひぃぃっ♥」

肉棒を包み込む柔らかな肉厚襞はキツく狭まり、キュウキュウと締めつけられ、閉じ込めた牡肉を余さず咀嚼《そしゃく》し、揉みしだいてくる。これまでに大樹が味わった感触の中で、最も近いものは舌と唇だろうか。膣内には熱さと蕩味が溢れ返り、無数の唇が、舌が、口腔粘膜が――我先にと争いながら肉棒にチュパチュパと吸いつき、むしゃぶりついて、根元から先端までを絶えず扱き抜いてくるような心地よさだ。

（くぁっ、あっ――やばっ……うぅぅっ、無理っ……これっ、無理だぁぁっっ⁉）

みっちりとした尻肉の重みが押しつけられ、彼女が腰を捩るたびに、柔らかな感触が股間を撫で回していた。そのくすぐるような刺激に精液を込み上げさせられ、ビクビクと震える肉棒を啜られ、扱かれ、自然と腰が跳ね上がってしまう。そうして突き上げられた肉棒が彼女の膣奥をグリグリと抉ると、リング状の肉襞が亀頭に引っかかり、舐め回すように擦れてくる。弾性のある粘膜が裏筋を叩く、そんな強い刺激を注ぎ込まれた瞬間、大樹の下半身はたちまち脱力してしまい、絶頂をこらえる気力を完全に奪われていた。

そしてそれは、彼女も同じだったらしい――。

「はぁっっ、あぅっ……あっ、はぁぁぁ……らぁっ、らへぇぇ……あうぅぅんっ、これ、だめぇっ……こんらっ、しゅぐぅっ……んぅぅっ、イッちゃうぅぅっ……」

肉棒が跳ね震え、肉幹をさらに太く膨らませ、激しく脈動した瞬間――食い込んだ牡肉に膣道《ちつどう》を押し広げられ、リコの全身がビクビクビクッッと痙攣する。

「んふぅぅっ、イクッ、イっひゃうぅぅっ！　我慢、れきっ、ひっあぁぁっっ♥」

嬌声を上げると同時、全身の痙攣が肉穴にまで伝わったように粘膜襞が震え、ギチギチと音を立てるほどに締めつけられた。その根元から搾り取るような鋭い肉悦がトドメとなり、大樹の浮かせた腰もガクガクと跳ね躍り、欲望の猛りを奥深くへ解き放つ――。

――ブビュグッッ、ビュルビュルビュルゥゥ～～～ッ、ドピュッッ、ドビュルッッ！

「んはっっ、ひあぁぁぁっっ♥　あぅっ、んぅぅっ……きてりゅっ、奥ぅ……んっ、ザーメエン……熱いの、かかってるぅ……あっ、イクッ、イクぅぅっ♥」

爆ぜた肉棒がドクドクと脈打つたび、熱い迸りは快感を乗せて尿道を駆け抜け、大樹の脳を蕩かしながら、彼女にも快楽と熱さを刻み込んでいるようだった。精液が勢いよく跳ね、膣肉に浴びせかけられるたび、彼女の中の牝欲が過敏な反応を見せて肉穴を締めつけ、さらなる精液をねだるように、ねっとりと扱き上げてくる。

（はぁっ、あっ、なんだっ……これっ、えぇぇ……す、吸われてるっ、ぐぅっっ！）

蕩けきった粘膜襞に牡液が滑り込み、蠢く肉襞に咀嚼され、膣奥へゴクゴクと飲み下されてしまう。そんな貪欲な牝穴に隙間なく包み込まれ、ねぶるように扱かれながら、肉棒はポンプのように延々と精液を吐きだし続けていた。

「んぐっっ……くっ、おぉっっ……やべっ、めっちゃ……出るっ、うぅぅっっ……」

「んぁっ、あっっ、すごっ……んんぅぅっ♥　まだ、こんなぁ……あんっ、勢いっ、すごっっ……んふぅっっ、ドロッドロの、濃ゆいのぉ……あっ、くうぅぅんっっ……」

　互いの股間を擦り合わせるように密着させ、抽挿すらしていないというのに、濃厚で深い絶頂の味が、二人の身体と心に浸透していく。ほぼ半裸の全身は淫熱《いんねつ》に火照り、大量の汗が流れ、互いの体臭、淫臭、甘い香りがむせ返るように室内へ広がっていた。それがどうしようもなく劣情を昂らせ、牡と牝の本能に従い、互いを求めさせる。

「はぁっ、んっ、あぁぁぁ……ダイキさん、すぐイッちゃいましたねぇ……んっ、ふぅぅ……エッチでビッチな男の人は、イキやすい淫乱チンポなんですねぇ……ぁんっ♥」

「それ、はっ……リコも、同じだろっ……挿れた瞬間、即イキってさぁ……このっ！」

　今日だけで、すでに三度目の射精だというのに、大樹の肉棒はまったく萎えていなかった。その硬いままのペニスでズンッと膣奥を押し上げ、そこを捏ね回すように円を描いてやると、肉穴は面白いように引き締まり、肉棒に吸いついてくる。

「はぁぁぁんっっ♥　あっ、んぅっ、それぇ……いい、れふっ、んくぅぅっ♥」

　処女を失ったばかりのはずのリコだが、破瓜《はか》の痛みを感じている様子はなかった。おそらくこちらの世界では女性が子作りしやすいよう、処女膜の隙間も広くなっており、それ自体もオブラートのように極薄なのではないだろうか。そして、挿入された肉棒に触れるや自壊するように裂け、蕩け、牡を咥え込み——奥の敏感な粘膜に触れさせるのだ。

「ひゃうっ、あうぅぅんっ♥　んっ、もぉぉ……今度はぁ、こっちから——ぁっ⁉」

　その過敏な膣奥を亀頭に叩かせ、だらしなく表情を緩めていたメイド少女が腰を遣おうと浮かせたところで、大樹は下から腕を上げ、彼女の身体を反対に押さえつける。

「へへっ――これで、形勢逆転だ♪」

「なっ、えっ……あっっ！　まさか――んっ、ぁぁっっ♥　ちょっと、動くのっ……ま、待って、くだ――ひゃっ、あうぅっっ！　んくっ……ダイキさん、力が……」

言いながらリコは懸命に力を込め、指を絡ませて握られた手を押し返そうとするが、マウントを取られた状態で、身体はピクリとも動かない。大樹自身、彼女を押さえつける身体に充填される力を自覚しており、この小さな少女では決して抗えないと確信していた。

「リコだとうまくいくみたいだな……けど、どうして――そういえばさっき、雰囲気が違ったって言ってたよな？　そのことと、いまの状態が関係してるのか？」

「はぁっ、いっ……んっ、それ、はぁ……あぅんっ♥　だから、止まってぇっ……」

大樹が腰を遣い、膣内に螺旋を描くのを懸命に押さえながら、リコが呻《うめ》くように答える。

「その、最初のときの、ダイキさんの様子がぁ……あふっ、んっあぁぁっっ♥　し、してもらった、りぃっ……んっ、させたり、するのではなく……っっ……ちょっと強引な感じで、されたり、させられたりするほうが……お好きなのかと、思ってぇ……ひゃうっっ！」

お腹を持ち上げるように、角度をつけて膣肉を擦り突かれ、リコの背中が弧を描くように反り返った。同時に肉壺もグチュグチュと淫猥な水音を響かせ、その柔らかな肉襞が揉み洗いのようにペニスをしゃぶる。たまらず射精しそうになる感覚を、なんとか気力で乗り越えながら、彼女の言葉に反応を示す。

「な、なるほど……んぐっ、うぅっっ……ユリアちゃんには、させてるって感じになってたもんな……じゃあ、さっきのは演技だったたってことか？」

「え――え、ええ、そうですよ、もちろん……」

言葉巧みに大樹を責め立て、焦らすような仕草で牡欲を煽り、嘲笑や挑発を繰り返したことを思いだしているのか、ほんのりと頬を染めて顔を背けた。

「……いや、あれ絶対、素だっただろ？」

「そっっ――そんな、ことは……ないです、本当に……」

自身の嗜虐的な一面を本性だと指摘され、慌てて否定しようとするリコだったが、自分を押しのけてなんとか上になろうともがいている辺り、彼女はどちらかといえば責められ好きではなく、責め好きであることは間違いなさそうだ。それでも淑女としては、男性を責めて悦ぶという嗜好《しこう》を持っているなどと、恥ずかしくて認められないのだろう。

しかし――男性の数が少なく、そちらが受けになって行為に及ぶ形が多いのだとしたら、そのような思考になるのも当然なのではないだろうか。多くの為政者がハーレムを囲っているのも、彼らを侍《はべ》らせ、思うさま嬲《なぶ》り、貪るためだと考えられる。

確かに、中には彼らに奉仕をさせて楽しむ者もいるだろうが、数少ない男が淫らに乱れる様を観賞することこそが、おそらく女性の本懐であるはずだ。だからこそ野盗たちは大樹を大勢で辱め、その姿を囃し立て、自らを発情させていたのである。

（元の世界で考えたら、男から女へのアプローチのが絶対多いし、モノがデカくて責めるのうまいほうが、女の食いつきいいはずだもんな……ま、俺みたいなメンズエステ好きとか、されるのが好きっていうやつもいっぱいいたけど――）

こちらの世界でも、そうした女性――ユリアのような少し被虐欲のある少女なども、おそらく少なくはないのだろう。ただ、大樹にとってみれば性癖の多様性は当然のことであり、どちらがいいということはなく、また恥じるようなことでもなかった。

大樹にとってはリコのそうした嗜虐嗜好は大好物だし、メンズエステの施術師としては最適かもしれない。なにより――そんな彼女のおかげで、自分が強い力を持つ方法が確立されつつあるのだ。これはリコの功績として、認められるべきものである。

「――いいと思うぞ、俺は」

「え……えぇっと、なにが……いいのでしょうか？」

だからこそ、はっきりと言葉して告げてやる。

「リコがそんな風に、俺のこと責めて悦んでくれるっていうなら、そのほうが嬉しいってことだ。もちろん、あれが演技だっていうなら、俺のことを考えてそうしてくれたっていう気持ちも、すごく嬉しいしな」

「っ……い、いえ、そんな……あの、それは……本当ですか？」

大樹が自分を気遣ってフォローしているようにも聞こえるのか、リコはまだ少し不安そうな顔で、逸らしていた視線をほんの少しだけこちらに向けた。

「本当だって。リコに責められて気持ちよくなれたおかげで、ほら――これだって、まだギンギンに硬いままだし。これからも、もっとして欲しいくらいだぞ？」

　言いながら腰をくねらせ、蕩けた膣奥の肉壁《にくへき》をトントンと叩いてやる。その刺激に彼女も甘く上擦った声をもらして、軽く身悶えしながら、うっとりとした笑みを浮かべた。

「んっ、あはぁぁぁ……そう、なんですね……んふぅっ、はぁぁ……ふふっ♥　だったら──わたし、もう……この気持ちを、我慢しなくていいんでしょうか？」

「ああ、もちろん──んっ？　あっ、なんか、脚……くっ、うぅっ⁉」

　圧し掛かる大樹の身体を受け止めるように開脚されていたリコの脚が、スルリと脇腹をすり抜けて腰の後ろに回り、キュッと抱き寄せてくる。不意を突かれ、彼女に向かって倒れ込んでしまった身体を、柔らかな肉体が受け止めてくれた。

「ふふっ……捕まえました♥」

「い、いや、俺が力を入れればこんなの、すぐ──んふぅっっ⁉」

　そう言って腕に力を込めて立とうとするも、繊細な指の動きに手の甲を撫でられ、ビクンッと身体が硬直してしまう。それと同時、肉棒を噛み締めた膣肉が複雑に蠢いて、ペニスを隙間なく咥え込み、逃がさないよう吸い上げてくる。

「ダイキさんがいけないんですよ、あんなっ……あんな嬉しくて、いやらしいことを言ってくるから──わたしだっていっぱいしたかったのに、もう我慢できませんよっ♥」

「ちょ、ちょっと落ち着いて──んっあぁぁっ！　それやばっ……あくぅぅっ！」

　膣肉の動きだけで肉竿を扱き立てられ、同時に亀頭が激しく捏ね回されていた。抵抗しようとする気持ちも力も、その快感だけでたやすく蕩かされてしまい、腰が離れられなくなってしまう。ジンとした熱い痺れに満たされ、ヒクヒクと震えて動けなくなった大樹の股間に、彼女が下から腰を浮かせて打ちつけながら、耳元にクスクスと笑い声を響かせる。

「ふふっ……その顔です♥　切なそうに悶えてる、とっても可愛いお顔……わたしの前でも、そんな顔をいっぱいして欲しかったんです——あのときから、ずっと♪」

「ず、ずっとって、いつから……んぁっ、ひぃっっ！」

「決まってるじゃないですか——初めてお会いしたときです♥」

耳穴を包むように唇を開き、密着させ、ハァハァと熱い吐息を耳奥へ注ぎ込みながら、彼女の蕩けた甘い声が囁き続ける。

「野盗から陵辱されていたっていうのに、ダイキさんったらとても嬉しそうで……射精する瞬間なんて、すっごくいやらしい、蕩けきった顔で喘いでいたんですよ？　もちろん、無理やりしている野盗を、許せないとは思っていました。だけど——」

「だけ、ど……？　んっっ、ひゃうっっ⁉　はっ、あっ、それぇぇぇ……」

次の言葉を待ち、耳に意識を集中していると、その過敏になった感覚に、生温かい舌の感触がジュルリと這い上がり、クチュクチュと音を立ててしゃぶり始めた。

「あっむぅぅぅ……んじゅっっ、じゅるるっ、れろぉぉっ♥　んふぅぅ……だけど同時に、わたしも男の人にあんな顔をしてもらいたいって……わたしにエッチなことされて、アンアン喘いで射精してもらいたいって、思うようになってしまったんです♥」

（あっ、はっ……あ、あれが……リコの性癖を、歪めたってのかっ⁉　あんな一瞬で……いや、それだけ心に突き刺さったってことなんだろうけど――くぅぅっっ⁉）

舌の動きで脱力した身体は、もはや彼女の思うがままだった。解き放たれた手と、自由な脚で完全に密着されたまま、組み伏せた相手に下から腰を遣われ、全身で与えられる快楽に翻弄《ほんろう》されながら、彼女の独白を耳に注ぎ込まれる。

「んじゅっっ、ちゅぱぁぁ……あむっっ、れろれろぉぉ……んぅぅっ、ちゅっ♥　はぁぁぁ……あ、もちろん無理やりとかはしませんよ？　わたしがしたいって思ったのは、あくまでダイキさんだからです――言いましたよね？　ダイキさんはしてもらうより、されるほうがお好きなんじゃないかと思ったって……そこなんです♪」

「ど、どこ、だよっ……んぁっ、はぁぁぁ……あっ、そこぉ……くふぅぅっっ！」

耳を吸われると同時、亀頭に吸いついた子宮口がジュルジュルと音を立てて、愛液を絡めながら肉棒をしゃぶり上げてくる。耳とペニスを同時に犯され、さらには自由に動く手に乳首まで捏ね扱かれ、大樹は冷静な思考すら失っていた。少し力を込めれば、こんな緩い拘束など簡単に解けるはずなのに、そうしようという気持ちも湧いてこない。

目の前の可憐なメイド少女に与えられる、被虐に満ちた最高の肉悦を貪ることに必死で、もっと身を委ねたくなってしまっている――そんな大樹の感情を見透かしたように、リコの足が尻房をいやらしく撫で回し、耳元に笑いを響かせる。

「ダイキさんみたいな、いやらしい目に遭わされたがっている、淫乱ビッチな男の人を…

…わたしの手でトロットトロに犯して、気持ちよくしてあげたかったんです♥　だからわたし、何回も何回も確認したんですよ……ダイキさん自身に、なにをされたいのかって♪」

言われてみれば、彼女は大樹に問いかけを繰り返し、あるいは誘導するように言葉を選んで、欲望を告白するように催促していた。言うのではなく言わされる、して『もらう』のではなく、して『いただく』――いつの間にか大樹の言動には、そうした意識がつきまとうようになっており、その結果がいまの状況ということだ。

「ね――わかってもらえましたか、ダイキさん？」

「んっ、あっ……わ、わかっ、た……あっ、うぅっっ……んっあぁぁっっ！」

「あはっ、嬉しいですっ♥」

言いながらスルリと両手足で抱きついたリコが、器用に腰を跳ねさせて股間を押しつけ、咥え込んだ肉棒をこれでもかと扱き上げてくる。淫肉が隙間なく吸いつき、絶え間なくしゃぶり立て、いまにも射精しそうなほどの強烈な快感を注ぎ込まれていた。

ただ――すでに今日だけで三度も射精しているせいか、それだけの快楽を味わわされてなお、あとひと押しが足りないと感じてしまっている。そんな大樹の感覚を見抜いているのか、リコはクスクスと笑い、再び耳に唇を吸いつかせた。

「あっはぁぁぁ……それじゃ、また聞かせてもらいますね？　ダイキさんは、このあとぉ――わたしに、なにをされたいんですか？　遠慮なく、おねだりしてくださいねぇ♥」

「――ぁっ……はっ、あぁぁぁ……んぅっっ♥」

ピトリと耳朶に触れた舌が、時間をかけてねっとりと外耳を這い上がり、大樹の喘ぎと本音を搾り取ろうとしてくる。まさかそのためだけに、肉穴の動きもこれで手加減していたのでは――そう思わされるような手管に、大樹の心は完全に屈服させられていた。

「あっ……こ、この、ままぁっ……」

「んっ、ちゅぅ……はい、このままぁ？　このまま、どうなりたいんです？」

肉穴の刺激が僅かに緩み、軽い腰遣いでトントンと股間を叩かれ、焦れったさと緩やかな快感が下腹部に疼きを広げる。物足りなさを埋める強烈な快感を求め、大樹は浅ましく腰を振り、肉棒をグリグリと押しつけ、たまらずリコへの懇願を口にしていた。

「このままっ……イ、イカせてっ、くださいぃっっ！　下からっ、腰っ……いっぱい腰遣って、チンポ扱いてっっ……中出しさせてくださいっ、お願いしますぅっっ！」

「――はい、よくできました♥　それじゃ、ピュッピュさせてあげますねぇ？」

囁くと同時、彼女の手が再び大樹の身体を抱き締め――足が尻を押さえて腰を繋ぎ止めると、勢いよく下から腰が叩きつけられた。

「んぐっっ――くあぁぁぁっっっ!?　はぁっ、あっっ、すごっっ、あはぁぁっっ！」

バジュンッ、バチュンッと弾けるような音を立てて腰がぶつかり、結合部からはブコッッ、グポォッと空気の抜ける下品な音を響かせ、熱く熟した粘膜同士が擦れ合う。自分が腰を遣うまでもなく、抱きついてくる女の子に腰を遣ってもらい、優位な立場にいるはずなのに犯されて、無理やり快感を与えられているという状況に、電流のような快感が迸る。

「ふふっ、あはははっ♥　ダイキさんのチンポ、オマ〇コに甘えっ放しになってるじゃないですかぁ♪　ほらっ……腰がぶつかって、チンポの根元までしゃぶられるたびに、お腹の中でビクンビクン震えて、オマ〇コ肉に擦り寄ってきてますよねぇ？　はぁっ、可愛いっ……いいですよ、もっと甘えちゃってください♥　それで、そのままぁ――」

「あぐっっ、あっっ、んふぅぅっっ！　はっ、あぁっ、もぉっ……んっ、ふぐっ……」

一切のコントロールが利かない快楽の暴力に、肉棒を芯から蕩かされ、脱力しきった身体が彼女にもたれかかる。その腰をパンパンと跳ね上げながら、彼女の手が顔を挟んで持ち上げ、うっとりとした瞳が真正面から見つめてきた。

「そのままぁ――気持ちよくなった証拠、ぜ～んぶ吐きだしてください……んっ、はむぅ……じゅるるっ、くちゅっっ、じゅぶぅぅっ……んぁっ、れろぉぉぉ♥」

「おふっ、んむぅぅぅ……んくっっ、んっっ、んんぅぅぅっっ！」

甘い吐息をもらし、トロトロになった粘膜がクパァッと口を開いて、大樹の唇と舌にむしゃぶりついてきた。肉竿を完膚なきまでに蹂躙され、痛いくらいに勃起した乳首を乳房でコリコリと転がされ、ついには唇までが、彼女の味と匂いで完全に侵犯される。

（ふぁっ、あっ……キ、スぅぅ……んっ、されてるっ、リコに……はぁぁっ……）

なるべくしてなった、無理やりなどではない甘い口づけ――舌と口腔を絡ませる、濃密な唇のセックスだ。力を失った大樹の唇からは、ダラダラと涎が流れ落ちていくのに、彼女の喉は躊躇いもなくそれを飲み下していく。同時に舌を啜り上げられ、小刻みにチュパッチュパッと吸い立てられ、絡められる舌を通じて唾液を擦りつけられる。

「んはっっ、はぁっ、んぶっっ……じゅるるっっ、れろっっ、べろぉおっっ……」

「んんふぁぁぁ……らいきひゃん、きふもぉ……んじゅっ、れろぉおっ……ひゅき、なんれふねぇ♥　んふっ、そぇりゃ……ほろまま、らひてくらひゃい♥」

囁きながら、ねっとりと舌を絡められ——再び大きく開いた口腔に、大樹の唇は隙間なく飲み込まれてしまった。熱い感触にすべてを包まれ、扱くように吸い上げられ、ハチミツのように蕩けた甘い感触が塗りたくられる。

（んむっっ、じゅるぅっっ……あっまぁ……こっちの世界の女の子って、どこもっ……かしこもっ、甘すぎっ……んぅぅっ、うますぎっ、最高だっ……くぁぁぁぁっっ！）

彼女の味に意識まで溺れさせられ、知らず大樹の身体は彼女を強く抱き締め、甘えるように密着していた。そんな隙だらけの股間を、彼女の鋭い腰遣いが打ち据え、肉棒を咥え込み、先端から根元までを扱き抜く——。

「んぐっっ、んじゅるぅぅぅっっ♥　ちゅばっっ、じゅるっっ、んっちゅぅぅぅっっ……ちゅぱっっ、ちゅぽっっ、じゅぽぉっ♥　はぁっ、はぁっ、らへっ、イケぇっっ♥」

「んぁっっ、んちゅっっ、あっっ、いぐっっ、イクぅぅっ……んふぅぅぅ——っっ！」

狭まった肉襞に亀頭を擦られ、剥き上げられるような刺激に腰を震わされながら、甘い感覚がペニスの根元まで突き抜けた。刹那、尿道が完全に締まりを失って緩み蕩け、睾丸は痛いほどに持ち上がり、新たに製造された新鮮な精液を、牝の最奥《さいおう》へ撃ち放たせる。

　――ビュプグッッッ……ブビュルゥウウゥ～～～～～ッッッ！　ビグビグビグンッッ、ビュグッッッ、ビュククッッ、ドピュッッ、ドビュルゥウウ～～～～ッッ！

「んくぅっっ……はぁっ、あっっ……出るっ、リコッ……出るぅぅ……んぅっ……」

　まさしく搾り取られるといった感覚が下腹部を満たし、快感とともに精液が溢れ、彼女の膣内にたっぷりと吐きだされていった。弛緩しきった身体で牡液を垂れ流す感覚は、まるでおもらしのように心地よく、ただその快楽だけに浸ってしまい、指一本動かせない。

　その身体を優しく抱き締め、あやすように撫でるリコの身体もまた、絶頂にビクビクと痙攣し、甘い喘ぎを喉奥から溢れさせていた。

「んぅぅぅっ……あっっ、あはぁぁっっ♥　出たぁ、精液ぃっ……すごっ、勢いぃ……んっはぁぁぁっ♥　奥ぅっ、いっぱい、来てますぅっ……あんっ、イクッ、イクぅっ♥」

　イクッ、イクッと絶頂を訴える彼女の声は、秘めた嗜虐性を感じさせない、なんとも甘えきった可憐な声音だった。その声に耳をくすぐられながら、それとは対照的に貪欲で淫靡極まりない牝穴には、ジュルジュルと肉棒をしゃぶられる――上下の激しいギャップに官能をくすぐられ、脈動を繰り返す牡肉はさらに硬く膨らみ、収縮する膣肉にグイグイと食い込んでいた。張りだした肉傘が粘膜襞を押し上げると、たわんだ媚肉は蕩けるように密着し、再び隙間なく吸いつき、くすぐるように絡みつき、精液を啜り上げる。

「はぁっっ、んぅっっ、あぁぁぁぁっっ♥　あんっ、あはぁっ……チンポッ、ドクンドクン止まりませんね、ダイキさぁんっ♪　そんなにいいんですか、これぇ――んぅっ、あはぁぁんっ♥　こうやって、下から食べられちゃうの、気持ちいいんですかぁ？」

「あぐっっ、うぅぅぅっ……んぐっ、はぁぁっ……いいっ、出るぅっっ……」

笑いながら彼女が下腹部を波打たせ、肉壺をリズミカルに締めつけ、ペニスを根元から搾り上げた。同時に腰を叩きつけられると、その衝撃までが根元まで響き、括約筋《かつやくきん》と尿道を緩ませてくる。脱力した状態で、またも精液をおもらしする快感に酔いしれ、蕩けた表情を晒して彼女に抱きつき、大樹はみっともなく絶頂を訴え続ける。

「またっ、出るっ……あぅっ、イクッッ……んんぅぅっ、イクぅぅっ！」

「んふっ、あっっ、あんっっ♥　いいですよぉ、全部……だしきっちゃって、くださいぃ……あんっっ、やっっ、んぁうぅぅっ♥」

あれだけ責め立て、被虐の肉欲を植えつけきって射精させたかと思えば、今度は慈しみと包容力を以《もっ》て精液を搾られ、心まで掌握されていく――。

（あぁぁぁっ……だめだ、これぇぇ……やばいのっ、お、覚えさせられたぁっ……）

もはや彼女なしではいられなくなってしまうほどの陶酔《とうすい》、その倒錯した快感を危ぶみはするも、腰を引くことはできなかった。僅かにでも動かそうものなら、彼女の膣肉が蜜汁をたっぷり絡めて牡にむしゃぶりつき、抵抗を根こそぎ奪おうとする。絡みついた脚も腰とお尻を抱き締め、逃げられる余地はどこにもない。

「だめですよ……逃がしません♥　ほらぁ、お顔も見せてください……はぁぁっ、やっぱり可愛いですねぇ、甘えきった蕩顔♥　お口、ア～ンしてくださ～い？」

「んはっ、はぁっ、あはぁぁぁ……んむっっ、ぐじゅるっっ、ちゅるぅぅっ……」

見つめ合って命令されると、逆らう気力も湧かず、物欲しそうな表情で唇を開いてしまった。従順な反応に気をよくしたリコも、ニンマリと緩めた唇でそこに吸いつき、再び唇での性交が始まる。彼女の味を浸透させるような、荒々しい舌の蹂躙にゾクゾクと背筋を震わせながら、大樹はさらに数回、肉棒を大きく爆ぜさせ、欲望を撃ち放つのだった――。

◇

リコの胎内が熱液で満たされるほどの大量射精を終えた大樹は、ぐったりとしながらもなんとか身体を起こし、ベッドの上へ倒れ込んだ。

「はぁぁぁぁ～～～～～～っ……めっちゃ出た……たぶん、人生で一番……」

「ふふっ、そうですか？　私も、頑張った甲斐がありました♥」

だけど――と、寝転んだ大樹の耳元に口を寄せ、彼女が嬉しそうに囁く。

「ユリアちゃんも、大変なことになっちゃってるので――もうひと頑張り、してもらわないといけないかもですよ？」

「え――あ、ごめん……完全に忘れてた……っていうか、大丈夫？」

言われたことで、年下の少女がこの場に同席していたことを思いだし、跳ね起きるようにそちらを向いた大樹は、彼女の状態に思わず硬直してしまう。

「んっ、あっ……は、ひっ……らい、じょぶっ……あっ、あぁっ、イクぅぅ……♥」

生で見る激しいセックスをオカズに、どれほど長い自慰に浸っていたのか――床にへたり込んだ彼女の股下には、垂れ流された牝蜜で水溜まりが広がっていた。その様子に思わず生唾を飲んでしまい、股間を硬く滾らせてしまう辺り、被虐と嗜虐の欲望というものは、やはり共存し得るものなのだろう。

「お盛んですね、ダイキさん……本当に、淫乱なビッチさんなんですからぁ……あなたほどいやらしい人なんて、きっとこの世界のどこにもいませんよ？」

「ど、どこかにはいると思うけどなぁ……んっ、おっっ♪」

リコが背後から抱きつき、膨らんだ肉棒をシコシコと扱いて勃起を煽り、ユリアの相手をするための下準備を整えさせてきた。その快感に身を委ねそうになるが、彼女の身体を支えているうち、そういえばと気づいたことを口にする。

「あ——これ、いまのうちにお姫様にも報告しとかないといけないよな。ついでにどのくらい力が使えるのか、効果時間とかも計っとかないと」

「確かに、そうですね……少々お待ちください、時計をお持ちしますので」

「時計があるのか。ならちょうどいいや、頼めるか？」

大樹の言葉にニコリと優しい笑みで応じたリコは、ベッドから下りて簡単に身支度を整え、部屋を出ようとドアに手を伸ばした——と、そのとき。

「——は、入るわよ」

「えっ」「あっ」

反対に外からドアが開かれ、美しい金髪を翻した王女が姿を現した。

　まだ部屋の惨状には気づいていないのか、ブツブツと何事かを口にしつつ、ぶっきらぼうに視線を逸らした彼女は、頬を掻きながら口を開く。

「その……さっきは少し、言い過ぎたわ……もう一度、詳しいはな——し、を……」

　言葉を紡いでいるうち、冷静さを取り戻したのだろうか。話しながら彼女は改めて視線を移動させ、ほぼ全裸でベッドに座る大樹を見やり——そこで大きく目を見開いた。

「……なに、これ……これは、いったい——なにがあったのっっ⁉」

　その目に映るのは、村の広場で見せられた冷たい怒りではなく、憤怒と呼ぶに相応しい、熱気を帯びた荒々しい怒りだった。視線は大樹を見据え、ベッド脇で硬直している少女を睨み——最後には、ドアを開けようとしていた傍らのメイド、リコのもとへ向かう。

「リコ——これはいったい、どういうことなの」

「あ、あ、あのっ、これは……ちがっ、違うんです、ロザリー様っ……」

「なにが違うって言うのよっっ！」

　叫ぶと同時、王女の手はメイド服の胸元を握り、少女の小柄な身体を引き寄せた。

「質問に答えなさい、すぐに、正直に！　事と次第によっては、タダでは済まさないわ——たとえあなたが、私の最も信頼する家臣であったとしてもねっっ！」

　この世界に来て、初めて見せつけられた激しい怒りを前に、その場にいる誰もが真っ青になり、すぐには口を開けなかった——。

三章　王家の誇り、王女の矜持

ロザリーの剣幕にリコは怯《おび》えきっており、彼女に胸倉を掴まれたまま、カタカタと震えることしかできなかった。大樹もまた、王女のそんな態度に呑まれていたが、やがてハッと我に返り、慌てて二人のもとへ駆け寄る。

「――おいっ、落ち着けって！　ちゃんと説明するから、その手を放してやれよ！」

「いまはリコに聞いてるのよっ、あんたは黙ってなさいっっ！」

大樹の伸ばした手を、素早く反応したロザリーが払いのけようとする。

（えっ――）

反射的に振るわれた彼女の手刀は鋭かったが、大樹にはその動きがはっきりと見て取れた。驚きながらも大樹は余裕でそれを避け、逆に彼女の手首を掴む。

「なっ――くっ、放しなさい！」

抵抗しつつも、王女は驚きを隠せないでいる。それも当然だ。

間違いなく自分より弱かった男が自分の攻撃を軽々と避け、逆に腕を掴み、それを振り払えないなど普通ではない。衝撃的な現場を目にしたことと、それに対する瞬発的な怒りが一気に冷える程度には、彼女も困惑しているようだ。

「放すのはそっちだって……とにかく、怒るなら話を聞いてからにしてくれ」

言いながらその手を引くと、あれほどの力の差があったはずなのに、彼女はまるで抵抗できなくなっていた。引きずられた王女をベッドに座らせようとするが、そこは行為の痕跡でびしょ濡れになっていたため、さすがに躊躇われる。やむなく、傍にあった簡易な椅子に座ってもらい、ベッドには大樹が腰かけることにした。

「さて——乱暴にして悪かったな。思いっきり掴んじまったけど、手首は大丈夫か？」

「平気よ……だけど驚いたわ。本当に——少なくとも私よりは、強かったのね」

納得がいかないという表情を見せながらではあるが、目の前で起こり、自身が体験したことまで否定するつもりはないのだろう。手首を擦《さす》りながら、王女が頷いた。

「つまり——マルタを追い払ったのは、本当にあなただってこと？　だとしたらどうして、ここで話したときや私が戻ったとき、弱いフリをしていたのかしら？」

「えーっとだな……とりあえず、半分は正解って感じだ」

「……回りくどいのは嫌い。手短に、簡潔にまとめなさい」

それと——と言って、彼女は身に着けていたマントを外し、投げつけてくる。

「これでも羽織って隠しなさい。リコになにをされたかは見当がつくけど、あれだけの力があるのに抵抗できなかったわけはないわ。なら、合意ではあったのよね？」

「ああ……というか、俺から誘ったというか……その必要があったというか……」

綺麗なマントを汚すのは忍びなかったが、とりあえず股間を隠すように膝にかけると、頬を染めた彼女は視線を背けつつ、それで身体の前面を隠すようにかけ直してきた。

「胸も隠しなさい！　まったく……異世界の男っていうのは、どいつもこいつもあんたみたいに、恥じらいのないアバズレなのかしら……」

「あ、これは失敬――っていうか、男の胸ってそんなにエロいもんなのか……」

そういえばリコにしてもユリアにしても、股間だけでなく胸や太もも、さらには腋《わき》やお腹にまで興奮していた気がする。元の世界での男のフェチが、こちらの世界ではそのまま、女のフェチになっているのかもしれない。

モゾモゾと動いてマントを羽織り直しつつ、改めて話を切りだす。

「で、話を戻してだ――俺がマルタを追い払った力は、いま体験してもらったよな？　腕力だけじゃなく、王女様の手の動きを見切れる動体視力とか、反対に掴めるくらいの速さとか、色々な身体能力が何倍にも、何十倍にも増幅されてるんだと思う」

「増幅されてるって……まるで、なにか外的な要因で成長したみたいな言い方ね。道具か、それとも魔法か、そういう力を借りたとでも言うの？」

魔法――という言葉を口にしたとき、彼女の眉根が僅かにひそめられた気がした。なにか嫌な記憶でもあるのかもしれない。

「ある意味ではそうかもな。原因はわからないけど、さっきまでやってた検証のおかげで、俺の力の発現には、リコの協力が必要ってことはわかったよ」

「――そうなの、リコ？」

先ほど、王女から胸倉を掴まれた恐怖とショックが尾を引いているのか、ドアの近くに直立で待機していたリコが、ビクッと反応する。

「は、はいっ、その通りです……申し訳、ありませんでした……」

聞かれたことも、きちんと聞こえていたのかどうか——反射的な返事と、身を縮めた小声での謝罪に、ロザリーは困った様子でため息をもらした。

「はぁ……あのね、リコ？　私はこの男に、選ぶ権利くらいは与えると言ったの。それであなたを選んだのなら、そのことを咎《とが》めたりしないわ。さっきは、その……あまりに驚いたものだから、あなたが手籠めにしたのかと誤解しちゃったのよ……悪かったわね……」

彼女はそう言ってバツが悪そうに顔を背け、ポリポリと頬を掻く。

「……冷静に考えれば、あなたがそんなことするはずないのに。なんというか、こう……久しぶりに男を見たせいかしら、過敏になってたのね。本当に、ごめんなさ——」

「も、もったいないお言葉ですっ、ロザリー様っ……」

主が謝罪を重ねるのを遮り、慌てて駆け寄ったリコが跪いた。

「わたしのほうこそ、考えが足りませんでしたっ……貴重な男性がいらっしゃったというのに、目の前の欲に駆られ、あのような——まずはロザリー様にご報告申し上げ、指示を仰ぐべきでした。本当に、浅はかなことをっ……申し訳ありませんでした！」

「——いいって言ってるでしょう。ほら、立ちなさい」

従者の涙を指で掬い取り、ロザリーはその手を取って立ち上がらせる。慈愛を以てメイドを見つめるその姿は凛々しく、まるで王子のような振舞いだった。

（……そういえば、この世界だと女の子同士って、普通にありなんだよなぁ）

見つめ合う二人にリリカルな雰囲気を感じながら、満足げに頷いて見守っていると、こちらに目を向けたロザリーが、訝しむように首を傾げる。

「ちょっと、ニヤニヤしてないで続きを説明なさい。それで、あんたが力を得るために、リコはなにをしたっていうの？　このベッドの惨状と、関係あるわけ？」

冗談めかして笑う王女の言葉に、俺とリコはチラリと視線を合わせ、同時に頷いた。

「ある」「あります」

「――――はぁ？」

馬鹿にしているのかと剣呑な反応を見せたロザリーに、大樹は語り始める。彼女に教えた特別なマッサージと、それによって勃起した自分への行為について――。

◇

「――ってなわけで。俺にちょっと際どいマッサージをして、それから射精させると……どういう理屈かわからないけど、身体能力が増幅される仕組みらしい」

その荒唐無稽な説明を黙って聞いていたロザリーは、一瞬だけ声を荒らげようとするも、先ほどの大樹の力を思いだしたらしく思い止まり、代わりに深くため息をもらした。

「はぁぁぁぁ……ほんっと、ますます意味わかんないわね、異世界の人間って……」

「いや、元の世界ではそんな仕様じゃないからな？　こうなったのは、こっちに来てからだし……あ、そうそう。最初はこっちの言葉も全然わからなかったんだが、野盗のお姉さんに射精させられてから、急にわかるようになったりもしたかな」

「そういえば、言葉が通じてない感じだったわね……どうなってんのよ、本当に……」

酒場でのやり取りを思いだしたのか、新たな事実についてロザリーも頭を抱える。しかし聡明な彼女はすぐに気を取り直し、聞かされた事実について思案するように目を閉じた。

「理屈はわからないけど、あんたが……その……いやらしいマッサージをされて、それからしゃ――射精、させられると……特別な力が発現するってことね。最初は気づかなかったけど、野盗が襲ってきて、マルタと争ったときにようやく気づいた――と」

「そうだな。それで、お姫様が帰ってきたときも証明したかったんだが、そのときには効果時間が切れてたみたいで――見事にぶん殴られたってわけだ」

少し皮肉っぽくなってしまっただろうか。軽い冗談のつもりだったが、やはりこの世界で女性が男性を殴るというのは、かなり非道な行為らしい。ロザリーは申し訳なさそうに目を伏せつつ、殴りつけてしまった肩をそっと撫でた。

「……ごめんなさい。いつもはあんな、感情が昂ったりはしないんだけど……いえ、言い訳はしないわ。カッとなって男を殴るなんて、女のすべきことじゃなかったわね」

「あー、いや……こっちこそ悪かったよ。お姫様はこの村のことを考えて忙しくしてるってのに、俺みたいな怪しい男の保護まで考えてくれて……そんな親切な相手に、色々と失礼な態度取るべきじゃなかったな。反省したよ――本当に、ごめん」

互いに頭を下げ、微笑み合う。それでようやく、彼女とのわだかまりが解けた――のかもしれない。すっかり落ち着いた王女の姿に、リコも安堵した様子で胸を撫で下ろす。

「それでは改めて――私は時計を取ってきますので、ロザリー様はこちらでダイキさんとお待ちいただけますか？」

そう切りだされてようやく、なにをしようとしていたのかを思いだす。

「効果時間を計るのね？　それなら――ついでに、テレーズも呼んできなさい」

「はい、かしこまりました。ユリアちゃん、そちらはお願いできますか？」

リコからの指示に、平伏してひと言も発せていなかったユリアは、ビクンッと跳ね上がるように立ち上がり、一も二もなく部屋から駆けだしていく。どうやら王女の怒りに触れたことが、相当に恐ろしかったようだ。

「……誤解も解けたんだから、そんなに怖がらなくていいのに」

「お怒りもそうですが、ロザリー様に嫌われることを恐れているんですよ、彼女も……村の皆さんも。ロザリー様は、とても慕われておいでですからね」

そう言ってロザリーをフォローしてから、リコも一礼して去っていく。

それからほどなくしてリコが戻り、ややあってから、ゴンゴンと重々しい音を響かせ、ドアがノックされた。

「お呼びに応じ参上いたしました、殿下！　テレーズです！」

「あ――来られたようですね」

ドアを開くと、相も変わらず重たそうな鎧を身に着けた女騎士が、腕を胸の前に曲げた敬礼ポーズを取り、頭を下げて入室する。

「失礼いたします！　おお、お前も呼ばれていたのか、少年！」

豪快に、かつ快活に笑った彼女はズカズカと歩み寄り、ロザリーの前に跪いた。

「して、殿下——此度《こたび》のご用向きとは？　重要な任と伺いましたが……」

「……とりあえず楽になさい。それでリコ、いまでどのくらい経っているの？」

勢いよく立ち上がり、休めの姿勢を保つテレーズ。その隣でリコは小さな振り子時計を置き、隣に大きめの砂時計を並べ、経過時間を思いだしているようだ。

「力が確認されてからは、おおよそ二時間ほどでしょうか」

その答えを聞いてロザリーが大樹の手を取り、振り払うよう指示をする。怪我をさせないよう、慎重に彼女の手をほどきにかかると、思った以上にあっさりと解放された。

「なるほど……そういえば、言葉がわかるようになったのも似た状況だったたって言ってたけど、そっちと効果時間が同じだったりはしない？」

ふと思いついたようにロザリーがそんな疑問を発するが、大樹としては思いもしなかったことだ。言われてみれば、言葉が不意にわからなくなったりはしないし、もしかすると言語能力のほうは、この不思議な力とは別の効果なのかもしれない。

大樹が首を振って応えると、ロザリーは小さく頷き、椅子から立ち上がる。

「いいわ、それならもう少し計ってみましょう。それと、テレーズ——」

「はっ、なんなりとお申し付けください！」

慌ただしく敬礼し、主人の指示を待つ犬のような反応を見せるテレーズ。そんな彼女の前に椅子を押しやり、ロザリーは端的に命じた。

「この椅子を切るつもりで、剣を思いきり振りなさい。切れそうなら切っても構わないわ。それで、ダイキはそれを止める。無理そうだったら、素直にやめなさい」

単純でわかりやすい指示だが、テレーズには意図が伝わらなかっただろう。それでも忠臣である女騎士は疑問を挟むことなく、それが主の命ならばと、勢いよく剣を抜いた。

「承知いたしました！　ただちに真っ二つに――ぬぉりゃぁぁぁっっっ！」

「えっ、もうっ⁉　くっそ……おぉおっ！」

振りかぶられた大きな剣が大上段から振り下ろされ、簡素な椅子を叩き切ろうとする。しかし大樹の目にはやはり、その動きは緩慢なものとして映った。ゆっくりというわけではないが、普通に剣を抜き、普通に振り上げ、普通に下ろそうとしている――とても切ろうとしているとは思えない、剣の型を確認しようとしているかのような動きだ。

「……失礼します」

「ぬぉぉおっっ……なにっっ⁉　馬鹿なっ……えぇい放せっ、少年よ！」

彼女の手と柄を支えるように受け止め、腕を抱え込む。慌てて振りほどこうとするテレーズだったが、開花した剛力の前にはまったく歯が立たず、その場で悶えるようにジタバタともがくばかりだ。

「効果は残っているようね。それにテレーズをも圧倒できるだなんて……確かに、この力で不意を打たれたなら、マルタたちが逃げ帰るのも当然だわ」

「か、感想はいいから、早くテレーズさんを止めてくれっ……」

なおも暴れるテレーズは、膝蹴りで大樹を弾き飛ばそうと躍起になっていた。密着して防いではいるものの、そうすると今度は彼女の綺麗な顔が近くなるし、鎧の奥から漂う甘く蒸れた汗の香りが、誘惑するように鼻先をくすぐってくる。あれだけ射精したにもかかわらず、マントの下で肉棒は硬く膨らみだし、股間の布地を持ち上げてしまっていた。

「テレーズ、もういいわよ。それより、ダイキの力はどうだったかしら？」

「はっ――ご期待に添えず、申し訳ございませんでした！　しかしながら、この少年の膂力……おそらくは私の数倍はあろうかと。とても普通の男子とは思えませぬ」

律儀にも命を果たせなかった詫びを添えつつ、的確に力の差を分析し、テレーズはそう口にする。実直な猪武者にも見えるが、それゆえに相手の強さを見抜く目は確かなのか、そう言って感心したように頷いていた。

「なるほど――マルタを追い払ったのが少年だという話は、殿下への慰めではなかったということだな。このテレーズ、不覚にも目が曇っていたようだ……男子と見くびっていたことを詫びよう、あいすまなかった！」

「いえ、お気になさらず……」

妙に高いテンションと、体育会系や軍属らしい雰囲気も相まって、彼女の勢いにはどうも気圧されてしまう。そんな彼女はやはり、戦い関係には相当に頭が回るらしく、しばらく無遠慮に大樹の身体を弄っていたが、やがて意を決した態度でロザリーに向き直った。

「いかがでしょう、殿下。村の防備も、いまや人手が足りぬ状況であります。男子ではございますが、私に勝る実力者とあれば不足はないでしょう……彼にも軍に加わってもらい、共に戦う仲間となってもらうというのは――」

「う、ん……そうね……」

渡りに船という提案に思われたが、意外にもロザリーの反応は渋かった。やはり、いくら力があるとはいえ、男を戦場にだすのは気が引けるということだろうか。

「俺のことは気にしないでいいよ、お姫様。思うように使ってくれ」

「そう言ってくれるのは嬉しいけど、そうもいかないでしょ……万が一のことがあったら、私たちはまた、貴重な男を失うことになるのよ？　それに、その不思議な力だって、制限時間がはっきりとはしないわけだし……」

確かに――戦闘の最中に力が抜けてしまえば、大樹はただのか弱い男子に戻り、たちまち悪女たちの毒牙にかかるだろう。それに加え、仕事の前には必ずマッサージや射精を伴うという手間もある。指摘された意識が原因かはまだ不確定だが、リコ以外の手で効果が得られないなら、大樹の行動には常に彼女が帯同しなければならない。

そういった制限も踏まえてか、ロザリーは長く熟慮し、やがて口を開いた。

「ともかく――あとどのくらい効果が続くか、検証してみましょう。ダイキ、私の手を握りなさい。それで私の手が抜けるまでが、効果時間ということになるわ」

「ん、わかった。それじゃ、失礼して……よっと」

戦力とするかは一旦保留とし、使い物になるかが判明してから結論を下すらしい。大樹は了承し、彼女の手を軽く拘束してみるが、それでも簡単には振りほどけないようだ。

「えぇっと、これは……しばらくこのまま、なのでしょうか？」

「……とりあえず、お茶でもしながら待ちましょう」

手を握られて棒立ちで待っているだけというのも、なかなかシュールな光景だ。リコの呈した疑問にロザリーが返し、お茶をしながらほかの要素も検討することになる。

「そういえば——効果時間に変動がある、という可能性はないのかしら。いまは二時間以上持っているみたいだけど、最初のときはどうだったの？」

「うーん……俺が射精してから、どれくらい時間が経ってたかってことだよな？　確かあのときは、射精したあともリコが興奮してたから、しばらくは色々と——」

「うわあああああああああ！　ダ、ダイキさん！　いちいち言わないでください！」

真っ赤になってリコが口を塞いでくるが、それを横からロザリーが制する。

「あら、いいじゃないの。大事なことだわ——もっと聞かせなさい、ダイキ」

「そ、そんなっ……ロザリー様、お慈悲を！」

リコの取り乱した様子に微笑むロザリーだが、彼女の様子を愉しんでいるだけではなく、その興味は大樹が語ろうとする猥談にも向かっているようだ。

（これはもしかして……王女様も興味がある、ってことか？）

彼女の反応によからぬ妄想をしてしまい、マントの中でピクピクと牡を反応させてしまっていると、そんな中でおもむろにテレーズが口を開いた。

「失礼——さっきから気になっていたのですが、効果時間だとか射精だとか、いったいどういうことなのですか？　年頃の男女……特に男子がそのようなことを口にするのは、ぁまり褒められたものではないと思うのですが」

「あ——そうだったわ、テレーズにはまだ説明してなかったわね」

ロザリーが事情をかいつまんで説明すると、さすがに王女の言葉とはいえ理解を超越していたのか、忠義溢れる騎士も、信じられないといった様子でポカンと口を開く。

「なんと面妖な……少年の力に、そのようなカラクリが……」

「まぁそんなわけで、正確な時間——あるいは誤差の幅が知りたいのよね」

改めて水を向けられた大樹とリコは、あのときの行動を正確に思いだそうとする。

「確か——ほぼ暴走してたリコに手コキされて、射精したあとも身体中弄られて、舐め回されて……落ち着いたところで、一時間くらいだったよな？」

「う……あ、の……はい、それは……そのくらいかと、思いますが……」

自身の劣情に任せた振舞いを暴露され、身を小さくして恥じ入りながらも、リコは素直に頷いた。その会話には、ロザリーも前のめりになって聞き入っている。

「そのあともう一回ってなったところで、野盗の襲撃を知らされて……慌てて駆けつけて、追い払って——王女様が帰ってくるまでだと、一時間半くらいか」

「お、おそらくは……合計で二時間半と少しですが、実際はもう少し長いくらいかと」

それを参考にするなら、そろそろ拘束が解かれてもいい頃だが、ロザリーの手はいまだ、大樹に掴まれたままだった。

「……あの、ロザリー様？　まさかとは思いますが、力を抜いていらっしゃるとか――」

「そ、そんなわけないでしょう！　普通に引っ張ってるけど、全然離れないのよ！」

そう叫んでロザリーがブンブンと手を振ると、不意に彼女の手がスルリと離れた。妙に気まずい沈黙が流れる中、王女の取り乱した声だけが大きく響く。

「ち――違うのよ、本当に！　わざとじゃなくて、いま普通に抜けたの！」

「それは握ってた俺にもわかってるから、落ち着いてくれ……で、時間は？」

時計を返した回数のメモから、リコが時間を簡単に計測する。

「おおよそ三時間、というところでしょうか。確定した時間を厳しくしていますので、実際にはもう少し、長く持つかと思われますが……」

「じゃあ手コキとセックスに差はなくて、発現のタイミングはやっぱり、射精した瞬間ってことか……あと、効果中に射精しても時間は延長されない、と」

大樹を戦力として運用するなら、効果が切れる三時間ごとにマッサージを施し、射精に導かねばならない――ということだ。

「自分のこととはいえ、これは面倒過ぎるな……」

「とはいえ、あれだけの力を使わぬのは惜しい――殿下もそう思われませぬか」

「ええ、まぁ……そうよね、なんとしてでも……」

なにやら考え込む様子を見せつつ、ロザリーもそれに同意する。

「やっぱり問題は、マッサージの手間かしら……それって、本当に必要なの？」

「本当にって……どういうことだよ？」

「そ、そうです、ロザリー様！　わたしは確かに、ダイキさんにマッサージを――」

慌てて訴えるリコを片手で制し、ロザリーは自身の仮説を端的に口にした。

「リコがマッサージしたのはわかったわ。でも、ダイキが言葉を理解したときは、あの忌まわしい野盗にされてなかったでしょう？　だったら、その……絶頂すること自体がトリガーであって、施術がいらない可能性もあるじゃない」

「それは、そうかもしれないけど……」

実際、その可能性もなくはないと考えてはいた。しかし――そう、しかしである。

（そうなったらさぁ――マッサージしてもらう大義名分がなくなるじゃん！）

などと声にだして訴えられるわけもなく、大樹は押し黙らざるを得ない。無言になった大樹に反論がないと見たか、畳みかけるようにロザリーが続ける。

「それなら一度、マッサージなしで試してみましょう。うまくいけば、ダイキがもっと簡単に力を使えるようになるんだもの……あんたも、それでいいわね？」

「……わかった」

心底がっかりした態度を見せて応じるも、王女にそれを気にした様子はない。大樹が逆らわなかったことに満足しつつ、先ほど自ら振りほどいた大樹の手を取った。

「そ、よかったわ。それじゃ、とりあえず私の寝室にいらっしゃい」

この部屋のベッドは、いまだ淫らな痕跡を残してじっとりと湿っている。そこで行為に及ぶのはやはり抵抗があるのか、彼女はそう口にして、大樹の手を引く――が。

「え――あ、あのっ、お待ちください！」

そんなロザリーの行動に、リコが慌てて声を上げた。

「それでしたらロザリー様がなさらずとも、わたしが――」

「あなたにできることは、もうわかっているでしょう？　ほかの人間にも可能かどうか、それも試しておくのよ……ああ、そういうことならテレーズでもいいわね」

話を振られたテレーズは、いかなる命にも従うといった態度で、堂々としている。

「私には異存ありませぬ。少年、私でよければ遠慮なく申し付けるがいい」

この状況でテレーズを望むのは、おそらくロザリーのプライドを傷つけることになるだろう。とはいえ、ロザリーにしてもらうことを受け入れてしまえば、今度はもう一人――主の命に反論できず、俯いて唇を噛み締める彼女を傷つけてしまいかねない。

「で……でしたら、ロザリー様……せめてわたしが、マッサージのご指南を――」

せめてもの抵抗というようにリコが進言するが、ロザリーは首を横に振る。

「そうね、そのときにはお願いするわ。でも今回は、それをしない方法を試すのよ。あなたが見ていたいというなら、同席くらいは許可してあげてもいいけど」

「……はい……失礼、いたしました……」

本当ならリコも、自分がするのが道理だと進言したいはずだ。大樹の力が発現したのは二度とも、彼女の手による成果である。マッサージが必要か不要か、彼女が行動で判別するほうが確実だ。けれど、それが正論であっても、そう口にはできない。

なぜなら——ロザリーは主で、リコは従者なのだから。

「……あんまりリコを苛めるなよ、王女様」

「私はやるべきことを口にしているだけよ」

そう答える王女にも、なにかそうしなければならない、譲れない理由があるのかもしれない。あるいはそれを理解しているから、リコも主の非を諌められないのではないか。

(ただエッチなことがしたいだけ——なんて理由じゃないのは、間違いないな)

大樹の立場からリコを擁護するのは難しくないが、彼女が己を殺して王女の命に従うのは、従者としての矜持《きょうじ》の表れだ。反論する材料はいくつもあるが、そうすることでロザリーの面子を潰すなど、ほかの誰でもない、リコが許さないだろう。

ロザリーの味方につくのが心苦しい状況ではあるが、互いの立場を尊重する——つまりは空気を読むなら、彼女に従うほかはない。

(まぁ、俺もこの村で、王女様のお世話になるわけだしな……それに二人きりになれば、こんなことを言いだした理由も、聞かせてもらえるかもしれないし——)

そう納得した大樹は苦笑しつつ、すれ違いざまに、リコの背中をポンと叩いた。

「――ありがとな。リコが俺を大事にしてくれようとしてるのは、よくわかったよ」

「っっ……ち、ちがっ……違い、ます……わたしは……わたしは、ただ――」

言葉尻を濁し、消え入りそうに小さくなる彼女の背を、大樹は優しく撫でる。

(大丈夫だって、わかってるから……)

あれだけの態度を見せられては、さすがに彼女の心情も察せられる。大樹が自分のものではないとわかっていても、ほかの女性と関係を持つことが耐えがたく、受け入れがたいものに感じられてしまう――いわゆる独占欲だ。

大樹が初めて触れた男だからか、唯一自由に接せられる男だからか。

理由は断定できないが、少なくとも彼女は大樹に特別なものを感じており、だからこそ独占したいと願ってしまうのだろう。出会ってまだ二日だというのに、彼女がそこまで自分を想ってくれているという事実は、素直に嬉しかった。

(いや……これは、嬉しいってだけじゃないな。もっと、こう――)

見知らぬ土地に一人やってきてしまい、生き方も不安定で、帰り方もわからない――そんな状況にあって大樹も、無意識ながらも不安や心細さを感じていたのだろう。

こちらとしても出会って二日目の相手ではあるが、世話係として傍にいてくれ、懸命に尽くしてくれた彼女の存在が、大きな心の支えになっていたことを自覚する。

(だったら――俺は、リコのためにも動かないといけないよな)

ロザリーについていくことも、彼女の手で力を得られるか確認することも、いずれはリコや村のためになるはずだ。もしかするとリコは、王女がこうした行動を取る理由まで大樹が理解することを、望んでいるのかもしれない。

「それじゃ——よろしく頼むよ、王女様」

「……ええ、もちろん。安心して身を委ねなさい、ダイキ」

リコ、そしてテレーズの視線を背に受け、部屋をあとにする——それをエスコートするロザリーの手は、少し震えているように感じられた。

◇

案内された部屋は、大樹に宛てがわれている客室より遥かに広く、豪奢な飾りつけがなされ、まるで宮殿の一室のようにさえ感じられる。その中央に置かれた天蓋付きのベッドに案内され、腰を下ろすと同時、大樹はロザリーによって押し倒されていた。

「ちょっ、いきなりかよっ……もうちょっと、ムードとか考えないのかよっ……」

「愛を語らって、心の距離を詰めろって？　あんたがリコとそんな風にゆっくりと時間をかけて、愛情を育んで肉体関係に至ったっていうなら、そうしてあげるけど？」

組み伏された大樹を見下ろし、ニヤッと笑うロザリーが指摘する。もちろん、そんな経緯などないのだから、反論の余地もないし——なにより、彼女のような美人に押し倒されたことで、すでに股間はギチギチと軋《きし》むほどに勃起していた。

大樹に圧し掛かり、脚を密着させたことで、ロザリーもそのことには気づいているらしい。柔らかな太ももを擦りつけ、硬さと熱さを愉しむようにグリグリと圧を加えながら、うっとりとした笑みを浮かべている。

「はぁっ、まったく――そんなマント一枚で、のこのこ女の部屋までついてくるなんて……こんな風にされても仕方ないのよ、わかってるの？」

「このマントくれたのあんただろっ……んっ、あっっ……お、い……くふぅっ……」

反論しようとした瞬間、彼女の手が首筋から胸元をスルリと撫で上げ、しなやかな長い指が、乳首を優しくつまみ上げた。膨らみかけの乳蕾が、柔らかな指腹でプニプニと揉み潰され、転がされ、爪先でカリカリと擦り掻かれるだけで、痛いほどに張り詰めていく。

「やらしい乳首……ほら、自分でもわかるんでしょ？　押し倒されただけで、チンポも乳首もガッチガチに勃起させちゃって……おまけに、その目――ふふっ♥」

乳首を擦られる快感に甘く喘ぐ、大樹の顔をジッと見つめてニヤニヤと笑い、嬉しそうに唇をペロリと舐め上げた。

「私に乗られて、す～ぐ物欲しそうに潤ませちゃって……あ～あ、恥ずかしい♥」

「や、め……んっ、ふっっ……そ、それは、ちがっ……ぁっ、んぁぁっ……」

マットのスプリングを沈ませながら体重をかけ、肩口に顔を埋めるように絡みついた彼女が、耳元に熱く吐息を浴びせかける。

「違わない――そうね、はっきり言ってあげるわ♥」

濡れた唇が耳を食み、ねっとりとした感触で扱きながら、甘い声音を耳に注ぎ込んだ。

「あんたは私に犯されるってわかっていながら――いいえ、わかっていたからこそ、私におとなしく従ったのよ。私に気持ちよくしてもらいたくて、浅ましい期待にチンポ膨らませながら、犬が尻尾振るみたいについてきた――マゾなの♥」

「――っっ……はぁっ、あっっ……んふぅぅっっ……そ、れは……あっ、はぁぁ……」

レロンッと耳朶を舐め上げられ、心の奥底で誤魔化していた本音を痛烈に抉られ、反論も許されずに喘がされる。リコのためにとロザリーに従った、そのことはもちろん、嘘偽りない本心だ――けれど、いま囁かれた王女の指摘も、そんなことはないと否定できない。

（い、いや……だって、これっ……これは、仕方ないってぇ……あくぅっっ……）

耳をしゃぶれるほどの距離で密着されると、ドレスの胸元をこれでもかと盛り上げる巨大な乳房がムニムニと胸元に押しつけられ、艶めかしく撫で回してくる。元の世界でも、好みの差異はあれど多くの男性を魅了し、惹きつけてやまなかった魔性の淫肉――それも大樹の好みド真ん中である、間違いなく九十センチを超えているであろう豊乳だ。

それをあれだけ無防備な格好や動きでチラつかされ、見せつけられては、その肉体に誘われても仕方ないというものである。

（くぁっ、あぁぁ……や、ばっ……おっぱい、めちゃくちゃ気持ちいいっ……）

密着する身体の間で乳肉が押し潰され、たわんで広がったそれが肌を舐め上げ、口づけるように吸いついてくる。その動きは意図されたものではなく、彼女の興味はもっぱら、大樹の耳朶をしゃぶって喘がせることに向いているようだ。だからこそ、無頓着《むとんちゃく》に抱きついてくる身体は、これでもかと乳房を擦りつけ、こちらの牡欲を大胆に揺さぶってくる。

「はぁっ、あっ……うぅっ、柔らかっ、あぁぁ……こんなっ、反則だろぉ……」

たまらず腰を浮かせ、身体を反らせた大樹は股間を擦り寄せながら、無意識に手を伸ばし、彼女のたっぷりとした乳肉に、指を沈み込ませてしまっていた。その刺激でようやく大樹の反応に気づいたのか、僅かに身体を浮かせたロザリーは、そこで行われていた牡の反応を目の当たりにし、さらに淫猥に微笑む。

「なぁに？　異世界の男って、変わってるのね……大きな胸が好きなの？」

フッと小馬鹿にした笑いを響かせ、ロザリーはからかうように乳房を密着させた。

「いいわよ、いくらでも触りなさい？　赤ちゃんにおっぱい吸わせるくらいしか使い道がない、邪魔な大きさだったけど……あんたがこれに興奮するなら、好都合だわ♥」

腕を掴まれ、無理やりに乳房を揉まされると、それだけで心地よさが脳天まで突き抜けるようだった。下着のようなものを着用しているのは間違いないが、その上からでもはっきりと伝わる柔らかさが指を包み、母性と慈愛を感じさせてくる。

「んぁっ、あぁぁ……やっ、くっそ……うぅっ、んくぅぅ……」

「あはっ、なによその声……可愛い声で啼《な》くのね、ダイキ♥」

胸を揉まされているというのに、相手を喘がせるどころか、逆に心地よさに喘がされてしまう屈辱――にも拘わらず、その快感に促されるように大樹は腰をカクカクと振り立て、ロザリーの太ももに擦りつけてしまっていた。彼女もそれがわかっているからか、大樹の味わう肉悦をさらに高めるように、脚を揺らし、膝を押しつけ、肉棒を根元から刺激する。

「へぇ……ふふっ、男の扱いなんて簡単なものね。こんなにすぐ蕩けちゃうなんて……それとも、王家に保管されてた指南書が、すっごく優秀だったってことかしら」

顔はだらしなく緩み、瞳は垂れ下がり、牡欲に満ちた表情を浮かべていることが、自分でもわかる。そんな顔を真正面からニヤニヤと見つめられ、相手の胸を揉まされながら乳首を弄られ、肉棒を足蹴にされているというのに、気持ちよくてたまらない。

「あるいはダイキが、女を悦ばせる才能に長けた、最高の男だって可能性もあるけど……そうだとしたら、少しくらい楽しませてもらってもいいわよね？」

膝でトントンと亀頭を叩きながら、太もも全体でねっとりとペニスを包み込み、その柔らかな肉の中で、牡の欲望を転がしてくるようだった。快楽に屈し、捧げるように股間を突きだして、大樹は頭が呆けるほどの快感に浸らされている。唇は半開きになっており、そこに彼女の唇が近づいてきても、まるで抵抗することはできなかった。

もっとも――反応できたとしても、抵抗する気になどなれなかっただろうけれど。

（うっ、あぁぁぁ……これが、王女様……ロザリー、いっ……んぅぅっっ……）

近づいてくる彼女の顔は、リコやユリアのような素朴な愛らしさとは違う、高貴な生まれならではの美しさと、品のよさが溢れていた。誰もが見惚れるであろう美貌《びぼう》、そこに凛々しさと可憐さが内包され、こんな被虐的な状況ですら、彼女を抱きたいという牡の本能が揺さぶられる。押しつけられる肉体の感触、淫らな柔らかさと艶やかな滑らかさが、肉棒をドクドクと脈打たせ、熱い牡欲を睾丸の奥に滾らせるかのようだ。

「ね――リコとはもう、キスもしたんでしょう?」

乳首を掻かれ、返事を催促される。ピリピリと迸るような疼きを胸の奥に埋め込まれ、荒い息を吐いて身悶えする大樹は、反射的に首を縦に振り乱していた。

「んっ、あっ……ひっ、ひたっ、あっっ……し、たぁ……んくっ、くぅぅっっ……」

「なら、いいわよね……私も味見させてもらうわ。んっ――ふっ、ちゅるっ……」

半開きの唇を吸い上げられ、大量の唾液がドプドプと流し込まれる――それとともに滑り込んだ舌が、ヌルリとくねって舌を搦め捕り、クチュクチュと音を響かせる。

「んむぅぅ……ちゅぱっっ、じゅるっっ、ずぢゅるっ……んぅぅっ、んふっ、れろぉぉぉ……くちゅっ、じゅぱぁっ……んっ、はぁぁぁ……素敵、これがキスなのね♥」

貪るように口を啜り、しゃぶり上げ、口腔の隅々まで丹念に舐め擦り――ゆっくりと顔を離した彼女の唇から、濃密な唾液が糸を引いて伸びた。この絶世の美女に口づけられ、口腔をどこまでも蹂躙されたという実感が、残された甘い香りとともに込み上げる。

「ふふっ……顔、トロットロになってるわよ♥」

彼女の涎で濡れた唇が、艶めかしい動きでねっとりと撫で回された。思わず舌を伸ばしてしまうと、彼女はニヤリと口角を歪め、そこに自分の指を這わせてくる。

「物欲しそうな、いやらしい顔しちゃって……いいわよ、しゃぶっても?　はい、あ～ん……んっふふ、くすぐったい♪　綺麗にペロペロできたら、ご褒美をあげるわ♥」

「んはっ、ちゅっ、んぐ……じゅるっ、れろっ、えろぉぉ……」

彼女の体液がたっぷりと染み込んだ指は、脳髄が痺れるほどの、いやらしい甘さに満たされていた。ただの汗や唾液でさえこれなら、彼女自身の——牝部分の香りや味は、どれほど濃厚で淫らな味わいなのだろうか。その想像が股間をパンパンに張り詰めさせ、大樹の意識を牡欲へ向かわせ、懸命に指に吸いつかせる。

「ふふっ、可愛い……はぁい、よくできたわね♥　それじゃ、約束通り——んっ……」

チュポンッと指を引き抜き、それを美味しそうに、艶めかしく舐めしゃぶりながら、彼女の唇が大樹のあご先に口づけた。ビクンッと身体を跳ねさせて反応すると、ロザリーはそれを見てクスクスと笑いながら、全身をゆっくりと下に滑らせ、下腹部に顔を埋める。

「ここに、ご褒美あげる……欲しがり屋のチンポ、お口で気持ちよくしてあげるわ♥」

太ももと膝で散々に捏ね回され、もらさせられた先走りでベトベトになった肉棒に、ロザリーの顔が密着するほどに近づけられていた。囁くたびに彼女の吐息や鼻息が浴びせられ、その艶めかしい湿り気に撫でられるだけで、肉棒は暴れるように何度も跳ねる。その牡欲に塗れて蒸れきったペニスの前で、彼女はスンスンと鼻を鳴らし、瞳を蕩けさせた。

「んぅ……はぁぁっ♥　これが、チンポの匂い……はぁっ、いやらしいっ……こんなエッチな匂い振り撒いて、勃《た》たせて、そんな状態で歩き回ってたなんてっ……どれだけドスケベなのよっ、あんたってぇ……あのリコが、理性なくして襲っちゃうわけだわっ……」

男——というより大樹にとって、この世界の女たちが牡欲をくすぐる味と香りの塊なのだとすれば、彼女らにとっての大樹は、その逆なのかもしれない。魅入られたように肉棒をうっとりと眺め、すぐにでもむしゃぶりつきたいという欲求をこらえながら、彼女の瞳は言葉通り、理性をなくしたようにギラギラと輝いていた。

「こんなチンポしてたら、襲われても仕方ないわよっ……エイダが夢中になってたのも、ある意味しょうがないわね、これじゃっ……とんだ変態よっ、この痴漢っ♥」

元の世界における、痴女のような意味で使われた単語に嬲られながら、大樹の腰は快感に震え、みっともなく持ち上がっていく。供物を捧げるように掲げられた肉棒へ、吸い寄せられるように視線を這わせたロザリーは、そのまま大きく唇を開き、舌を伸ばす――。

「こ、こんな変態チンポは……徹底的に、しゃぶってあげないとよねっ……んっ、はぁっ……んぁっ、んっ、ちゅっ……じゅるるっっ、れろぉぉぉっ♥」

顔を傾け、横からかぶりつくような形で唇を密着させ、濡れ蕩けた舌を絡みつかせてくる王女――僅かに品のよさを残した美貌は、その何倍もの淫猥さを表情から漂わせ、まさしく痴女のような振舞いで肉棒にしゃぶりつき、下品な音を立てて啜り上げた。

「はむっっ、んむぅぅっ、ちゅばぁっっ♥　ぶちゅっっ、じゅるるっっ、ずっぢゅるぅぅっっ……んむっっ、ぷぁっ、はぁぁっ……すっご、おいしぃぃ……んっ、あむぅっ♥」

彼女の口腔に際限なく溢れてくる唾液は、彼女が言葉を発し、あるいは肉棒をしゃぶり立てるたび、ダラダラと流れ落ちて大樹の股間を濡らす。涎塗れにした肉棒に唇や頬を密着させ、あるいは鼻先までも擦りつけ、その味や匂い、硬さや熱さ――すべての感覚、感触を心の底から堪能し、ロザリーの笑みは恍惚としたものへと変化していく。

「んはっ、あっつ、んんぅっつ……すごっ、いっ……んぅっ、あんっ♥　こ、こんな、すごいのぉ……しゃぶってる、だけでっ……はぁっ、んふっ、じゅるっ……こっちまで、感じひゃうっ、りゃ、ないのぉ……んむぅっ、ぢゅぱっ、じゅるっ、べろぉぉっっ……」

王家に生まれながら、目の前に置かれていたはずの牡を、この年までお預けされていた王女——それをとうとう味わえた悦びで瞳は潤み、淫らなハートが浮かんでさえいた。

「はぁっ、あむぅっぅっ、んっ、れぇぇ……んふっ、ねぇ？　これ、リコにもしゃぶらせたんでしょ……させてないわけ、ないわよねぇ……こんなすごいの前にしたら、絶対っ……どんな女でも、理性吹っ飛ぶに決まってるものっ……ねぇ、気持ちよかったのっ？」

彼女——忠臣であるメイドへの対抗心からか、息を荒らげたロザリーが必死に尋ねてくる。けれど大樹のほうも、冷静に答える余裕など残されてはいない。

「んくっつ、うぅぅっつ……あぁぁっつ、しゃっ、れてっ、なひっ……んくぅっつ！　ちょっと、な、舐められた、くらいぃぃ……くぉっつ、んっおぉぉっ！」

「はぁっ、んっ、そうっ……なんだぁ……あはぁっ♥　なら、私が初めてなのね……あのパン屋の娘にも、されてないのかしらっ？　んふっ、んちゅぅぅっ……ちゅぱぁっ♥」

裏筋にキスをされ、ねっとりと舌を絡めて舐め上げられた瞬間、これでもかというほどに腰が跳ねた。同時に、彼女の指摘で言葉を詰まらせてしまうと、その瞳が嗜虐的に歪む。

「へぇ——あっちにはさせたのね？　この淫乱っ、痴漢っ、変態チンポッ♥」

「んぁっつ、はひぃぃっつ!?　いっ、ひゃっつ、あぅぅっつ……んっ、ちがっ、違うっ、あれもぉっっ……あれも、ちょっと、ちょっとだけぇっ！」

しゃぶられたというよりは、まさしくいまと同じように、唇と舌でレイプするように舐め回され、頬擦りで果てさせられたようなものだ。そのことを訴えようとするが、ロザリーの唇と舌に翻弄され、肉棒がビクビクと跳ね躍り、理性が快感に緩んでいく。

彼女への返事より、快感を求める意識と本能が高まりすぎて、腰が動くのをまるでこらえられない。股間をみっともなく擦りつけ、高貴な美貌のすべてから快感を貪り、先走りを垂れ流して喘いでしまう。

「んぁっっ、あぁぁぁっっ！　ほんっ、とぉっ……んぐっっ、ほんとっ、ちょっとぉ……だ、だからぁっ……あっ、ごめっ、ごめんっっ……ごめんなさいぃっっ！」

思わず謝りながら彼女を見てしまうと、肉棒をピチャピチャと舐め回す彼女の笑みと、絡み合うように視線がぶつかった。艶めかしく、蔑《さげす》むような――見下すような嗜虐的な視線で見つめられた瞬間、背筋がブルルッと震え、甘い電流に脳が痺れていく。

「謝りながら、人の顔でオナニーするなんて――本当に変態ねぇ、ダイキ♥」

言われながらも腰の動きは止まらず、彼女の言葉通り、白肌や唇、鼻先にたっぷりと亀頭を擦りつけ、最低の快楽に浸ってしまっていた。けれどロザリーも、それを避けようとすらせず受け止めながら、ニマァッと嬉しそうに唇を緩め、それを大きく開かせる。

「いいわ、それじゃ――本当の初めての、おしゃぶり敗北射精……させてあげる♥」

濃桃色の口腔をグパァッと開かせ、艶めかしくくねる舌の動きや、テラテラと濡れ光る唾液の糸、粘膜の広がりをこれでもかと見せつけながら――その淫らな穴が、破裂寸前の肉棒を咥え込み、真上から容赦なく飲み込んだ。

「んふぅっ……んぷっっ、ぐぷぷぷっ……んちゅっ、じゅるぅぅぅぅっ♥」

「くほぉっっ、おっっっ、んぅっ……んっくぅぅぅ――っっ!?」

唾液を満たした口腔が、ちょうど肉棒を栓にした形でペニスを包み込み、熱い粘膜襞を蕩けさせ、密着させてくる。リコの肉穴で経験したそれよりも、ともすれば気持ちいいのでは――そんな感覚すら覚えるほどの蕩肉が、一斉に肉棒にむしゃぶりつき、吸いつき、先端から根元までを扱き下ろした。その肉悦と、弾ける快感の奔流《ほんりゅう》に、抗えるはずもない。

――ビグッッッ……ビュグビュグビュグッッ、ドプゥゥウウッッ！　ビュグルッッ、ブビュルゥゥウ～～～～～～ッッッ！　ドクッッ、ドクッ、ドクッッ、ドクンッッ！

「んぉぶっっっっ♥　んふっっ、んふぐぅぅぅっっ……んむぅぅっっ、おむっっっ、ぐじゅるっっ……じゅるぅぅぅ～～～～～～っっ♥　ちゅぶっっ、じゅるるぅぅっっ……」

今日だけで、すでに五回目の射精だというのが信じられないほどの精液が、睾丸から搾りだされるような勢いで噴きだし、王女の口唇《こうしん》を、喉奥を、白濁で穢し尽くしていく。

「んぅっっ、ふっっ……ぐっっ、あっ……やっ、それっ……んふぅぅっ……」

濃厚極まりない、ダマになった精液が尿道を押し開いて駆け上がる。その快感に自然と腰が浮き、肉棒が彼女の口腔を突き上げた。溢れんばかりの精液を受け止め、さらに喉奥を叩かれそうになりながら、それでも彼女は吐きだそうとするどころか、頬粘膜をぴった

りと吸いつかせ、頭を振り、さらに奥底から精液を啜りだそうとしてくる。

「んふっっ、ちゅっっ、ちゅぷっっ、ぶじゅるぅっっ……じゅぷぷぷっ、ぐぽっ、ぐぷぷっっ、ちゅぶぅっ……んじゅるっっ、じゅるぅぅっ……んちゅぅぅぅっ♥」

（おぁっ、あぁぁぁ……これっ、やばっ、やばいっ……んぁうぅぅっっ……）

快感に吸い寄せられるように、股間は高く浮いて、背中は反り、アーチのように弧を描いた全身が、ビクビクと痙攣したように跳ね震えていた。その突端をロザリーの唇が隙間なく包み、根元まで飲み込み、頭をリズミカルに上下させて扱き抜く。

「んぐっ、んむっ……んぐぅっっ、ぐぽぽぽっ、ぶぽっ、ちゅぶぅぅぅ……んっちゅぅうっ、じゅるるっっ、ちゅぅぅぅ……ちゅぽんっ♥」

「くはっっ……あっ、んぁっ……」

ぴったりと引き結ばれた口が、根元から先端まで精液を搾り取り、これでもかと吸い上げ——空気の抜ける品のない音とともに、唇が離れた。絶頂の余韻で過敏になっていた亀頭をねぶられた、その衝撃にたまらず喘ぎをもらしてしまうと、頬をプックリと膨らませたロザリーの笑みが、ニヤニヤと見下ろしてきた。

「んぅ……ぷぁっ、あはぁ♥　ほやぁ、見りゃはいよぉ……あむっ、じゅるっ、ぐちゅ、くちゅぅ……んむっ、あむぅっ、れろぉぉ……んふっ、こんらいっぱい♪」

唾液と絡み合った白濁が口腔で波打ち、舌先でピチャピチャと撹拌されながら、粘っこい糸で淫らな粘膜に橋を渡す。その光景をたっぷりと見せつけたロザリーは、そのテラテラと濡れ光る唇をゆっくりと閉じ、コクリ、コクリと時間をかけ、喉奥に流し込んだ。

「はぁ……あんなにザーメンもらしちゃった上に、全部飲まれちゃったわね？　気分はどうかしら――レイプ願望ありありの、変態チンポさん♥」

精液を飲み干した口の中を見せつけ、クスクスと笑いながら、彼女の舌と指は再び股間に伸びる。唾液と精液でドロドロになった肉棒は、その感触が触れるのも待たず、ロザリーに触ってもらえると期待しただけで、はしたなく躍動し、硬さを取り戻しつつあった。

「ふぅん――まだして欲しいんだ？　乳首弄られながらおっぱい揉んで、ビンビンに勃起した淫乱チンポしゃぶられて……たぁ～～～っぷり射精しちゃったくせに、まだ物足りないんだ♥　どこまでやらしいのよ、あんた……いいわ、続けてあげる♪」

尿道を舌で抉るように擦り、指先で裏筋を撫で上げながら、ロザリーが甘く囁く。その刺激に腰が跳ねると、上質なマットは安っぽい軋みをまるで響かせず、寝転んだ大樹の身体を優しく沈ませた。熱く火照り、汗に塗れてしっとりとしたその身体を、彼女の視線と手の平が舐め上げるように這い、強張った太ももを緩やかに揉みしだく。

「次はマッサージも含めて、ね……どうせまだ、力は戻ってないんでしょう？」

抵抗してこないのがその証とばかりに、ロザリーの手は大樹の下半身を好き放題に撫で、弄り回す。彼女の指摘通り、まだ身体にあの力は生まれていない。けれど――。

（うくっ……ふっ、はぁっ……違う、これは……）

力が発現しない理由は、きっとマッサージの有無ではなかった――大樹の身体はいまの射精によって、そのことを感覚的に理解してしまう。

(はぁっ、なるほど……だから、リコだけが……ユリアのじゃ、だめだったのか――)

リコにしてもらった行為と、いまのロザリーとの行為に、大きな快楽の差があったわけではない。どちらも腰が抜けるほど心地よく、その後にペニスがまったく萎えないところまで含めて、快感の質や量は同程度だったと確信できる。

それならばなぜ、双方に違いがあるのか――リコが指摘したように、大樹が受け身になるプレイだということも、確かに不可欠ではあった。前戯のような形でマッサージを施すことも、不可欠とまでは言えないが、意識的に重要な要素ではあっただろう。

だが――いや、だからこそ――このままロザリーが大樹にマッサージをし、同じような形で同じ責めをして、恥ずかしい射精に至らしめたとしても、大樹があの圧倒的な身体能力を発現させることはない。

(と、とにかく……一回、話さないと……王女様にも、わかってもらう必要が――)

劣情に支配された彼女の手が、脇腹を這い上がり、胸元へ伸びようとする。それを大樹は力の入らない手で懸命に掴み、驚く彼女の前でゆっくりと身体を起こした。

「だ、だめだ、王女様っ……このままじゃ、絶対っ……成功、しないっ……」

「――はぁ？　なに言ってるのよ、いきなり……これだけ感じてるくせに、急にそんな強がっちゃって……抵抗しようったって無駄よ♪」

大樹の反応をただのプレイだと感じたのか、ロザリーは再び大樹の身体を押し倒す。そ

うして身体を密着され、豊乳の感触を押しつけられると、心地よさに抵抗を忘れかけるが
——大樹は気力を振り絞り、悶えながら、彼女の身体を押しのけようとする。

「た、頼むっ……ちゃんと、話を聞いてくれっ……」

「つっ……しつこいわねっ、なんだって言うのよ！」

あまりに抵抗されると興が殺《そ》がれるとばかり、王女の瞳が苛立ちを浮かべ、鋭くツリ上がった。両手をベッドに押しつけられ、抵抗できない身体を強引に組み伏せられる。

「いいから、あんたは黙って——男らしく、私の言う通りにしてればいいのよ！」

「ぐっ……いや、それはできないっ……これは、王女様のためなんだよっ……」

彼女が必死になればなるほど、逆に大樹の頭は冷静さを取り戻していた。彼女がどうしてここまで頑《かたく》ななのか——そしてなぜ、自分の手で大樹に力を発現させることに、躍起になっているのか。その理由は不明だが、彼女の目は大樹の力ではなく、さらに遠く、自身の譲れないなにかを見据えているように思えた。

おそらくはそれこそが、彼女には無理だと感じさせる、最大の要因なのである。

(けど……くっ、こんな状態の王女様に、どうやって言い聞かせればばっ……)

あの力がなければ、ロザリーに——この世界の女性に真正面から抵抗することなど、はっきり言って不可能だ。現に、四肢を押さえつけられた大樹はまるで動けず、それを見下ろした彼女も、ようやく獲物がおとなしくなったかと満足げに唇を歪める。

「いまさら往生際が悪いわよ——もう原理はわかっているんだから、あとはマッサージし

て、もう一回チンポを満足させてやるだけ……」

自身に言い聞かせるように呟きながら、大樹の両手を重ねて片手で押さえつけ、空いた手で頬を優しく撫でた。

「従順にさえしてれば、あんたのこともたっぷり気持ちよくしてあげるから——おとなしく私の力になりなさい、いいわね？」

その落ち着いた声音に、彼女の持つ慈愛やカリスマ性を実感させられ、思わずコクリと頷いてしまいそうになる。けれど唇を引き締め、それを拒否するように顔を背けると、彼女の目は一瞬だけ悲しげに曇り——すぐに冷淡な輝きを秘め、顔を寄せた。

「そう——まぁそれでもいいわ。どうせ抵抗なんてできないんだから、好きにやらせてもらうわ……チンポ屈服させて、私に従う有能な兵士に躾けてあげる」

（いや——それじゃだめなんだ、王女様……）

このまま彼女に身体を蹂躙され、気が遠くなるほどの快楽を味わわされたなら、なんの訓練もしてない一般学生である大樹など、まず間違いなく彼女の虜にされてしまうだろう。これほどの美女で、しかも巨乳グラドル体型、さらには気品溢れる王女様——そんな女性にここまで求められることは、もはや光栄だとさえ思っている。

だが——彼女がそういう気持ちでしている以上、大樹は自分があの力を発現できないのだと、すでにわかってしまっていた。それを理解してもらえない、伝えられないことに、自分の無力さを痛感する。

「……たまにはリコにも相手をさせるわ。それなら少しは、葛藤せずに済むでしょ？」

（っ……なんで、そんなっ……そういう考えができるのに、どうして──）

悪に徹しきれない彼女の見せる優しさが、逆に心苦しくなる。そこからもう一歩踏みだしてくれたなら、きっと彼女は、大樹の力を目覚めさせられるというのに──。

（くっ……そぉぉっっ！　なんでもいい、邪魔が入ってくれ──王女様が少しでも冷静になって、俺の話を聞けるようになるなら、なんでもっ……）

最後の力を振り絞り、身体を跳ねさせ拘束を解こうとするが、王女の膂力は完全にそれを押さえ込んだ。射精直後の疲労もあり、もはや完全に力を使いきった大樹は、とうとうベッドの上で脱力し、身体を弛緩させる。その観念した様子を見下ろすロザリーは、申し訳なさそうに曖昧な笑みを浮かべ、ゆっくりと顔を近づけた──そのときだ。

「──ぁっ……あの、ロザリー様っ……お、お取込み中、申し訳ございませんっ……」

控えめなノックがドアを叩き、微かに震えたメイド少女の声が響く。動きを止めたロザリーは表情を歪め、そして不機嫌そうに瞳をツリ上げると、ドアの向こうに告げた。

「──わかっているなら、あとになさい。もう少しなのよっ……」

「で、ですが、火急の用件でして……ご来客が、すぐにロザリー様を呼べと──」

どういうことだ──と訝しんだ大樹だが、すぐにハッと気がつく。そしてそれより早く事態に気づいていたロザリーは、苦虫を噛み潰したような表情になり、身体を起こした。

「……わかったわ。すぐに行くから、くれぐれも失礼のないようにね……それと、余計なことは絶対に言わないこと。テレーズもいるなら、私の命だと言い含めておきなさい」

「は、はいっ……失礼いたします……」

ドアの向こうから気配が去っていき、ロザリーは大きくため息をもらすと、ベッドから下りて身なりを整え始める。大樹はどうしたものかと考えつつ、とりあえずは自分も起き上がって、確認のため彼女に問いかけた。

「——来客ってのは、妹さんだよな？」

「……ええ、そうよ」

どうして大樹がそれを知っているのか、などといちいち追及したりはしない。

「クロエ＝バラデュール——私の妹にして、この国の嫡子よ。こんなタイミングで来るなんて、本当に最悪だわ……あらゆる意味でねっ……」

どうにもならない天災を前にしたように、ロザリーはそう吐き捨てた——。

◇

湯浴みをする時間はさすがになく、ロザリーはやむなく身体を拭くだけに留め、男の痕跡を残さないよう丁寧に歯を磨き、口をゆすいで、身支度を整える。セミフォーマルに近い簡素なドレスを纏い、来賓をもてなす広間へと足を運んだ。

もちろん、そこに大樹が伴われることはない。彼女と同じく身を清め、清潔な衣服に着替えはしたが、なにがあっても顔をださないようにと言い含められ、奥の部屋に待機するよう命じられたのだ。その理由は、言わずもがなだろう。

(男がいるとわかれば、王城に連れて行かれるってことか……)

殺されるわけではないにせよ、こんな人狩りが横行するような状況下で、男が平穏な暮らしを求めるのは難しそうだ。それとも、王家の命令に従ってさえいれば、王城で贅沢な暮らしができ、苦労することはないのだろうか。

しかしロザリーやリコの反応からすると、大樹のように積極的な男は、かなり珍しい部類だと思われる。この世界の男が行為に消極的、あるいは義務感で仕方なく及んでいるのだとすれば、いくら楽な暮らしができても精神的な辛さは免れない。言うなれば国から強制され、国営風俗で勤務するようなものだ。

そんなことを考えつつ、大樹は扉の隙間から、来賓の応接間をそっと覗き込む。

「――お久しぶりですわね、お姉様」

「ええ……こちらも忙しくて、王都へはなかなか戻れないものだから」

「それにしましても新年のご挨拶にくらい、いらしてくだされればよろしいのに♪」

そう口にする少女の顔には、明らかな侮蔑の色が浮かんでいた。王家から半ば勘当のような扱いを受け、新年にすら帰ることを許されない姉を嘲笑し、愉悦に浸っている。

(あれが妹さんか……確かに、ちょっと――いや、かなり似てるな……)

髪はロザリーのブロンドよりもオレンジに近く、少し赤みがかった明るい髪色だ。目元や鼻筋など、整った生意気そうな顔立ちもそっくりで、ロザリーよりは少し幼い印象が残るといったところか。その理由の一つとしては、やはりボディラインの差が大きいだろう。

そちらは姉に似なかったのか、バストサイズはかなり慎ましやかで、スレンダーな体型だ。背丈についても姉より低く、おそらくは大樹よりも低いだろう。とはいえ、元の世界の平均に比べれば少し高いくらいで、これは妹が低いというより姉が高いのだ。

ただ、そういった部分にコンプレックスがあるのか。妹姫は長く伸ばした髪をハーフアップにし、大人びた印象を与えたがっているように見える。姉のツーサイドアップが幼く見える分、両者のバランスが取れているように思えた。

王族内の問題さえなければ、仲のよい美人姉妹として名高かったことだろう――と、クロエの姿を観察しながら、大樹は評価をまとめる。

「それで――こんな僻地の領土にまで、なんの用があったのかしら？」

妹の物言いに憤慨し、顔を赤くして身を硬くしているメイド、そして女騎士の態度を和らげさせるように、軽い口調でロザリーが問う。

「納税は規定通り遅れなく、一割増しで納めているし、そこは問題ないわよね……ああ、もしかしてようやく裁定が下ったのかしら？　たびたび襲撃のある野盗を追い払うべく、あれだけの軍勢を率いて駆けつけてくれたというわけ？」

野党の襲撃に対し、王家の援軍が得られていないという話は聞いていた。屋敷の外から響く物々しい音や声からして、数十人規模の兵が集まっていることはわかる。それらが本当に援軍なら頼もしいことこの上ないが、こんな夜更けになってから、妹姫自ら率いてきて、さらにはこの態度である――嫌な予感しかしない。

「おとぼけになって――その理由は、お姉様が誰よりもご存じなのでなくて？」

「言ってる意味がわからないわね……はっきりと言ってちょうだい？」

クロエの上から目線に対し、ロザリーはあくまで姉としての態度を崩さなかった。舌打ちするように妹姫の表情が歪み、彼女は口にする。

「――この領土、本日よりわたくしが接収しますわ。お姉様がこちらの土地で戦力を整え、謀反を企てていると聞きましたので……なにか異論はありまして？」

「……根も葉もないデタラメよ。検討する価値すらない噂を信じるの？」

証拠がなければ、いくら王家――その嫡子といえども、無理に土地を切り取ることなど叶わないはずだ。ロザリーは表情を変えずに返事をするが、それなりの確信があってここまで赴いた妹姫が、それで納得するはずもない。

「そう、噂ですわ――噂ではこの村、男を隠しているそうですわねぇ？　領内の男は、すべて王家の預かりになっているというのに……奪ったか隠したかは知りませんが、内密に男を抱えているだけでも問題ですわ。もしかして――その男を使って子を生《な》し、それらを兵として育て上げ、軍拡を進めているのではなくて？」

「そんな事実はないわっ……言いがかりはやめてちょうだい！」

バンッと机を叩いて激昂する姉に対し、クロエは冷たく嘲笑するばかりだ。

「あら、そうでしたの？　では――少し手荒くなりますが、勝手に探させてもらうとしますわ。それで見つからなければ、冤罪と認めて差し上げましょう♪」

そう言って彼女が指を鳴らした、刹那――ゴォンッとなにかが破裂するような音が響き、窓の外にオレンジの炎が燃え広がる。

「うあぁぁぁっ⁉」「なにっ、いきなり炎が――」「水だっ、早く消さないと！」

村の外から響く慌ただしい物音、声――なによりその光景に、しばし呆然としていたロザリーは弾かれたように立ち上がり、目の前の妹に掴みかかった。

「なにをやってるのよっ⁉　やめなさいっ、いますぐ火を消して！」

「ですから――証拠が見つかればやめますわ。村をすべて探し尽くし、それで見つからないようであれば疑念も晴れますので……それまで、おとなしくしていてくださいな♪」

「ふざけないでっ、自分のやっていることが――がはっっ⁉」

その言葉を言い終えるより早く――二人の間で、なにか光の球のようなものが大きく爆ぜる。その詳細を確認しようと目を凝らした瞬間、ロザリーの身体は撥ねられたように弾き飛ばされ、大樹の目の前で勢いよく壁に激突した。

「ロ――ロザリー様っ！」「殿下っ、お気を確かに！」

リコとテレーズが血相を変えて駆け寄るのを眺め、クロエはクスクスと嘲笑をもらす。

「いい格好ですわ、お姉様♪　ではそのまま、ごゆるりとなさっていてください」

「ぐっ……クロ、エ……やめ、なさいっっ……」

二人を制して呼びかけるロザリーだったが、衝撃が肺に届いたか、声もだせない様子だ。

ただ――その目はクロエではなく、うっすらと開いた扉を睨みつけており、隠れている大樹に無言の言葉を伝えている。絶対に出るな――と。

「ではお姉様、わたくしはこれで♪　いまからあちこちに火を点けて、軍が家探しする手間を省かないといけませんので――ああ、忙しくてたまりませんわぁ♪」

その発言を聞いた瞬間、獣のような俊敏さで動きだしたのは、ロザリーではなくテレーズだった。駆けだしながら剣の柄に手をやった彼女を見て、これを待っていたとばかり、クロエの表情が悪魔のような笑みを浮かべる。

「だ……めっ……戻り、な……さ――」

主の掠《かす》れた声も届かない様子で、女騎士は抜刀する寸前だった。王家の嫡子に向かってそんなことをすれば、謀反の決定的な証拠とされてもおかしくはない。だからだろうか、クロエの左右に侍っていた全身鎧の兵二人も、彼女を庇おうともせず、立ち尽くしている。

「リ、コ……テレーズを、止めて……すぐっ……」

「テ――テレーズ様、いけませんっ！　こらえてっ……こらえてくださいっ……」

主の言葉を聞き、リコが必死で訴えるが、テレーズの足は止まる気配がなかった。あと一歩でも踏み込んだなら、そこで彼女は剣を抜き放ち、妹姫を切り伏せていただろう。あるいは、その剣が届く前に取り押さえられ、謀反人として首を落とされたか――だ。

ともあれ――そうならずに済んだのは間違いなく、主の悲痛な叫びのおかげである。

「なっ――んでっ……どうしてよっっ！　出るなと、言ったでしょうっっ……」

激昂していた騎士の耳にすら届く、痛みをこらえた王女の腹の底からの声は、クロエでもテレーズでもなく、背後の扉から姿を見せた大樹に向けられてのものだった。

「いや、出ないわけにはいかないって……あのままだったらテレーズさんも王女様も、それにこの村も、まとめて終わってただろ？」

そう答えながら大樹は、床に崩れ落ちた王女の脇を通り、驚いた顔でこちらを見ている女騎士の隣を抜け、満面の笑みを浮かべる妹姫と向かい合う。

「初めまして、クロエ王女――と、お呼びしてもよろしいですか？」

「ええ、構わなくてよ。あなたがこの村に隠され――奪われていた男、ですのね？」

あえて奪われたという言葉を使ったのは、村の罪を一つでも増やそうという算段だろうか。そんな計算高い、嗜虐的な笑みを浮かべたクロエは、王女に近づく不遜な男を下がらせようとする兵を制し、大樹の腰を自ら抱き寄せた。

「なるほど、噂通りの男振りですわ……それにこちらも――まぁ♥」

彼女の手が借り物のズボンを肌蹴させ、大樹の股間を丸裸にする。そこに現れた肉棒のサイズを目にし、妹姫の瞳はたちまち好色の光を浮かべた。

「聞いていた通り、後宮の牡とは違って立派なものね……愛いですわ、あなた♥」

「大樹と申します、クロエ王女」

媚びるように身を擦り寄せつつ、大樹は彼女の耳元に囁いた。

「ところで王女殿下……こうして自分が見つかったことですし、村の消火活動を行わせてはいただけませんか。お話はのちほど、必ずお伺いしますので――」

「あら？　ああ——その必要はなくてよ、ダイキ♥」

甘えるように擦り寄る大樹の反応に気をよくしたか、機嫌よさそうに答えたクロエは、先ほどのようにパチンと指を鳴らす。その瞬間、夜の村を煌々《こうこう》と照らしていたオレンジ色の炎は、最初からなかったかのように消え失せた。

「なっ……い、いまのは……？」

「出来損ないのお姉様には、使えませんものねぇ？　ええ、教えてあげる♥　いまのが魔法よ……バラデュール家の者なら誰でも扱える、王家の証というものですわ♪」

勝ち誇ったように告げるクロエの言葉に、テレーズが唇を噛み、リコが顔を伏せる。その反応を見て、大樹はようやく理解した。忠実な家臣に恵まれ、治める地の領民にも心から慕われているロザリーがなぜ、王家から放逐されるに至ったかを。

「な、なるほど……あれが魔法ですか、初めて見ました……見事なお力ですね」

まさか剣と魔法の異世界だったとは——そんな気持ちを押し隠しつつ、噂には聞いていたがという風に驚いてみせると、クロエは嬉しそうに微笑んだ。

「まぁ、本当に愛いこと……あなたのソレのほうが、よほど見事だといいますのに♥」

言いながらクロエが手を伸ばし、剥きだしになった肉棒へ指を這わせ、その柔らかな感触でスリスリと撫で始める。幾度も射精させられた直後だというのに、美少女の抱擁と愛撫を受けているおかげか、肉棒はたちまち限界まで勃起し、彼女の指をグイッと押しのけた。

太い血管を脈打たせるそれを、ポォッと熱っぽい瞳で見つめていた妹姫は、その肉肌にねっとりと指を絡ませ、大樹の耳元に囁く。

「ふふっ……ねぇ、ダイキ？　この際ですから、仔細は問いませんわ。あなたがおとなしくわたくしに従い、わたくしの夫になると誓うなら……村の謀反、お姉様の企て、そこの騎士の無礼――ついでに村の領有も、まとめて見逃してあげてもよくてよ？」

小さな囁きに過ぎなかったはずが、その声は殊《こと》のほか大きく室内に響いた。その聞き捨てならない発言に、動けない状態のロザリーが顔を起こし、踏み止まったはずのテレーズが再び剣に手をかけ、あの穏やかなリコまでもが瞳をツリ上げる。

けれど――そんな彼女らの反応とは対照的に、大樹は嬉しそうに声を弾ませた。

「光栄なお話です、クロエ王女。ですが一つだけ……お許しいただけるなら、個人的なお願いをさせていただけませんか？」

「お願い……ここまでの条件をつけて、まだありますの？」

僅かに眉を寄せるクロエだったが、絡みついた手でペニスを扱かせるように腰を揺すると、熱く硬い牡が擦れる感触に、熱い吐息をもらした。

「んっ……まぁ、仕方ありませんわ――言うだけ言ってみなさい、ダイキ♥」

この世界の平均に比べてではあるが、やはり巨根の強さは偉大である。肉棒の魅力に目を奪われた彼女は、そのまま緩やかながら牡肉を擦りつつ話を促した。刺激に腰を跳ねさせ、王女の牝欲を満たしてやりながら、大樹は答える。

「ありがとうございます、クロエ王女……お願いというのは、ほかでもありません。俺は誰かと結婚するなら、強い女性がいいと常々考えておりました。そこで殿下——俺とロザリー王女の二人と戦い、勝利した上で、俺をもらってはいただけませんか？」

さすがにそれは、クロエも想定していない提案だったのか、聞いた途端にポカンと口を開き、やがてニンマリと唇を緩めると、より強く大樹を抱き寄せた。

「本当に——可愛いことを言いますのね、あなたは♥　なるほど……なんでもあなた、男だてらに野盗のボスにも打ち勝てるほどの強者と聞きましてよ？　それなら確かに、自分より強い相手を妻にと願うのも、無理のない話ですわ」

言いながらクロエは、懸命に身体を起こそうとする姉を、見下した目で見つめる。

「少なくとも——あんなお姉様では、物足りないのでなくて？」

「……まぁ、そんなところです」

さすがにそのセリフだけは目を見て告げられず、恥じらう振りをして、クロエから目を背けた。そんな反応も奥ゆかしくてよいと感じたのか、いやらしい笑みを浮かべた彼女の手は腰から尻に滑り、大樹の筋肉質な尻房を揉みしだく。

「そういうことなら、二人でかかっていらっしゃい——と言いたいところですけれど、肝心のお姉様があのざまでは、今日のところはお預けになるのかしら？」

この妹姫は、相当に男慣れしている様子で、尻房への愛撫はまるで痴漢のような手つきだというのに、大樹の淫欲をジワジワと疼かせてくる。尻谷間なども刺激する、その心地よい感触に声を上擦らせながらも、大樹はなんとか答えることができた。

「そ、うっ……んっ、そうですね……できれば真正面からお願いしたいので、日を改め――なるべく大勢の前で行えますと、盛り上がるのではないでしょうか」

「確かに、お姉様が無様を晒すにはうってつけですわね。では、こうしましょう――」

肉棒の先走りを拭い取った指をロザリーに突きつけ、クロエが告げる。

「一週間後、近くで決闘を行いますわ。そちらはお姉様とダイキ……二人でわたくしに勝てましたら、今回の件は水に流して差し上げましてよ。ですが、もし敗れたら――」

「はい。俺はもちろん、クロエ王女の物ということに――」

「いいえ――それだけでは足りませんわ、ダイキ♥」

そのときの彼女の表情は、悪魔のように狡猾《こうかつ》で、実に底意地の悪い、邪悪な笑みを浮かべていた。長年、目の上のタンコブに思っていた姉を、とうとう合法的に処理できるとあってか、暗い悦びに満ちているのが窺える。

「お姉様には、バラデュールの名を捨てていただきますわ。王家との離縁状にサインをし、今後一生を――姓を持たない、平民のロザリーとして生きるのです。まぁせめてもの情けとしまして、この辺境の田舎村程度ならくれて差し上げても構いませんけれど♪」

クスクスと笑う彼女の迫力に、リコやテレーズ、そしてロザリーだけでなく、クロエの連れてきた二人の兵までが気圧されているようだった。こんな突然の申し出に、ロザリーがすぐさま答えられるわけもない。逡巡する彼女に先んじて、大樹は確認のため口を開く。

「……この約束は、要するに担保ということでしょうか？」

「そうですわ、その間にダイキを逃がされては困りますもの。決闘が果たされなかった場合にも同様に、お姉様には姓を捨てていただき――その場合はついでに、この村にも消えていただきますわ。わたくしの花婿を奪うと仰るのでしたら、どうぞそのおつもりで♪」

そう告げるとクロエは兵に命じ、その旨を約する書状をしたため始める。チラリと見た程度ではあるが、見たことのないその文字もやはり、認識することはできた。文面は口約束程度のものだが、双方がフルネームでサインすることとなっており、違《たが》えればそれなりのペナルティが発生しそうな、半公式といった形の文章に見える。

「さ、お姉様……サインをどうぞ♥　これはあくまで約定のものですから、負けなければ問題ない約束ですわ……まさか、妹ごときに臆したりしませんわよねぇ？」

「っ……クロエ、あなたっ……どこまでっ……」

とはいえ――現状ではクロエが優勢なのは間違いない。彼女は率いてきた軍の数に任せて村を焼き、民を殺し、大樹を奪って堂々と帰還しても、お咎めはないのだ。それを、後日の決闘に応じればいまは引き下がると言っているのだから、条件にしろ時間にしろ、これ以上はないほど譲歩していると考えられる。

（俺欲しさにそこまでするって……そんなにいい男なのか、俺は……）

このままではナルシストになってしまいそうで、なにやら怖くなってくるが――少しくらいはお礼をしておくべきかと、大樹は隣からクロエに抱きついた。

「ありがとうございます、クロエ王女……まずは俺のほうから、サインしても？」

「ええ、もちろんですわ……ふふっ、本当に愛いこと♥　決闘を終えたら、皆の前でたっぷりと可愛がってあげましてよ♥」

すっかり気をよくした彼女が胸を揉むように抱き寄せ、頬に口づけてくるが、美少女にそれをされて嫌な気分になるわけもない。大樹もつい頬を緩めてしまうが、そこに突き刺さるロザリーやリコ、テレーズらの鋭い視線を受け、大樹は慌てて表情を引き締める。

「では——その前に、一文だけ追加させてもらいます」

「あら、なにかしら？　わたくしへの永遠の愛を誓う——といったところ？」

クスクスと笑いながら、クロエはその約定書を覗き込み——刹那、その笑みを絶やして視線を尖らせ、約定書をグシャリと握り潰した。

「あなた——ダイキ、いまのは相応の覚悟があって記したのかしら？」

「もちろんです、クロエ王女……相応の罰も、受け入れる所存ですので」

言ってみろとあごで促され、大樹はクロエに誓うように、深く頭を下げる。

「もし敗れたなら、性奴隷にでもなんにでもなり、あらゆる命令に従うことを約束します。その旨は、決闘の折に交わす正式な書類にも、どうぞご記載ください」

「——一生の従属ですわよ。その魂と肉体が、どれほどの恥辱を味わうかも定かでないというのに、それで構わないと申しますの？」

「元より自身を賭ける予定でしたから、その程度は意に介しません」

そもそも、だいたいのことはご褒美なので――とはさすがに言えなかったが、あまりにあっさりと答える大樹の態度に、クロエも本気を感じ取ってくれたようだ。しばし睨みつけていたクロエは、やがて破顔し、潰した書類をこちらの胸元に押しつける。

「気に入りましたわ、ダイキ――性奴隷は許しますけれど、必ずや従順な夫になってもらいましてよ。当日までに、婚儀での挨拶でも考えておくことですわね」

そう言ってクロエはドレスの裾を翻し、兵たちを連れ、大樹たちに背を向けた。

「それではお姉様、ごきげんよう――一週間後を、楽しみにしておきますわ♥」

彼女が出ていくと、ややあって屋敷の外でも大勢の人間が動きだし、その行進の音は次第に遠のいていく。それから十分、二十分、下手をすれば三十分以上もの沈黙、そして静けさが緩やかに過ぎ去り――口火を切ったのは、やはりロザリーだった。

「……ダイキ、どういうつもり……どうしてあんな、勝手な――ゴホッ、ゲホッ！」

「落ち着いてください、ロザリー様！　お身体に障ります、どうかご自愛を……」

咳き込む王女の背を撫で、肩を貸してソファに座らせたリコは、水差しから汲んだ水をそっと差しだす。それを喉奥に流し込み、ロザリーが呼吸を整えている間、代わって大樹を睨みつけていたのはテレーズだ。

「私も聞かせてもらおう。少年、君にはわかっているのか……我々がどれほど殿下にっ、ロザリー＝バラデュール様に救われているのかを！　あのような勝手な約束をっ……殿下が名を失うようなことになれば、この村は終わりだ！」

「いや、終わらないと思いますけど――どっちにしても俺を連れて行ったら、そのあと村を焼かれて終わってたんじゃないですか？」

大樹の指摘に、テレーズは言葉を詰まらせる。そこへ、水を口にして落ち着いたロザリーが、代わって言葉を継いだ。

「そうだとしても……王家の名前があってこそ、守れていたものもあるのよ。それより、さっきの紙を見せなさい。あの子はなにを見て、あれほど驚いていたの――」

全員の目が、彼女から押しつけられた潰れた紙に向かう。隠すようなことでもないと開いたその紙には、大樹の汚い字でこう書かれていた。

『クロエ＝バラデュールが敗れた場合はレゾン地区から手を引き、マルタ率いる野盗との黒い繋がりを認めること』――と。

「そんな……嘘、でしょ……あの子が、やつらと……そうまでして、私をっ――」

そう口にして呆然とするのはロザリーだけでなく、リコもテレーズも同様で、言葉がない様子だった。だが不思議と、納得したような風にも見えるのは、そう予想したのも一度や二度ではないということだろう。

「……王女様たちも、わかってたんじゃないのか？」

「薄々はね……だけど、それでも――あの子は国の嫡子で、私の妹なのよ！　それが……姉の領地、自国の領土でっ……盗賊を扇動するなんて、考えたくなかったわっ……」

ロザリーが慟哭するように告げれば、テレーズも机を打って激昂する。

「このことを陛下にお伝えし、窮状を伝えねば！　このようなこと、国の一大事ぞ！」

「落ち着いてくださいっ……陛下のお耳に入れても、相手はクロエ様です！　すぐに握り潰されるか、下手をすればこちらのほうが――」

リコが冷静に諫めるのを聞き、テレーズは強く唇を噛んだ。ロザリーはもう一度、大樹の書いた一文を読み直し、こちらに視線を向ける。

「……あんたは、どうしてわかったの？」

「だって……あの人、俺のこと知ってたろ？　アレのサイズまで知ってたってことは、伝えたのはリコか王女様か、あるいはユリアか――それ以外だと野盗しかいないし」

聞いていた通りの大きさ――と、彼女ははっきりと口にしていた。それを思いだしたロザリーはハッとした顔で、リコのほうを振り返る。

「ユリア――あのパン屋の娘は、信用が置ける？」

「も、もちろんです、ロザリー様……先も申しましたが、この村の者は皆、ロザリー様のことを大変慕っておいでで……若いユリアさんたちの世代など、ロザリー様のお傍にお仕えできるなら死んでもいいと、宴席で口々に語っていたとか――」

リコが慌ててフォローすれば、テレーズも傍に跪き、進言する。

「それについては私も保証しましょう。辺境の枯れた地を、割増の税が納められるほど豊かな地に変えられたのは、殿下のご威光――我々は殿下を裏切るくらいなら、潔く死を選ぶ覚悟です。この地の民はバラドの民ではなく、殿下にお仕えするレゾンの民――たとえ殿下がバラデュール家でなかろうとも、我々は殿下の家臣です！」

その言葉はロザリーの心に深く刺さったのか、彼女は望外の喜びであるというように、くしゃりと顔を歪めた。けれどすぐに感情を持ち直し、嗚咽《おえつ》をこらえて言葉を紡ぐ。

「そ、そう……まぁ、ともかく――そういうことなら野盗から直接聞かされる以外で、ダイキのことを知るのは不可能でしょうね……ましてや、規格外なアソコのサイズなんて」

言いながらロザリーの目が股間へ向かい、それを追うようにリコもこちらを向いた。クロエによって勃たされたそれを隠すように屈みつつ、大樹はボソッと呟く。

「……いや、そこまで大きくはないと思うけど――」

「大きいですよっ！」「大きいに決まってるでしょっ！」

ハモるような二人の叫びは心の底から嬉しいが、元の世界でのいわゆる巨根を目にしたら、彼女たちはどうなってしまうのだろか。

（いや、あれか……いわゆる奇乳みたいな扱いで、逆に受けつけないのかも……）

と――益体もないことを考えそうになるが、いまはそれよりも話し合うべきことがある。

ロザリーたちもそれに気づいたらしく、その表情は再び引き締まっていた。

「で――問題は、あの子との決闘よ。見たでしょう、あの子の魔法を……私には、あれをどうすることもできない……防ぐことも、先手を取ることもねっ……」

「まぁ、使えないもんは仕方ないだろ……とにかく、できることで対抗するしかない」

きっぱりと言いきった大樹の言葉に、ロザリーは少し面食らった反応を見せる。けれどすぐにクスリと笑い、開き直ったように頷いてみせた。

「確かにね——一週間で魔法を使えるようになるより、よっぽど建設的だわ」

主が前向きな反応を見せれば、やはりそれに従う者の士気も上がるというもの。ロザリーの言葉に、リコやテレーズも俄かに元気を取り戻してきたようだ。

「それで……できることと仰いますと、やはり——」

「ああ——王女様の手で俺の力を引きだしてもらって、それで戦う！」

それしかないだろ、と激励するように拳を突きだす——が、ロザリーはそれを受けて、不思議そうに首を傾げていた。

「え、と……リコにしてもらうんじゃないの？」

「なんでだよ！　妹さんには、俺と王女様で戦うって言ったんだぞ？　だったら王女様にしてもらわないと、こっちが嘘吐いたことになるだろ」

そんな大樹の言葉に、ロザリーはムッとした顔で反論する。

「そうは言うけどね——あんたが自分で言ったんじゃない、私には無理だって！」

「そりゃあのときはな！　けど、いまは違う……俺が必ず、できるようにしてやる！」

突きだした拳を開いて王女の手を取り、それをしっかりと握り締める。

「あのとき王女様は、ただ自分のことだけ考えて、俺を射精させようとしてたよな？　自分の手で俺の力を引きだせれば、それを魔法の代わりにできるって思ってたんだろ？　使えない魔法の代わりに、俺の力を間接的に使えば——それが自分の強さになるってな」

「っっ……うるさいっ！　あんたに、なにがっ……そうでもしないと、私は――」

自らのコンプレックスを抉られ、ロザリーの瞳が鋭くツリ上がった。そんな彼女に手を振り払われそうになるが、懸命に押さえつけて大樹は訴える。

「私は――なんだよ？　魔法も剣も使えない、素手でも男にしか勝てない、か？　いいだろ別に……戦えなくても王女様は、村のみんなに慕われてたじゃないか。ってことは、王女様の好かれた理由は強さじゃない……もっとほかにあるってことだろ」

彼女の胸元を指し、大樹の強い視線が彼女の瞳を見つめた。

「王女様の強さは、人を慈しみ、人に施し、人を守ろうとする――その優しさなんじゃないか？　みんなはそこに希望を見出して、光を感じて、王女様を慕ってるんだ。それに気づかないで、独りよがりの力なんて求めたところで、なんの慰めにもならない……」

それを聞いたロザリーはハッとした顔で、彼女を心配そうに見守る二人を見やる。大樹は静かに頷き、より強く彼女の手を握った。

「あんたが頼るべきは、力じゃない――自分を慕ってくれる人たち、周りで王女様を支えてくれてるみんな……ここの領民たちなんだよ。なぁ、そうだろ？」

熱弁を振るった気恥ずかしさを誤魔化すように、リコやテレーズに話を向ける。二人の反応は鈍かったが、ややあってからようやく気がついた様子で、慌てて激しく頷いた。

「そ、その通りです、ロザリー様！」「私たちが力になりまする、殿下！」

（あ、やっべ……これたぶん、めちゃくちゃ気ぃ遣わせたな――）

かなり恥ずかしい演説をしたというのに、完全に滑ってしまったか——と心配させられたものの、気がつけば二人はボロボロと涙を流しており、王女に縋《すが》りつくように抱きついている。どうやら無事に、大樹の言葉は二人に届いてくれたようだ。

ホッと安堵する目の前では、家臣二人に抱きつかれたロザリーが、憑き物の落ちたような顔で、二人の頭を優しく撫でている。その雰囲気たるや、聖母のようだ。

「だけど……頼るって言っても、今回ばかりは——」

「だぁっ！　なんでそこで、俺にも頼ってくれないんだよ！」

聖母のあんまりな言葉に、大樹はガクリと体勢を崩す。

「だって、私……あんたには、別になにも……それどころか、ベッドでもあんな——」

「まぁ、あれはあれで……じゃなくて！　そうだ、その話がしたかったんだよ！」

ようやく本題に戻ってこられたと、大樹はコホンと咳払いし、話を仕切り直した。

「王女様がやるべきこと——マッサージで大事なことは、たった一つだけだ。それさえできればきっと、その手で俺の力を発現させられる……やってくれるか？」

「——わかったわ。なんでも言ってちょうだい、必ずやり遂げてみせるから」

その力強い言葉を聞いて、大樹は成功を確信し、彼女に告げる——。

「大事なこと、それは——相手を思いやり、慈しみ、癒やそうとする真心だ。俺のことを想ってマッサージしてくれれば、それだけで俺は、あんたの力になれる！」

四章　天賦の才

マッサージにおいて最も重要な要素——それは技術でも機材でもなく、心だ。

患者への理解も、気遣いも、思いやりも、すべては慈しみと奉仕の心が基礎となり、そこに技術が重なってこそ、癒やしは完成する。

もちろん、技術や機材、または薬剤に対して代価が必要となるのは当然であり、それが商売として成立するのは当然のことだ。しかしながら、心はそうではない。施術師が真に患者を理解し、癒やそうとするのであれば、それは無償の愛と呼ぶべきもの。

その無償の愛を注がれた異世界の身体が、恩を返すために発奮し、あの圧倒的な力を生むのではないか——それが、大樹の導いた結論である。

思えばリコは最初から、大樹が求めているならとマッサージに着手し、要求に応じながらもすぐには欲望に流されることはなかった。常に大樹のことを観察し、その心の機微を察して行為に至りはしたが、根底にあるのはゲストのための奉仕である。彼女のメイドとしての秀でた技術、あるいは精神が大樹の好みを汲み、望むプレイを行わせたのだ。

もしくは——彼女に施された行為により、心の根底にある願望、性癖を掘り起こされた大樹の身体が、その奉仕に反応して力を生むようになったとも考える。いずれにせよ、いまの大樹が人間離れした力を発揮できるのは、その好みを熟知し、欲望を満たす行為にて発情を促され、発散させられた瞬間ということになるだろう。

あえて言葉にするなら、究極のわがまま——といったところか。

「と——いうことだと思うんだよ、俺は」

「……だから、独りよがりの行為に及んだ私のときは、発揮されなかったのね」

自身の願望——持って生まれなかった魔法の力を穴埋めするため、大樹の不可思議な力を自分の手で引きだそうとした行動。彼女はそれを独りよがりと呼んだが、正確には違うと大樹は思っている。彼女が力を用いたかったのは、魔法に代わる力を領主が持つことで、横槍を防げると考えたからだ。彼女の想いの方向が村に、領地に、領民に向いていただけであり、結果として大樹には向かっていなかった、それだけのことである。

「だから俺は、王女様なら必ずできると思ってる……きっと才能があるはずだ」

「……だといいけどね」

他人事のように返すロザリーだが、褒められて、認められて悪い気はしないのか、その唇がニヨニヨと緩んでいるのがわかった。そんな彼女はふとなにかを思いついた様子で、眉根をひそめ、疑わしげにこちらを見つめる。

「じゃあ、あのパン屋の——ユリアはなにがいけなかったのよ。聞いた限りでは、あんたの指示通りに、あんたのためにやってたと思うけど」

確かに——取っていた行動は大樹の指示に従っていたし、その後のプレイも大樹の好みではあったが、彼女のなにが失敗だったかは明らかだ。

「予想でしかないけど、欲望に素直すぎたんだろうなぁ……なんというか、男の身体を見たい、触りまくりたい、それで気持ちよくなりたい！　って感情がわかりやすかったし」

「なるほど……まぁあの子くらいの年頃だと、仕方ないのかしらね……」

想像するのは、思春期に入ったばかりの自分――確かに異性の身体に興味津々で、触れるものなら触りたい、そんなことばかりを考えていた。やがてはメンズエステというコンテンツにどハマりし、自慰に明け暮れる日々。思い返せば確かに、あれはかつての自分だ。

「まぁ――王女様もまだ処女なんだし、仕方ないとは思うけど……その、あんまり夢中になって、我を忘れないようにしてくれよな？」

「わ、わかってるわよっ……こっちだって毎晩こうやって、無駄に話してるわけじゃないんだから……ちゃんと、あんたのためにご奉仕してみせるわよ」

ロザリーがそう口にするように、クロエとの決闘が決められた日から、すでに三日――大樹はマッサージをされるのではなく、彼女との会話に時間を割いていた。

理由は二つあり、一つは王女に自分のことを理解してもらう、その材料にしてもらおうということ。そしてもう一つは、王女が負った傷を完治させるためである。

「そもそも大袈裟なのよ、みんなして……あの程度の痛み、一晩もあれば消えるわ」

「万が一にも失敗できないからな。施術中にエステティシャンが痛がったりしてたら、受けてるほうが気になって、集中できなくなっちまう」

言いながら大樹は、ベッドに座ったままの彼女の背を撫でるが、確かに痛がったりする様子はない。あのときは爆発で吹き飛ばされたように見えたが、おそらくは弾き飛ばす衝撃を生んだだけで、それ自体のダメージはなかったのだろう。壁に強く身体をぶつけた、その打撲による痛みが数時間ほどは残っていたようだが。

「あの子が得意なのは炎の魔法よ。だから強い爆発も起こせなくはなかったと思うけど、屋内だったし、自分を巻き込まないよう加減したんでしょうね……優れた魔法の使い手なら、威力の弱い魔法には抵抗できるみたいだし」

そんな手を抜いた攻撃にすら、自分は一方的にやられた——そのことを恥じてか、口惜《くや》しそうにロザリーが唇を噛む。自虐的なその反応を慰めるように、大樹がポンポンと背中を撫でると、王女はハッとした顔で頬を染め、こちらを軽く睨んだ。

「や、やめなさいっ……男に慰められたんじゃ、女の沽券にかかわるわ」

「男とか女とか、細かいこと気にするなよ……俺たちは二人でクロエと戦って、勝たなきゃいけないんだからな？　いわば、対等な関係の相棒だ」

その言葉に一瞬は納得しかけるも、彼女の目はチラリと大樹の股間を見やる。

「でも、やることはやるわけじゃない？　男と女っていう関係で……」

そう——そして、決行日は明日の予定だ。

「つまり、対等な男と女ってことだよ」

「なるほど……いいじゃない、それ。素敵な関係だわ」

パァッと華やいだ彼女の笑顔を見て安心し、大樹は椅子から立ち上がる。

「そう言ってくれると、俺も安心して身を任せられるな……明日は、よろしく頼む」

「……ええ、任せなさい。失敗しないよう、やれることは全部やっておくから」

彼女の含んだような言い回しが少し気になったが、すでに夜も更けている。あまり遅くまで起きていると、それに要する明かりの燃料も馬鹿にならない。改めての確認を避け、彼女の心構えを信頼することにした大樹は、挨拶を告げて部屋をあとにした。

(さて——なんとしてでも成功させないとな。クロエにも負けられないし……)

大樹もこの三日を、王女との夜の会話だけに費やしていたわけではない。リコの手が空いている時間には、自分の見解を検証するためにマッサージを頼み、それによって発揮された力を使って、テレーズを相手に簡単な戦闘訓練も行ったりもしていた。

もちろん、力の加減や限界についても、ある程度の確認は済ませている。本気をだせば重機のような威力を振るうことができ、抑えようと思えば豆腐を掴むくらい柔軟な調整もできた。匙加減については、おそらく大樹の意識が強く影響しているのだろう。

(普通に戦えばクロエはもちろん、マルタが相手でも大丈夫だ……ただ——)

問題となるのは、やはり魔法だろうか。マッサージの前に余計なことは考えさせたくなく、ロザリーにそちらの話を振ることはなかったが、今回の試みがうまくいけば、改めて対応を聞いてもいいかもしれない。

(まぁ、明日次第か……それにしても、王女様のマッサージ……楽しみ……だな……)

そんなことを考えながら目を閉じ、大樹もその日は眠りについた——。

◇

翌朝の目覚めは、いつも通りのすっきりとした目覚めだった。簡素ながら彩のある食事、全身を使った運動に心地よいマッサージ、そして朝と夜を意識した生活スタイルのおかげだろうか。こちらの世界に来てからというもの、随分と健康体になった気がする。

そんな健康の日課として行っている村の散歩中も、大樹は村人の女性らへの挨拶を含めた会話や、彼女らの手伝いなどを怠ることはない。村の主な産業は農業なのだから、彼女らの多くは早朝よりの作業に勤しんでいる。それらのちょっとした手伝いをしたり、朝の作業から戻ってきた彼女らを迎えるのが、男としての役割でもあるようだった。

「朝からお疲れ様でした。これ、俺も作るの手伝ったので、よかったらどうぞ」

広場の井戸で汗を流す彼女らに、用意しておいたフレッシュジュースや手拭いを配りながら、挨拶をして回る。その合間には当然のようにセクハラされるのだが、大樹にとってそれは、密かな愉しみだった。卑猥《ひわい》な軽口や、スキンシップと呼ぶには際どすぎるボディタッチなどだが、若々しい外見の美女からそれをされ、嫌な気持ちになるはずもない。そうした行為を笑顔で受け入れる大樹は、彼女らにとって日々の癒やしでもあるようだった。

「重そうだねぇ、ダイキくん？　おばさんも持つの手伝ってあげるよ、ほら♪」

「あ、ありがとうございます。それじゃ、後ろから支えてもらえますか？」

そんな風にして、抱きつかせるような体勢で荷物を持つ手を支えてもらったり、彼女らの汗を自ら拭ったり、その際に身体を触れられればさらに密着していったり――積極的にボディタッチを求める大樹は、たちまち大勢の女性を虜にしていく。自らをおばさんと呼ぶ、とてもそんな年齢には見えない四十代の女性らはもちろん、まだ若い十代の少女、二十代のお姉さんたちと、誰もが競い合うように求めてくるのだ。

（いいっ……マジで最高だよ、この世界……これがハーレムってやつなのか……）

こんなものを日常的に味わっている国や王家が地球に存在した、その事実に戦慄し、嫉妬させられるほどである。

そんな生まれて初めて味わうモテ期を堪能しつつ、大勢の女性に囲まれる大樹は、大きく息を吸い込んだ。野良仕事を終えたばかりの女性の匂い、滴る汗や火照った身体による蒸れの醸しだす体臭は、そう呼ぶのが失礼なほどに芳しく、大樹の牡性を揺るがす濃厚なフェロモンとなっている。甘く煮詰められた花蜜のような牝臭であり、実際にそれらは異世界人の大樹にとって、甘味と変わらない芳醇な甘さを感じさせた。リコたちとの交わりで気づいたその事実は、どの女性に対しても適用されているらしい。

（逆に——俺の涎とか汗、あと精液なんかも、リコたちにとってはめちゃくちゃ美味しいらしいからなぁ。それでいて、食事の味覚なんかは共通してるっていうんだから、どこまで都合がいい世界なんだよ……さすが異世界。ビバ異世界、フォーエバー異世界……）

そんな心地よさに包まれながらも仕事を終え、最近よく話すようになった同い年の少女たちに密着するように寄り添い、他愛のない会話をしていると——。

「——皆、おはよう。それと、朝からご苦労様」

凛とした声が広場に響き、背筋を伸ばした長身の彼女がツカツカと歩み寄ってくる。その声に、出で立ちに、そして身に纏うオーラに気圧されるような形で、村人たちは一斉に道を空けた。息を呑むような覇気、そして美しさに誰もが見惚れてしまいながら――やがてハッと気づいた様子で、彼女らは口々に声をかける。

「ひ、姫様っ、ご機嫌麗しゅう！」「お加減のほうは、もうよろしいのでっ⁉」

「ええ、ありがとう――この通り、すっかり完治したわよ。皆には情けないところを見せてしまったけど……そんな私を、皆が日々の糧で支えてくれたおかげね」

問題ないといった様子で、クルリとターンしてみせる、ドレス姿のお姫様。そんな彼女に浴びせられる喝采に応じながら、ロザリーが大樹の前までやってきた。

「さて――私がすっかり治ったってことは、どういうことかわかるわね？」

「いや、それは昨日の夜からわかってたしな……まぁ朝食も終わったとこだし、あれはもう少し腹ごなししてから、って思ったんだよ」

「へぇ、腹ごなしねぇ？　随分と鼻の下を伸ばして、皆に媚を売っていたあれが？」

ジトッとした視線でねめつけながら、彼女のしなやかな指先がトンと胸を突いた。

「ま、いいわ……忘れていないなら、頃合いを見てシャワーを浴びておきなさい。こっちも準備ができたら、あとでリコを呼びにやらせ――いえ……」

そう言いかけたところで、ロザリーは僅かに迷い、コホンと喉を整える。

「……私が呼びに行くわ。私が自ら手を引いて、部屋まで案内してあげる――そういうのも、奉仕やもてなしの一環になるんでしょう？」

「……そうしてもらえたら、本気で嬉しいんだけど」

彼女のほうからそんな提案をされるとは思わず、驚いた様子で大樹が答えると、そのことに満足したのか、王女の唇が上品に弧を描いた。

「あとで部屋に行くわ。こっちの身支度もあるから、一、二時間後くらいにね」

そう言って、胸元を突いた指先で乳輪をなぞるように円を描いてから、フワリと甘い香りを残してロザリーが身を離す。

「それじゃ――皆も、いつも通りにお願いね。国とのことは心配しないで。私たちで、きっとなんとかしてみせるから……」

「も、もちろんです！」「信じております、ロザリー様！」

村人たちが口々に返すと、安堵したような微笑みを湛え、ロザリーは踵《きびす》を返した。去っていく後ろ姿を見送っていると、数人が大樹に囁きかけてくる。

「ダイキは、その……ロザリー様と、そういう仲になったのかい？」

男女の仲になったのか、そうであるなら今後は接触を控えるべきか――そういった意味だとはすぐにわかった。

「そういうんじゃないですよ。ただ、前にいらした妹様とのことで、俺と王女様が協力して当たることになったので……その打ち合わせみたいなもんです」

クロエが去ったあと、ある程度の話は村長を通じて全員に伝えてあり、のちに彼女との決闘が行われることは誰もが知っている。そこに大樹も参加することは伝わっていなかったのか、それを聞いた彼女らは、おおっとどよめくような感嘆の声を上げた。

「それなら心強い！」「ロザリー様のこと、どうかお願いします！」

男性に頼むのは気が引けますが——と、やはり性差による遠慮はあるようだが、それでもマルタを退けた大樹への信頼は厚く、彼女らを安堵させることはできたらしい。

「ああ——俺と王女様なら、妹様の魔法にだって対抗できるさ」

まだ魔法をこの身に受けたわけではなく、その威力なども未知数だが——王女のやる気や柔和な態度、なにより自分と王女の少し好転した関係を思うと、きっとなんとかなるはずだと思わされた。

そして——その予感は間違いなく、現実のものとなるだろう。

◇

村人たちと別れ、洗い場へ皆の汚れ物や手拭いを運んだ大樹は、そのついでに浴場を借り、いつもより念入りに身体を清めておいた。

こちらの世界の風呂も、システム的には元の世界のものと変わりはない。バスタブに水を張り、外から沸かして入るというものだ。もちろん自動お湯張りなどというものはないし、そもそも蛇口やガス、電気もないのだから、その辺りは手動になる。

普段ならリコに手伝ってもらうのだが、どういうわけか今朝は捕まらなかったので、村の少女二人ほどに手を借り、水汲みや湯沸かしを手伝ってもらっていた。

水汲みについては井戸を使うのだが、この村では桶ではなく、簡易なポンプを使って汲み上げる形になっている。他の村々ではつるべが基本のようだが、ロザリーが暮らしや作業の能率を図るため、ここに来て真っ先に着手したのがポンプ改造だったらしい。

(……よそで使ってないってことは、自分で考えたんだよな……すごいなぁ)

そのうち蛇口も作り、各家庭への水道まで作ってしまいかねない。そうなればシャワーも生まれ、風呂の快適さはますます向上するのではないだろうか。

そもそもこの世界は――他の村や国のことはわからないが、少なくとも村の中は衛生観念が非常に行き届いている。豊かな水源があり、水が潤沢に確保できるということも大きいだろうが、それを使っての手洗いや洗顔などが、お風呂に先駆けて彼女らの生活には浸透していた。石鹸――と呼ぶのが正確かはわからないが、殺菌消毒効果のある、植物由来の薬用品も王女が開発したもので、いまでは農作物より高値で各地へ売られていくとか。

(こういう世界でもお風呂を使えるってのは、素直にありがたい……ありがとう、村の人……ありがとう、王女様……)

湯船で身体を洗い終えると、控えてくれている少女に、シャワー用のお湯を頼む。

シャワーカーテンのようなもので遮ってはいるが、道具や新しいお湯を受け渡しする際には、その隙間から彼女らと目が合うこともあった。それに気づいた少女たちは、慌てた様子で顔を背けるのだが、こちらが気づいていない振りをしていれば、チラリと覗く大樹の身体を網膜に焼きつけようと、必死に目を凝らしているのがわかる。

（……混浴に誘ったらどうなるんだろうな、これ）

大樹よりもかなり年下ではあるはずだが、彼女らの中にも、他の女性らと同じく牝の本能が芽生えていることは明らかだ。誘えば間違いなく複数の少女たちと混浴ができ、その先の行為も可能となるだろう。

（絵面は犯罪的なのに、こっちの世界では合法とか……最高すぎない？）

そんな想像をしながら泡と汚れを流し終えると、股間は真上を向いて、ガチガチに屹立しきっていた。手伝いのお礼も兼ね、サービスにとカーテンの隙間を少し開き、そのまま身支度を整えていると案の定、控えていた少女もすぐに食いついてくる。もう一人の少女も外から呼び立てられ、カーテンの向こう側では突発的な観賞会が開かれていた。

（童貞が集まってのＡＶ鑑賞会とか、女湯覗きって感じか……懐かしいというか、恥ずかしい過去を見せられているというか……）

勃起を掴んで見やすく動かして見せると、感嘆のような声が上がり、次第にその声にも熱や吐息が混ざり始める。部屋に戻った彼女たちが、自分の裸をオカズにナニをするのか――それを想像すると、おねショタもののお姉さんの気持ちが妙に理解できた。

◇

そうして――少女を惑わす悪いお兄さんの役目を終え、部屋に戻った大樹はとりあえずベッドに腰かけておく。出かけるわけではないのだから特にめかし込む必要もない、湯上がりのローブを羽織っておくだけで十分だろう。

（まぁめかし込むっていってても、おしゃれな服なんかないけどな）

持っている服は着てきたシャツとデニム、それに下着と、あとは靴くらいだ。それ以外の服は村で仕立ててもらったもので、少なくとも現代服のように、こちらの世界観に合わないものではない。一つ一つが手作りなためか、肌にしっとりと馴染むのも心地よかった。

このバスローブもそうだ。気候に合わせた薄手の麻だが、作りはしっかりとして頑丈で、湯上がり特有の肌寒さを感じさせない。通気性を保ちながら、適度な保温効果のあるそれは、バスローブより寝間着として活用することのほうが多いくらいだ。

（……ああ、既視感あると思ったら、旅館とかの浴衣っぽいのか）

合わせの部分を引っ張りながらそんなことを考えていると、控えめながらしっかりとしたノックが、部屋の木扉を叩いた。その途端、大樹の頭から衣服のことは抜け消え、鼓動と股間を大きく跳ねさせる淫らな感情が膨れ上がる。実際の風俗やメンズエステでの待合室は、こういった感覚を幾度も覚えるものなのだろうか。

「い、いま開けますっ……いや、開けるぞ」

思わず敬語で答えてしまったのを取り繕いつつ、扉を開け——大樹は目の前の光景に思わず見惚れ、硬直してしまう。

「——お待たせしました。マッサージの支度が整いましたので、いらしてください」

そう言って上品ながら艶やかな笑みを湛えるのは、紛れもなくロザリーだ。しかし、その身を包むのは透けるような薄さのネグリジェと、申し訳程度の股間を包む小さなショーツだけである。ラベンダーを思わせる淡紫色のヴェールは当然のように白肌を透けさせ、美しい腰のくびれとともに、豊満な乳房を大樹の眼前に晒させていた。傍目《はため》にはわかりにくいブロンドの恥毛は、彼女自身の身だしなみとして薄く、短く手入れされており、股間から伸びるような細いラインになっている。その股間をギリギリで隠しているのは、マイクロビキニショーツを思わせる小さな布地だけで、宵闇のような生地の染色が、黄金色のアンダーヘアと美しい対比を感じさせた。

視線を上向かせて顔を見つめると、美しいブロンドや髪形はそのままだが、湯上がりの仄かな上気を残した白肌といい、相当に時間をかけてセットし、身支度を整えたことが窺える。爪の先まで丁寧なブラシをかけたのであろうことは、こちらに向けて差しだされる手を見れば明らかだ。その美しい爪先を見て、思わず感嘆の吐息をもらす大樹だったが、これも牡の性か――視線は腕を辿って腋を見つめてしまい、そこからは内側へ寄せられ、丸みを帯びた暴力的なまでに美しい曲線を凝視してしまう。

(で……かっ……形も、すげぇ綺麗……ってか、めちゃくちゃ柔らかそうっ……)

次々と浮かんでくる感想や称賛は口から溢れなかったが、目は口ほどに物を言っていたのだろうか。しばし呆然としていた大樹の耳に、クスリと小さな笑いが響いた。

「……ほんっと、好きなのねぇ?」

「あ――い、いや、違っ……わ、ないけど……」

こちらの世界では、いくら女性の身体を見ても咎められることはない。それはわかっていても、いざ指摘を受けると思わず誤魔化してしまうのは条件反射というものか。一人慌てていると、ロザリーはそのまま楽しそうに笑い声を上げ、大樹の手を取った。

「あとでたっぷり見せてあげるから――はい、お手。部屋に行くわよ」

「あ、ああ……よろしく」

手を引かれ、腕を抱かれ、このところ何度も足を向けている王女の私室へ向かう。肘に当たる――もとい包み込もうとしてくる乳房の柔らかさを受け、バスローブの股間はこれでもかというほど突きだしており、そこを時折、彼女の手がスリスリと撫でた。

「ちょっ、あっ……歩き、にくいって……んっ、おっ……」

「いいじゃない、ちょっとした前戯よ。ガチガチになってるみたいだから、少しでもリラックスさせてあげないと……ほぉら、ここどか♪」

亀頭の先、尿道の周囲で円を描くように指が這い、切ない感覚が下腹部に突き抜ける。快感に腰が引けそうになるが、腕を取られて引かれていては、そのまま歩かざるを得ない。結果的に腰はまっすぐになり、激しく勃起して突き上がった肉棒は、寄り添ってくる王女の淫靡な悪戯に苛《さいな》まれ、狂おしいほどの熱を帯びていく。

「これ――私が来る前から、ずっとこんなだったわよね？　そんなに期待してたの？」

からかうように囁かれ、熱く湿った吐息に耳朶を舐められた。指はいつしか亀頭全体を舐めるように擦っており、肉傘のくびれや裏筋までが、甘い快楽に満たされていく。ジンと熱い痺れが肉棒を伝い、四肢の末端まで広がっていくようだ。

「んぅっ、あっ……そりゃ、してた、にぃっ……きっ、決まって、るっ……あぁっ！」

嬉しそうに弾んだ声の直後、ベロリと耳朶が舐め上げられ、音高く口づけられる。性欲の限界だった。このまま牡欲を煽られ続けては、この微かな刺激だけでもあっけなく果ててしまいかねない――そんな焦りに駆られていると、不意に隣の歩みが止まる。見ればいつの間にか、彼女の部屋に到着していたようだ。

「……ふふっ♥　素直でよろしい♪」

「はい――お待たせしました♥　それじゃ、中でたっぷりと――身も心も、トロットロに蕩けるまで癒やしてあげるわ」

ドアを開き、その前に立った彼女が再び手を伸ばす。中でアロマのようなものでも焚いてきたのか、甘いながらも爽やかな、柑橘系の香りが奥から漂ってくる。幾度か入ったときとは違う雰囲気を感じさせるその演出は、またも大樹の股間を熱く滾らせた。

「王女様、もてなし上手なんだな……意外と――ってこともないか、王族なら」

他国の人間と顔を合わせ、接待やパーティをすることも少なくはない身分だ。権力から遠ざけられているとはいえ、そうした場に出る機会がなかったわけではないだろう。

その推測はおそらく正しいはずだが、ロザリーはなにかを考える仕草を見せ、やがて悪戯っぽくクスリと笑いをもらした。

「まぁ、私も考えなくはなかったけど――仕掛け人は別にいるわよ。中でお待ちかねだと思うし、とりあえず入りましょ？」

「え――お、おいっ、ちょっと待てっ……」

いきなり誰かに紹介されるというのか、しかもこんな状態で――と。

抗議する間もなく部屋に引っ張り込まれた大樹だったが、そこにいた少女を目にして、ここまで演出を整えられた理由を理解する。

「いらっしゃいませ、ダイキさん。お待ち申し上げておりました」

「リコか――なるほど、朝から姿が見えなかったわけだ」

見知った相手であったことに安堵しつつ、隣のロザリーを見ると、サプライズがうまくいったことを喜んでいるようだった。もちろん、あからさまな表情を見せたりはしておらず、どうということはないと澄ましたような態度ではあるが。

「俺と王女様の二人で決闘する――のに、もう一人の助っ人は反則じゃないか？」

「勘違いしないでよね？　リコにお願いしたのはおもてなしと、あんたの好みと、マッサージのやり方をアドバイスしてもらうことよ」

あくまでメインホステスは自分であり、本番までに必ず、ダイキの力を目覚めさせる方法を会得する――そのためにはなんでもすると、発言していた通りのことをしたようだ。

「自分のメイドにも頭を下げる、ってことか」

「必要ならね。すべては国と民のためよ」

凛とした声を響かせる彼女の横顔はほんのりと紅潮しつつ、美しかった。彫刻のように整った、一切の乱れのない美貌に見惚れてしまった大樹は、思わず彼女の腰に手を伸ばす。

「――王女様がみんなに慕われている理由が、すげぇよくわかったよ」

「私にはなにもないわ。だけど――いいえ、だからこそ……ないならないなりに、やるべきことは山のようにあるのよ。それを一つずつ、確実に、積み上げていくだけよ」

ほっそりとしたシルエットで、抱き心地も柔らかながら、彼女の肢体には力強さが満ちているようだった。大樹が抱き寄せているはずなのに、それらもすべて、ロザリーによって誘導されているように感じさせられる。

「それじゃ――ベッドへどうぞ、お客様？」

腰を抱かれたまま歩く彼女に誘導され、足を進めると、彼女の纏うネグリジェがフワリと靡いて肌を擦った。絹を薄く加工したのだろうか、しっとりとした感触が心地よい。

「ああ、それで――王女様がこんな下着姿で廊下を歩くなんて、思いきったなと思ってたんだ。俺がこういう露骨なのが好きだって、リコに聞いて考えたんだな」

「ん……まぁ、そうね」

曖昧に答えてベッドに腰を下ろさせようとするロザリーの反応に、大樹のローブを預かろうとしていたリコが、クスクスと笑いをこぼした。

「違いますよ、ダイキさん。ダイキさんをお迎えに上がることも含めて、ロザリー様がお考えになったことです。そのランジェリーをご用意されたのも、そのままお迎えに上がるという趣向も、今日までのダイキさんを観察されて、思いつかれたようですよ」

「リ、リコッ……そういうこと、いちいち説明しないのっ……」

「はい、失礼いたしました♪」

そんなやり取りをする主従の言葉だけで、大樹はもはや感無量だった。

ロザリーとの距離を縮めるため、彼女を理解するため、夜間の会話を続けていた大樹だったが、彼女のほうも同じことを考えてくれていたらしい。以前のベッドでの行為といい、わりとわかりやすい視線を見せていたのかもしれないが、よく観察した上で大樹の好みをしっかりと把握し、それを武器におもてなしの先制攻撃を仕掛けてきたとは。

ローブが身体から離れ、裸になった大樹の股間は、彼女の心遣いに感極まったようにビキビキと脈動し、恥ずかしいほどの興奮を示してしまう。

「すごいです……いつもより、ずっと大きいくらい……」

「い、いや、これは……」

誤魔化すように股間を隠そうとするが、それをロザリーの手に遮られる。自身の努力を暴露され、狼狽《ろうばい》していたはずの彼女はいつの間にか、蠱惑的な笑みを浮かべていた。

「女の裸でこんなに興奮できるなんて……本当にいやらしいわね、ダイキは♪」

「ふ、普通のことだろぉっ……くっ、あっ……そこ、やめっ……んふっ……」

真正面に立ち、改めて挑発的なランジェリー姿を見せつけながら、彼女の手は股間ではなく胸元へと伸びる。爪先で乳首の最先端だけを、カリカリと二、三往復擦られただけで、乳首に淡い快感が迸り、ビンビンに勃起させられてしまう。股間のほうの反応など、いわずもがなだ。上下の浅ましい反応に耳まで真っ赤になる大樹の顔を、淫靡な色を帯びたロザリーの瞳がねっとりと見つめ、覗き込んでくる。

「可愛いわ、ダイキ……ん……ふぅ……ちゅっ……れろぉ……」

「んむぅ……はっ、んっ……ちゅぷ、れろぉ……」

唇を重ね、軽く舐め回すだけの短いキスを終え、顔が離れた。名残惜しく舌を伸ばしてしまうと、それを見たロザリーが嬉しそうにニヤニヤと笑う。

「続きはあとよ……ほら、ベッドに寝てちょうだい。まずはうつ伏せになってね」

「は、はい……あ、いや……ああ」

ポンポンと叩かれたベッドの上へうつ伏せると、柔らかなスプリングに身体が沈み、心地よい感触のシーツが受け止めてくれた。そこに勃起を擦りつけているだけで、射精感がジワジワと込み上げてくる。滲んだ先走りがシーツに染み込むのを申し訳なく思いながら、大樹はふと、ベッドから確かな温かさが滲んでくるのを感じていた。

「なんか……あったかいな、このベッド……」

「裸で横になられるわけですから。冬に使う暖房器具の一種を、ベッドの下に挟んでおります。簡易なものですから、あまり長持ちはしないのですが」

リコの説明からして、おそらく湯たんぽかカイロのようなものだろう。こうした心遣いや、おそらく部屋中に広がるアロマの香りなどは、リコの発案らしい。

「それじゃ――まずは、普通のマッサージでいいのかしら？」

「はい。身体と頭に期待感をもたせるよう、普通のマッサージから少しずつ際どく――というのが、ダイキさんのお好みのようです」

恥ずかしい性的嗜好を晒され、熱く火照りだしていく身体に、濡れた四つの手が触れた。思わずビクッと身体が跳ねるが、冷たさによるものではない。しっかりと人肌か、それ以上に温められたローションオイル――おなじみのヤグラ蜜は、粘りとヌルつきを持って肌を撫で、肉に食い込む。身体の震えや躍動は、そこから伝わる快感由来のものだ。

「お――王女様は、普通のマッサージは……心得があるのか？」

「ん？　そうね、軍でしてもらうこともあるし……私はあまり強いほうじゃないから、テレーズたちにしてあげることも多いのよ、日々の労いとしてね」

武によって貢献できないなら、それ以外の面で軍を支え、率いようという考えだろう。大樹が力仕事で働けない分、細かな家事やボディタッチによるメンタルケアで恩返ししようと考えるのと、似たような思考なのかもしれない。

そんな会話をしている間にも、慣れているというだけあって、彼女の手は淀みなく大樹の背中を滑り、凝りや強張りを丁寧にほぐしていく。ベッドの左右に立つ二人が、背中の左右をそれぞれ担当しているらしく、背骨を境目に、異なる動きがニチャニチャと音を立てて這い回り、心地よい感触と淫靡な刺激を流し込んでいた。

「はっ、ふっ……ぅっ、くぅぅぅっ……あぁぁ、そこぉっ……」

「……わりと凝ってるみたいね、ダイキ。いつも、そんなに重労働しているの？」

男をそんな馬車馬のように働かせるなんて――とでも思ったのだろうか。咎めるような口調のロザリーに、リコが慌ててフォローする。

「重労働というより、その、検証と申しますか……あのお力が、どのくらい活用できるのかと……テレーズ様にも助言を賜りまして、ダイキさんの動き方などを少々……」

「ああ――そういうことね、わかったわ。迷惑かけるわね、ダイキ」

戦闘訓練を行っているということを理解し、ロザリーは納得したようだ。相手が魔法を使う以上、ただ力に任せた振舞いをするより、付け焼刃でも技術を磨いておいたほうが役立つのではないかと、大樹なりに考えた結果の行動である。

そしてそれは、ロザリーによって力が与えられることを前提としている、彼女への信頼の表れでもあった。力が得られなかった場合は戦う前に降参するしかないのだから、技術を磨いたところで焼け石に水ですらない、ただの無駄だ。ロザリーを信じているからこそ、その行動が無駄にならないという意識があるからこそ、ここまで疲労を蓄積しつつも、毎日のように鞭打って励んでいるのである。

「……俺だって同じだから、なっ……ぁっ、んっ……村には、世話になってるし……やれることは、やって……んふっ、くっ……恩返し、したいんだよ……ぉっ、んっ……」

指が筋肉に沈み、凝りをほぐして、血流を戻していく――身体の奥底が開かれていくような快感に、何度も声を跳ねさせ、上擦らせながら答える。そんな大樹の反応を見ているせいか、マッサージに勤しむ彼女らの呼吸も、少しずつ熱を帯び始めていた。

「……男にマッサージするっていうだけで、こうも違うのね……んっ……」

「ダイキさんは特別かと思いますが……声を聞いているだけで、本当に……こう、いけない気持ちになってしまいますよね……」

そんな囁きを背中に受けることで、自分の声や反応が彼女らの興奮を促しているのだと自覚させられ、健康的な快感が、徐々にふしだらな快感へと変化していく。忘れかけていた股間の疼きも急激に膨らみ、ビクッ、ビクンッと脈動する肉塊はベッドのマットとシーツをグリグリと押し捏ね、その感触を堪能し尽くそうとしていた。たまらず腰が浮いてしまい、股間が持ち上がってしまうと、背中から腰へ、さらにその下へ戦場を移そうとしていた彼女らの手が、明確な劣情を持って内股へ触れる。

「ちょっと、発情しすぎでしょ、これぇ……キンタマも、パンパンにしちゃって……」

「んふっ、あっっ……王女、様ぁ……ぁんっ、そこっ……撫でるの、やばっ……」

太ももを扱くように揉み下ろしながら、根元を握り直す際に、ロザリーの指が睾丸を軽く突き擦った。欲望のたっぷり詰まった膨らみは皺《しわ》がなくなるほどに張り詰め、ズシリとした重みを揺らして彼女の指を弾き、その反動で、痺れにも似た快感を味わわされる。

「えっと、リコ……これ、毎日抜いてあげてるのよね？」

「ご、ご報告しております通りです……」

（報告っ⁉）

今日までのリコとの行為、それらがロザリーに筒抜けだったということだろうか。自分の晒した恥態を思いだし、大樹はたまらず枕に顔を埋めて悶絶するが、ロザリーが気にしているのはそこではなかったようだ。

「毎日してるのに、それでもこんなに溜まってるなんて……どれだけ絶倫なのよ、ダイキ……これは本格的に、心ゆくまで満足させてあげないといけないわよねぇ……ふふっ♥」

その声音の孕んだ艶めかしい雰囲気に、睾丸がキュッとはしたなく持ち上がって、張り詰めた肉棒がビクビクと震える。先端から滴る先走りはシーツとの間を繋ぎ、まるで途切れないほど濃厚で、その黒染みもはっきりとわかるくらいに大きく広がっていた。

そうした光景を浮いた腰の下に、開かれた太ももの間に見ているロザリーたちだったが、それよりも彼女らの目を引くのは、牝を誘うように突きだされている尻房だ。自分たちの指に反応して跳ねる尻房、開かれた菊谷間――さらには、その下でブラブラと揺れる重そうな睾丸に、反り返って先走りを垂れ流す肉棒と、彼女らの牝欲を刺激するのに十分すぎるくらいのオカズが、目の前に並べられていた。

「ふぅっ、んっ、ふぅぅぅ……あぁ、これ……思ったより、キツいわね……」

「そ、そうなんです、ロザリー様っ……ですが――いいえ、だからこそ……」

「ええ、言わなくてもわかるわ――」

相手の思いを汲み、最高の快楽を与えなければならない――つまり自分は、限界まで欲望をこらえ、相手に尽くさなければならないということだ。その辛さを実感するロザリーではあったが、それだけの我慢を重ねた末に味わうとなれば、互いの覚える快楽は相当なものになるのだろう。王女はすでに行為の虜になりつつあり、このあとで大樹の晒す恥態を想像するだけで、小さなショーツはぐっしょりと濡れそぼってしまっていた。

「……ね、ねぇ、ダイキ……ちゃんと、気持ちいいかしら？」

「あっ、はっ……んっ、あぁっ……すげっ、いいっ……んっ、気持ちいいっ……」

太ももを扱かれながら玉袋や肉竿を突かれ、かと思えばお尻を揉まれ、谷間に指を這わされ、くすぐったさと焦れったさ、そこに蕩けるような快感が混ざり込む。身体が跳ねるたびに尻穴がヒクつく感覚と、恥門に突き刺さる二人の視線を受け、背筋から脳天まで、ブルリと震えるような甘い快楽が迸った。

（や――べぇ、これぇ……んっ、ふぅっ……あぁぁぁ、射精したいっ……）

二人が生殺しを味わっているのと同様に、大樹も生殺しの真っ只中である。リコだけにされているときとは、また趣《おもむき》が違っていた。二人がかりのメンズエステ奉仕によって、快感だけでなく焦れったさまで二倍――否、十倍ほどにも膨らんでいるのではないか。

（はぁっ、ふぅっ、んっっ……しゃ、射精っ、したいっ、させてぇぇ……）

たまらず腰を前後に振る、交尾を求めるような浅ましい反応を晒してしまうことで、彼女らの劣情もどんどん昂っているようだ。息遣いの荒さだけでなく、食い込む指も力強さが増しており、その興奮が伝わってくる。牡の恥態をもっと見たい、晒させたいという女の欲望が指先から伝わり、そのことが大樹の意識にも変革を与えるようだ。

（み、見てっ、もっとぉぉ……射精できないなら、せめてっ……前っ、前向きでっ……チンポ、見てぇぇ……見て、くださいぃぃっ……）

恥態を見られ、興奮を覚える――そんな被虐的な牡欲に肉棒を硬く滾らせ、懇願するように大樹は激しく息をもらす。そんな思いが通じたのか、彼女らも限界だったのか、脹脛《ふくらはぎ》や足裏までを指圧し終えたところで、ローションの糸を引き、四つの手が離れた。

「……次は仰向けよ。リコ、手伝ってちょうだい」

待ってましたとばかりに跳ねた身体を二人がかりで支えられ、仰向けに寝転ばされる。下腹部を叩くほどに大きく、硬く反り返った肉棒は先走りを撒き散らし、肌にねっとりと糸を伸ばしていた。二人の視線が局部に突き刺さり、ゴクリと唾を飲む音が大きく響く。

「っっ……ここからは、私だけでやるから……リコは、そうね――ダイキのいやらしいところを、しっかりと見ておいてあげなさい」

すぐにもむしゃぶりつきたかったのだろう、そんな欲望をわかりやすく表情に浮かべながらも、ロザリーが冷静に指示を下す。リコは従順に頷くと、ダイキのほうをチラリと見やり――少しの間を置いてから、ニマァッと淫猥に唇を歪めた。

「はい、それでは――ダイキさんの勃起チンポ、わたしが見ていてあげますからね♥」

ベッド脇に跪いた彼女が、股間の傍へ寄り添うようにして、震える肉棒を覗き込む。その言葉はダイキの快楽を煽るための、いわばスパイス――これからマッサージを続けるロザリーに対しての、心ばかりのアシストだったのだろう。

そんなわかりやすい行動でありながらも、大樹の牡欲は素直に反応し、ビクビクッと激しく肉棒を脈打たせた。牡の興奮を見て取ったロザリーは、ここまでの施術に問題はなかったと確認した様子で、落ち着いた態度のままに枕元へ座り込んだ。

「まずは上半身よ。首筋と肩、腕に胸元……ゆっくりとほぐしてあげるから、ダイキは安心して寝てなさい」

「お、お願いします……んぅっ、はぁぁ……」

すっかり彼女らの手技で蕩けさせられた大樹は、もはや条件反射的に敬語で答えてしまう。その態度で少し和まされたのか、クスリと微笑んだロザリーは大樹の頭を持ち上げ、正座する太ももの間へそっと乗せた。変則的な膝枕だが、こちらのほうが安定し、両方の太ももが柔らかく顔を押さえてくれ、負担も少なく感じられる。

「それじゃ、ちょっと顔を塞ぐからね……ん、しょっ……」

「んむっ……んっ、んぅっ⁉」

体勢について考えを巡らせていたのも束の間、次に訪れた衝撃を受けて、大樹の脳内は一瞬で真っ白に染め上げられた。上半身を倒したロザリーの乳房が、薄絹一枚の向こうからズシリと顔を埋め尽くし、太もも以上の柔らかさと牝の香りで包み込んでくる。

（おはっ、あっ……こ、これ、王女様のぉ……んぉっ、おぷっ、んぷぅぅっ……）

重量感ある柔肉が、間違いなく彼女の豊乳だということはわかる――わかるが、この状況でそんなことを冷静に考えられるはずもなく、大樹の身体も理性も、たちまちのうちに乳海へ沈み、溺れていく。

「んぶふっぅ、ふぐぅぅっ……んちゅっ、はっ、んむぅぅぅ……」

「んっ、あっ……ちょ、くすぐったいっ……これ、悦んでるのかしら……？」

ロザリーが困惑を浮かべるが、乳肉と太ももによる上下のサンドイッチで、大樹は紛れもなく天国に昇っていた。その状況もさることながら、女の感触そのものともいえる乳房の柔らかく温かな感触、加えて乳谷間から溢れる濃厚な牝フェロモン――それらが一瞬にして脳を蕩けさせ、快感信号が身体中に伝わっていく。

「――大悦びみたいですよ、ロザリー様。ご覧ください、こちら……このチンポ♥」

乳海の奥で、そんなリコの囁きを耳にした瞬間、羞恥と被虐によって股間がビクビクッと痙攣する。その様子を確認したのだろう、乳房を押しつけてくるロザリーの身体がピクリと小さく震え、クスクスとからかうような笑いが響いてきた。

「そうみたいね――それじゃ、大好きなおっぱいで顔のマッサージされながら、ほかのところも気持ちよくなりましょうねぇ？」

リコを使ったのだろう、新しく彼女の手にたっぷりと注がれたローションが、指の隙間から滴る格好で、腹部や胸元にタラタラと降り注いでくる。見えない視界の奥で行われている行為は、大樹にとっては不意打ちそのものだ。ローションの刺激だけで腰を浮かせて身悶えしてしまい、振り回される肉棒から先走りが飛び散る。

「あはっ、悦びすぎよ――この、変態♥」

「んぐっっ、んふぅぅぅっっ！　んぉっっ、ほぉぉっっ……」

蜜塗れの指が膨らんだ乳首をつまみ、揉みしだくようにして抓り上げた。

「あ～あ、そんなにあっさり悦んじゃって……ちゃんとしたマッサージじゃなくて、こっちのエッチなマッサージをして欲しいのかしら？」

「んふぅぅっ、んくっっ、んぉっ……おむっっ、んぷぅっっ……」

クスクスと笑われながら、指の間で揉み扱かれる乳首の快感に、みっともなく腰を捩ってしまう。それを肯定と取ったのか否定と取ったのかはわからないが、乳肉の下で呻きをもらす大樹の顔を、さらに強く乳圧で押し潰し、彼女の手が胸元を滑った。

「そっちはまだよ、ま～だ……我慢、おあずけ♥　敏感乳首シコシコされる前に、身体のあっちこっちまで柔らかくしておかないといけないもの……は～い、ざんね～ん♥」

焦らすような、幼児をあやすような口調で彼女が嘲笑いながら、乳首から指を遠ざけていく。乳輪をしっかりと撫で、熱い疼きを刻み込むようにして遠ざかった指先は、そのまま胸筋や二の腕を優しく揉みほぐしてくる。

「戦闘訓練だと、この辺りも重くなってくるでしょ……ふふっ、思った通りね♪」

彼女の指摘した通り、筋肉の稼働範囲には重い疲労と、成長に伴う僅かな痛みが蓄積されていた。それでも思った以上の疲労でないのは、得られた力を使っての訓練が大部分だからだろう。力の効果が切れた頃に訓練を切り上げるため、その終わり際で蓄えられた疲労が、この痛みのもとということだ。

「腕と、おっぱいと――ふふっ♪　あとはここよね、肩も♥」

「んぉふっっ、ふぐぅぅぅんっ……んむっ、んふぅぅぅ……」

彼女の乳房と太ももの隙間から指が滑り、ピンポイントの指圧が肩を滑って、奥の硬い凝りをほぐす。くすぐったさと痛みの入り混じるマッサージに身を捩るが、顔はしっかりと乳肉に押さえつけられ、動くことは許されない。大樹の身体は心地よい癒やしに包まれたまま、みっともなく肉棒を振り回し、快感を求めるように空腰を突き上げていた。

「ダイキさんの勃起チンポ、イキたいイキた～いって、暴れちゃってますよ♥　いまだったら指で軽く撫でられただけで、簡単にドッピュンしちゃうんでしょうねぇ♪」

「ふふっ、それも面白そうじゃない♥　こっちは普通にマッサージしてあげてるだけなのに、その合間のハプニングで撫でられた瞬間――ドピュッ♥」

淫靡なオノマトペに合わせ、ロザリーの指が再び乳首を軽くつまんだ。本当に軽い刺激ではあったのだが、見えない状況での不意打ちは快感を何倍にも増幅させ、大樹の股間の奥深く――ペニスの根元から睾丸、腸奥に至るまでを、熱く重く疼かせる。

「んふぅっつっ！　んぉっつ、おぐぅぅっ……」

刹那、大樹は短く呻いて腰を跳ねさせ、匂いすら感じるほど濃厚な先走りを飛ばし、下腹部や太ももへたっぷりと撒き散らしてしまった。それを見た二人から、こらえきれなかった失笑のような笑い声がもれ、大樹に羞恥と被虐の快楽を堪能させる。

「あはっ――本当に射精かと思っちゃったじゃない、この変態♥」

「ふふっ♥　ダイキさんったら、本当に堪え性がないんですからぁ……この早漏れオチンチンさん、さっきからずぅ～っと、触っておねだりしっ放しですよぉ？」

どこまで顔を接近させているのか、彼女の吐息が幾度も肉肌を舐め、指先が密かに太ももを撫でているのがわかる。懸命に腰を浮かせさえすれば、あの柔らかな頬や唇に、肉棒を触れさせることができるのではないか——理性を崩壊させられている真っ最中である大樹は、もはや本能のままに身体を跳ねさせ、必死に腰を振り立てていた。そこに待っているのは、二人の美少女からの煽るような嘲笑ばかりだというのに。

「ふふっ、暴れすぎよ♥　そんなにバタバタしてたら、本当におもらししちゃったみたいな、情けない暴発射精させられちゃうんじゃない？」

「でも——それも見てみたいですねぇ？　チンポに指一本触れてもらえないのに、興奮しすぎて腰振りすぎて、空気とのセックスでおもらし射精しちゃうお姿♥」

クスクスと笑いを交えながら、分厚い乳肉の奥で二人が囁く。

「最高に可愛い——」「最高に恥ずかしい——」『みっともない、牡のおもらし♥』

「んふぐっ、んっっ、んんぅぅぅっっ……」

菊座がキュゥゥッと引き締まり、圧迫された前立腺から甘い快楽が迸って、尿道からトロトロと牡汁を染みださせる。濃厚な先走りがトプトプと溢れ、肉竿を伝い落ちていくのを秒単位で感じ取りながら、全身が弛緩していくのがわかった。

（やっ……ぁっ、やば、いぃ……んぁっ、あっ、ふぅぅっ……出るぅぅぅ……）

このままでは本当に、おもらしのようなみっともない射精姿を晒させられ——背筋が震え立つほど気持ちのいい、被虐の快楽を貪らされてしまう。それだけは避けなければという思いと、それを存分に笑ってもらいたいという思いがない交ぜになり、大樹は指一本動かせないほど硬直させられ、全身をヒクヒクと跳ね震わせていた。

「ふふっ——そろそろ仕上がってきたかしら？」

「はい、ロザリー様……お次の施術、よろしくお願いします♪」

ほくそ笑むような囁きがヒソヒソと聞こえ、直後——十数分、下手をすれば数十分ぶりくらいに視界が開けた。たっぷりの空気を吸い込んだことで、自分がかなりの呼吸困難だったことに気がついたが、たとえ窒息していたとしても後悔はなかっただろう。彼女の乳肉の谷間に溢れる濃厚な牝香は、それだけの価値がある香気だった。

「どうだったかしら、おっぱいのお顔マッサージは？」

「ぁ——さ、さい、こぉっ……でし、たぁ……んぁっ、あっっ……」

逆さに見下ろしてくる王女の顔を見た瞬間、鼓動と股間が同時に大きく跳ねる。その美貌の貴人は余裕の笑みを浮かべているのに対し、自分はもはや微塵も余裕がない。リコを相手にしても同じだが、彼女たちは自分を性的に昂らせる技術を瞬く間に習得していくというのに、自分はされるがままになって喘がされ、快感を待つことしかできない——性的な弱者、敗北者であるという実感が、ロザリーの優しい眼差しによって植えつけられる。

極めつきはいまのプレイ——乳肉によって感覚を支配された状態で、身体のあちこちに快感を刻み込まれたことで、大樹にとって彼女の豊乳はもはや、単なる女性の象徴ではなくなっていた。たっぷりの乳肉、牝脂、深い肉の谷間——そのどれを見せつけられても、たちまちいまの感覚と快感が思いだされ、心もペニスも屈服させられてしまうだろう。

「——また乗せて欲しいんでしょ、この変態♥」

「は、ひっ……乗せて欲しい、ですっ……」

ネグリジェ越しの乳肉を重そうに持ち上げ、柔らかさを見せつけるように揉みしだいてみせる彼女の言葉に、一も二もなく頷いていた。陶酔したようにトロンとした顔になっているることが、自分でもはっきりとわかる——そんな大樹の顔を見下ろし、ニヤリと満足げな笑みを浮かべたロザリーは、優しく頭を抱き下ろして、今度は下半身の側へ移動した。

「はぁっ、あっ……お、おっぱいぃ……」

「ふふっ、焦らないの♥　これからはいつでも、あんたがして欲しいですってお願いしたら、ちゃんと可愛がってあげるから……いまはマッサージの続きよ、わかった？」

窘めるような口調で囁きながら、脚の間に正座した彼女が両手を太ももに這わせる。手には当然のように大量の蜜ローション、よく見ればベッドのサイドテーブルに洗面器が置かれており、そこにたっぷりと蓄えられていた。それを掬い、見せつけるように糸を伸ばして弄びながら、再び太ももから股間の周辺へ、その粘液がドロリと塗し広げられる。

「んはぁぁあっ……あひっっ、いひぃぃっ……そ、そぇ、らめ……あぁぁぁ……」

「だめって——まだヤグラ蜜かけただけじゃない♪　こんなんでイッちゃったら、最低の牡恥なんだから……ちゃんと我慢するのよ、ダイキ？」

太ももを内から押し開かせ、筋肉を申し訳程度に揉みほぐしながら、ロザリーが嬉しそうに囁いた。勃起越しに合わされる視線はニヤニヤと意地悪く笑っており、その嘲笑を浴びるだけでも精液が込み上げてくる。

「ちゃんと我慢してくださいねぇ？　最高のタイミングでお射精できたら――わたしも少しだけ、サービスしてあげますから♥」

ロザリーと入れ替わりで枕元に回ったリコが、そう言って淫靡な表情で見下ろしてくる。同時に、拘束のつもりなのか指を絡めて両手を押さえつけ、被虐の肉悦をさらに増幅させてくる始末だ。普段は清楚で素直な彼女が、ベッドの上では小悪魔のような娼婦へと変貌《へんぼう》する――そのギャップに股間がビクビクと震え、ロザリーの眼前に先走りを跳ねさせた。

「あんっ、イッちゃう、イッちゃう～♥　ふふっ、だめよ、我慢しないとぉ……脚揉まれてるだけで射精したら、村中に触れ回ってやるから♪」

「あはっ、いいですねぇ♪　こぉんなエロい身体してるダイキさんが、実はチンポは弱々のスケベ男だって知ったら――みぃんなにレイプされちゃいますよぉ♥」

村のどこにいようと、誰かと顔を合わせればすぐさま被虐の欲望をくすぐられ、たちまち犯され、果てさせられる――そんな生活を想起させる言葉に、肉棒の根元から腸奥へ、そして脳天へと切ない快感が突き抜ける。その快感電流を後押しするようなロザリーのマッサージ手腕が、脚を末端まで蕩けさせ、下半身を弛緩させた。

「そ、そんらっ、あはぁぁっっ……そんな、ことっ……な、なったらぁ……」

「なったら、なによ――どうせダイキのことだもの、最高だっていうんでしょ？」

「とびっきりエッチで、早漏な――マゾチンポのダイキさんですもの♥　レイプ願望も持ってて当然ですよねぇ、このド変態♥」

見つめ下ろしてくるリコの瞳は次第に熱を帯び、蕩けたように潤んでいく。彼女の加虐心に火が点いた証拠だ。そんな彼女の、とびきりの淫語で射精を煽られながら、両方の脚が同時に、ヌルンヌルンと扱き抜かれていく。ベッドの上がグチャグチャになるくらい大量のヤグラ蜜をぶっかけられ、太ももや脹脛をこれでもかと優しくほぐされながら、時折のセクハラタッチにも過剰すぎるほどの反応を示してしまう。

太ももの付け根に手が戻った瞬間、ロザリーの指は触れるか触れないかというレベルで睾丸を掠め、肉竿の付け根をツンと突いて遠ざかっていく。そのたびに大樹の腰は大きく跳ね上がり、肉棒には蜜と先走りの混合エキスがたっぷりと絡みついて、テラテラと淫靡な輝きを放っていた。尿道は呼吸をしているかのように大きく広がり、膨らみ、その奥から精臭を色濃く漂わせてでもいるのだろうか――顔を傍まで寄せたロザリーが鼻をヒクつかせ、物欲しそうに唇を開いてみせる。

「んふっ、もう本当に限界みたいね……チンポの真ん中より上まで、ザーメン上がってきちゃってるでしょ♥　もうちょっとで終わりだから――終わったら、頭が真っ白になっちゃうくらい……気持ちよくイカせて、ザーメン搾り取ってあげるわね？」

そう囁いた言葉にも、向けられる表情にも、これ以上ないほどの慈愛が滲んでいた。はっきり言って、これは反則だ――あれだけ妖艶に責められ続けたあとに、これほど癒やしに満ちた笑みを向けられては、心が陥落しないはずがない。

「まっ、あ――待つっ、待ちますぅっ……ちゃんと、我慢しますからぁっ……イ、イカせてっ、くださいぃっ……射精、させてぇぇ……あぁっ、ロ、ロザリー様ぁっっ！」

初めて口にした彼女の名前――その叫びを聞いた瞬間、驚いたようにロザリーの瞳が見開かれ、すぐさまニヤァッと勝ち誇るように細められた。

「ふふっ――それじゃ、これでおしまいっ♪　あとちょっと我慢なさい……気持ちいいトコロに挿れてあげるから、そうしたら思いっきり腰振っていいわよ♥」

「はっ、はっ、はひっ、いぃっっ……んぅうっ、は、ひゃ、くぅぅ……」

懸命に菊穴を締めつけ、括約筋を引き締め、射精をこらえようとしているが、すでに尿口のすぐ手前まで精液が込み上げてきている。それを誤魔化すように腰を跳ねさせ、唇を開き、ハァハァと息を荒くして、犬のように舌を垂らす――それを真上からリコに見下ろされ、クスクスと嘲笑されるのもたまらなかった。

「もうすぐですからねぇ、ダイキさん……あ、来ましたよ♥　ほら、ダイキさんのだ～い好きなぁ……エッチでフカフカの、おっぱい穴です♥」

言われて目を凝らしたその先では、たくし上げたネグリジェの裾を締めつけ、寄せ上げられた乳肉がペニスに密着しようとしていた。圧迫された乳房は何倍にも大きく見え、その膨らみと谷間が淫靡な穴を覗かせて、ドロドロに汚れた亀頭を飲み込む寸前になっている。

（ぁ――パ、パイズリぃいっ……あくっっ、うぅっっ、やばいぃいっ！）

散々味わわされたあの柔肉に包まれ、扱かれることを想像しただけで肉棒が跳ねた。括約筋は衝撃で緩まり、堰《せき》を切ったように精液が込み上げてくるのを自覚する。そんな大樹の反応をすぐさま見抜いたロザリーは、先ほどと同じく慈愛に満ちた笑みを浮かべ、そうして勝ち誇ったような態度で、甘く囁いた。

「いいわよ――ほら、イッちゃいなさい♥　私のおっぱいの中で、ザーメンもらせ♥」

――グニュゥウウッッ……ヌチュッッ、グプププッッ、ジュルンッッッ！

「んぐぁっっっ、くひぃいいぃい――っっっ!?」

射精寸前になるまで焦らされ、いたぶられた肉棒――それも亀頭の感度は、本来の快感を何十倍にも肥大化させるようだった。見ていないうちに仕込まれていた、ヤグラ蜜に満ち溢れた乳谷間は、もはや乳壺とでも呼ぶべき一つの性器である。その濡れた肉穴は、触れた瞬間に肉棒をヌルリと咥え込み、しゃぶるように一気に根元まで飲み込んで、包皮を剥き下ろし、快感の波で揉み洗いにしてきた。

「あひいぃいいぃい――――っっ!?　ひぐっっっ、いぐっっっ、いぐぅうぅっっっ！」

――ドビュドビュドビュウゥウ～～～～～～ッッ！　ドクドクドクッッ、ドクンッッッッ、ビュククッッ、ビュグンッッ、ビュルビュルビュルゥウ～～～～～～ッッ！

粘液でトロトロに濡れた乳肉の感触も、その圧力も、膣肉に勝るとも劣らぬ快感で肉棒を締めつけ、扱き、精液を搾り取ってくる。腰を振っていい――などと促されたが、そんなことするまでもなく、する気力すら残してもらえなかった。

「んぁっっ、がっっ……あぁぁぁっ、だ、めっ、イクッ、イクッ……イクぅぅぅ……」

寝転んだまま、足先までピンと伸ばして張り詰めたまま、圧し掛かる乳房の感触に押し潰され、大樹はすべてを啜り上げられていく。ロザリーが動いているわけではない。彼女は肉棒を根元まで咥え込んだ瞬間、微動だにせず体重だけをかけ、ただ勝ち誇った笑みでジッと大樹を見つめているだけだ。その視線と乳房の感触、柔らかさ、絡みつくような温かな刺激に触れているだけで、ペニスの奥がジワジワと熱く蕩けていき、勝手に精液が吐きだされていってしまう。

「んふっ、ふふっ……んっ、あんっ♥ すごい勢いねぇ、ダイキの早漏チンポ……おっぱいの中でビックンビックン跳ねて、躍って……ザーメンもらしてるわ、やらし～い♥」

「あはっ、あっっ、んんぅぅっっ！ ごっ、ごぇん、なひゃっ……あぁぁっっ！」

クスクスと嘲笑う彼女と快感に蕩ける大樹とでは、動けない理由が完全に真逆だった。

大樹は彼女に支配され、快感にすべてを奪われ、動くことができない――対するロザリーのほうは、動く必要がないのだ。己の圧倒的な武器で大樹を組み敷き、その中で気が遠くなるような快楽を与え尽くして、心の底から自身に屈服させる。王者の勝利と弱者の敗北――それが二人の動けない理由であり、上下関係を決定づけているようだった。

「ふふっ――こんな風に軽く揺すってあげたら、どうなっちゃうかしら？」

その関係を愉しむように、彼女が上半身を僅かに揺するだけで、マシュマロのように柔らかな乳肉がタプタプと波打つ。締めつけられた乳谷間では、たわんだ淫肉が肉棒に絡みつき、濡れた乳肌で隅々まで舐めしゃぶってきた。快感は肉棒の奥深くへ沈み込み、押しだされた精液が再び、乳壺の吸引によって啜り上げられる。

「ぐぁっっ、くっ……あぁぁぁっ！　まだっ、いぐっっ……んんぅぅっっ！　ごめっ、んぅぅっ！　あぁぁっっ、ごめんなさいぃぃっっ！」

——ビュグビュグビュグッッ、ビュルルッッ、ドプゥゥゥッッッ！

「え——あんっ♪　あっっ、ひゃうっっ♥　んもっ、いきなりぃ……んっふぅ……」

射精と同時に謝罪を口にしてしまうと、それだけで快感が数十倍にも跳ね上がるようだった。リコに仕込まれた被虐悦の味は、その濃厚な昂りをロザリーの乳内にこれでもかと吐きださせ、谷間に熱液を塗り広げていく。脈動のたび、敏感な竿が乳肌に擦れつく感触も後押しとなり、射精の勢いも精液の量も——もちろん濃さも、まるで衰える気配がない。

「ふぐっ、んっ、あぁぁぁ……すごっ、おぉ……ロザリー、様のぉっ……あぅっ、くっあぁあっ！　おっぱい、すごっ……いぃっっ、搾られるぅぅっ……」

そこにきてようやく二度、三度と腰が振れるようになり、温かく濡れた乳肉の中を堪能することができた。とはいえ、吸いつくような肌の滑らかさが窮屈に包み込む刺激は、甘い心地よさを愉しませるような、生易しい快感ではない。浮いた腰はすぐさま下りられなくなり、その状態の股間に再びズシリと重乳を乗せられ、尿道に残る数滴までも啜り上げられていった。

「――どうかしら、少しは落ち着いた？」

「んっ、うぅ……や、ばい……です……腰、抜けたみたいに……んぁあっ……」

身体を捩ろうとすると、いまだ萎えない肉棒が乳谷間で揉みしだかれ、切ないくすぐったさが駆け抜ける。苦悶の喘ぎをもらし、結局動けなくなった大樹をニヤニヤと眺めていたロザリーだが、やがてなにかを思いだしたような顔で、小首を傾げた。

「そういえば――さっきのあれ、なに？　前もそうだったけど、ごめんなさいって――」

「――っ！　ロ、ロザリー様っ、そのようなことよりもいまは、ダイキさんのお力を確認されたほうが――」

「いいから――答えなさい、ダイキ？」

慌てて誤魔化そうとするリコの反応になにかを察したのか、ロザリーは腕を畳んで寄せた乳肉を揺らし、大樹の返事を促す。ムスコを人質にされては逆らえるわけもなく、大樹は快感と苦悶に声をもらしながら、その真実を口にした。

「その……リコに初めてしてもらったとき、こんな淫乱とは思わなかった、期待を裏切られたって怒られて……それ以来、謝りながら射精するように、クセをつけられて――」

「えぇ……」

もう少し甘酸っぱいエピソードを期待していたのか、予想外すぎる従者の趣味を見せつけられた主は、困惑した表情でリコを見やる。

「あなた……えっと、その……いい趣味、してるのね……」

「引かないでくださいぃっっ！」

主の本気のドン引きを目にし、リコは顔を真っ赤にして声を荒らげた。

「違うんです、ロザリー様っ！　そのほうがダイキさんも悦ばれていましたので、それで

やむを得ずと言いますか！　わたしの趣味とかそういうのではありません！」

「まぁいいじゃない、うん……ダイキが嫌がってないなら、それで……」

「ですからぁっ！」

必死に否定すればするほど、彼女への疑惑は深まっていくばかりのようだ。とはいえ実際のところ、この数日で完全にクセとして身につけさせられた上は、大樹のためというよりはやはり、彼女の趣味が大部分を占めているのではないだろうか。

「ただ——そういうのは、意外といいかもしれないわね。自分の色に染めるっていうか、自分用の牡に躾けるっていうか……私もなにか、考えてみようかしら」

そんなことを考えつつも口を噤んでいると、そんな風に王女が切り返す。

「リコの趣味じゃないなら、私が躾けたって構わないわよね？」

煽るような態度は、本気半分の冗談半分ということなのだろう。そんな主の言葉に、一瞬は逡巡しかけたリコだったが、やがてフルフルと小さく首を振り、ペコリと頭を下げた。

「ロザリー様が仰《おお》せなら、わたしには是非もありませんので」

「……とかなんとか言って、私がもっとエグいの考えないかって期待してるでしょ」

「しておりませんっっ！」

完全にからかわれているリコの反応に微笑みながら、ロザリーが再び身体を揺らして上半身を傾け、重量感ある乳肉を股間に圧し掛からせる。

「さて、と――それじゃあ、私で射精するときはねぇ……好きって言いなさい♥」

「え、好き――ひっ、いっっ！　んっ……す、好き、ですか……あっっ！」

突然の快楽に感覚が甦《よみがえ》り、反射的に敬語で問い返してしまうと、ロザリーがニヤニヤと笑い、乳肉を寄せ、強烈な愛撫で肉棒を挟み込んできた。

「そうよ――好き、好きすき～、大好きですロザリー様ぁ～って♥　私のこと、様づけで呼びたいんでしょう？　さっきから敬語なんて使っちゃって、完全に牡の顔になってるもんねぇ？　ほら、さっきみたいに可愛がってあげるから――ロザリー様のおっぱいちゅきちゅき～って甘えながら、また簡単にイッちゃいなさい♥」

「ぅくっ、あぁぁっっ！　んぁっ、はっ……だ、誰が、そんなぁ……んくぅぅっ……」

否定しようとするが、彼女の言葉は快感とともにすんなりと心に滑り込み、その命令に逆らおうとは考えられなかった。左右から押し潰され、たわんだ乳肉に優しく包まれ、根元から吸い上げるように扱き立てられ、その想いはますます強くなってしまう。

（くっ、あっっ……あぁぁっ、だめっ、無理ぃぃっっ！　これっ、よすぎっ……）

乳房の大きさ、柔らかさ、形、色――与えられる快感、そのすべてが大樹の牡欲を虜にして、身も心も支配しようとしていた。寝転ばされた状態でマウントを取られ、彼女はたいした労力を消費することもなく、大樹の股間に圧し掛かっているだけ――そんな状態で身を捩るような快感を与えられながら、悶える姿をニヤニヤと笑われている。

　その状況だけでも心が屈服したがっているというのに、彼女がどこまでも美しいという事実は、もはや反則だった。美しい王女から好きになるよう強制され、片手間の誘惑と奉仕で簡単に感じさせられ、あろうことか早くも達せられそうになっているなど、牡としてこれ以上はない恥辱、惨めさである。だからこそ——完全な支配者である彼女に組み敷かれ、敗北姿を晒して嘲笑を浴びたいと、被虐の本能が感じてしまうのだ。

「ふふっ……半勃ちチンポ、もう完勃ちしちゃったじゃないの♪　ただ挟んでるだけでおっきくなるなんて、本当にお手軽な、敏感早漏チンポなんだから♥」

「そっ、おぉっ……んっ、ふっ……そんなっ、言われてもぉ……んっおぉっ！」

　射精を終えてもまるで萎えなかった肉棒が、ずっと乳谷間に収められており、再び扱き始められて、勃起せずにいられるはずもない。

「ロザリー様のほうこそ、そんな嬉しそうにされて……そういう趣味なのでは……」

　ボソリと抗議するリコだったが、その程度でロザリーが動じることはなかった。

「いいじゃない、別に？　ダイキがそうしてもらいたがってるなら、そうしてあげるほうが悦んでくれるだろうし——そうよねぇ、ダイキ？」

　心の奥底、屈服したいという欲求、その本音を見透かしたように囁き、王女の唇が艶めかしく弧を描く。瞳は嘲るように笑んでいながら、同時にすべてを許し、慈しむように優しかった。挑発と慈愛、飴と鞭——わかりやすすぎる、あからさまな緩急を与えられながら、大樹はその優しさに抗えない。彼女に促されるまま、問いに対して素直に頷く。

「ぁ――いっ……は、ひぃっ……そ、うぅっ……んっ、そうですっ、苛めてぇ……ロザリー様に、苛めて、もらいたいっ……射精、させてもらいたいですぅっっ！」

「――はい、よく言えました♪　いい子ね、ダイキ……ほら、ご褒美あげちゃう♥」

腕で挟み、潰された乳肉がさらに強く股間に押しつけられ、その圧倒的なボリュームが肉棒を隙間なく包み込んだ。乳房の海に沈んだ弱い竿は、嵐のような淫圧に揉み潰され、それだけでブルッと惨めに身震いし、瞬く間に果てさせられようとする。

「んはっっ、あぁぁぁ――っっ！　ひゅごっ、おっ、あっ……イクぅっ……」

「ふふっ――いいわよ♥　ほら、イケッ……二発目の濃厚ザーメン、おっぱいマ〇コでたっぷり搾ってあげる♥　さっきの、ちゃんと言いなさいよ？」

腰を浮かせてビクビクとのたうつ大樹の表情を眺め、唇を緩めて愉悦の笑みを湛えながら、ロザリーは自らの乳房を強く抱え込む。腕の中で潰れ、密着した乳肉壺はそのまま、彼女の動きに合わせて上下に激しく弾み、ギュポギュポと淫猥な吸引音を響かせ、空気の押しだされた密閉空間に精液を啜り上げていく。

「あはぁっ、チンポすっごい暴れてるっ♪　もう出ちゃうわねぇ……ほらほら、負けちゃえ負けちゃえ♥　大好きなおっぱいに負けて、チンポ汁もらす気持ちよさ覚えなさい♥」

「んぁっ、あっ、ひゃぇっ……ふぐぅぅっっ！　んっっ、イクッッ、イクぅぅっっ！」

全身で大きく弧を描く、これ以上はない屈服の姿勢――恥辱のブリッジを披露させられながら、彼女の乳谷間にペニスを捻じ込み、大樹は大きく吠えた。

「すっ、好きっ……いひっっ、いぃぃいっ！　んぅっ、好きぃっ！　好きですっ、ロザリー様っ、好きっ、大好きぃぃぃいっっ！　んぃっっ、いぐぅぅぅっっ！」

――ビュグッッ、ブビュルッ、ブビュウゥゥ～～～～～～～ッッッ！　ビュグンッッ、ビクビクビクッッ、ドプドプドプゥッッ！　ドビュルゥゥゥ～～～～～～ッッッ！

「あっは♥　あははっ、出てる出てる♪　ロザリー様ちゅきちゅき射精、しちゃいまちたね～？　気持ちいいでちゅか～？」

幼児言葉で煽り立てられ、またも勝ち誇った表情で見下される快感に、ブルリッと腰がわなないた。ただでさえ情けなく全身を反らせて悶えているというのに、そのみっともなさですらまだ足りないとばかり、大樹の身体は勝手に服従のポーズを示してしまう。

「んぁっ、はぁぁぁっ……あっ、ひぃっ……んっ、きもひ、いいですぅぅ……あぅっ、あっっ、好きっ……んっっ、好きっ、ロザリー様っ、好きぃぃっ……」

爪先をピンと伸ばした無様な反応で身体を支え、腰と股間だけはどこまでも高く掲げ、まるでペニスをロザリーに捧げてでもいるような、牝に媚びきった姿勢を懸命に保とうとしていた。必死に腰を浮かせるその間も、肉棒の脈動はまるで治まることなく、乳肉の中で暴れ回り、ドプドプと大量の精液を吐きもらしていく。射精するたびに口からは、彼女への愛情を訴える言葉が自然と溢れ、それが心と身体にまで作用するようだった。

（はっ、うぅっっ……なんだ、これぇっ……ふぐぅぅっっ！　き、気持ちいいっ、たびにっっ……本気にっ、なるぅぅっ！　あうぅっっ、ロザリー様っ、好きになるぅっっ！）

彼女への告白と射精が脳内で結びつき、好きと告げるたびに迸る快感が、大樹の中でそれをオルガスムスの合図と認識していく。

射精するから好きと言うのではなく、好きと言うから射精する——快楽を得たければ好きと言えばいい、と。そんな誤った認識を身体が学習してしまい、浅ましい身体は腰を振りながら、彼女への愛情を幾度も訴えさせる。

「んふっっ、うぅぅっ、あぁぁっ！　す、好きっっ、んぁぁっ、好きぃっっ！」

「あはっ、単純すぎねぇ、ダイキ♥　射精しながら好き好き言っちゃっただけで、もう私のこと大好きになっちゃったの？　完璧に、チンポで物事考えちゃってるじゃない♥」

揶揄《やゆ》しながらも、自らそう躾けた自負のあるロザリーは、悪い気がしないどころかおおいに満足している様子だった。すでに彼女は動きを止めていたが、乳内の感触はまったく締めつけを衰えさせず、柔らかく優しくたわみ、欲望を受け止めてくる。その心地よさに甘えて腰を擦り寄せ、肉棒を突き上げ、大樹は溢れる慕情を叫ばされていた。

「ほらっ、もっと言いなさい♥　気持ちよくなりたいんでしょ？」

「んふっっ、あぁぁっ、好きっ、ロザリー様ぁっっ！　ロザリー様好きっ、おっぱい好きいっっ……んくっっ、きもひっ、いっ……あぁぁっ、イクッッ、好きぃぃっっ！」

——ブビュッッ、ビュググッ、ブビュルゥ～～～～～ッッッ！

恥も外聞もない浅ましい告白と腰振りを繰り返し、作られたばかりの精液までも睾丸の奥から引っ張りだして、大樹は被虐と屈服の快感に酔いしれる。部屋に漂う甘いアロマの香りを塗り替えるほど濃厚な、牡の精臭を股間と乳内にたっぷりと吐きだし、身体を支える足腰をガクガクと震わせ、浮かべる表情はトロトロに崩れ落ちていた。

（んひっ、いっ、ひぃぃっ……やば、ひぃ……んっ、気持ち、いぃ……好きぃぃ……）

そのトロンと垂れ下がった瞳で彼女を見つめると、威厳と気品に満ちた嘲りの笑みが、ニヤニヤと大樹を見下ろしてくる。絶対的な性の強者、牡の支配者然とした雰囲気にあてられた大樹は、感極まったように全身を震えさせ、無意識に腰を浮かせていた。

「あっ、んっ……好きっ、イクッッ……ロザリー、様っ……好きっ、いぃっっ……」

「んぅっ♥　はいはい、わかったわかった♪　は～い、大好きなロザリー様のおっぱいでちゅよ～？　おもらしピュッピュ、最後まで頑張りまちょうねぇ？」

ピュルッ、ビュルッと残り汁を懸命に撃ち放つ肉棒の上で、彼女の豊満な乳肉がタポタポと跳ね揺れ、最後の一滴までを丁寧に搾ってくる。空撃ちのような躍動を繰り返す竿を、柔乳で揉みほぐし、根元からゆっくりと搾り上げてくる動きは紛れもなく、リンパへのマッサージそのものだった。

「はぅっ、んぅぅっっ……んぁっ、あっ、あぁぁぁ……」

最後の最後で心までも蕩かす癒やしを与えられ、大樹は完全に気力を吸い尽くされたように、全身を脱力させる。乳壺からズルリと肉棒が抜け落ち、浮いた腰がベッドに落ちて、心地よい疲労に包まれながら横たわる大樹。

「……ふっ……ふふっ、あはっ……なんて顔してるんですか、ダイキさんったら♥」

自分でも晒させたことがないような、大樹の惨め極まりないドロドロの敗北アクメを目の当たりにしたことで、リコの興奮も完全に火が点いてしまっているようだ。

「ご自分の顔、わかってますか？　完全に牡の顔になってますよ……牝に媚びて、屈服して、射精のことしか考えられません～っていう……すっごく情けない、恥ずかしい顔♥」

涎塗れの唇を指で撫でられ、掬われた雫を啜り取られる。その指しゃぶりを蕩けた目に移すだけで、萎えかけていた肉棒は再び屹立していた。

「あ～あ、また勃起してぇ♥　またおっぱいに可愛がって欲しいの？」

「それともお口、あるいはお手々？　それとも――オマ○コ、でしょうか？」

二人がクスクスと嘲笑し、寝転んだ大樹ににじり寄ってくる。そうして目の前にやってきたロザリーは、腕で抱え込んでいた乳房を左右に押し広げる。

「こぉんなにいっぱい、ドロッドロのザーメンだせて――よかったわねぇ？　負けながら好き好き言うの、気持ちよかったでしょ？」

敗北の証を見せつけられながらの嘲笑に、ドロドロとした被虐の欲望は一気に鎌首をもたげ、持ち上がった。肉棒は浅ましく完全勃起させられ、早くも先走りをトプトプと吐きもらし、主へ敬礼するようにヒクヒクと跳ね震える。

「き――気持ち、よかった……です……ぅっ……ロ、ロザリー、様っ……」

躾が完了された大樹の返事に、見下しの嘲笑はたちまち、慈愛に満ちた晴れやかな笑み

へと移り変わった。パァッと華やいだ顔がゆっくりと寄せられ、唇を奪う。

「ほんっと、可愛いっ……いい子ね、ダイキ……んっ、あむぅ……ちゅぱっ……」

「んふっ、んぐぅ……じゅっ、ぢゅるぅ……んっ、ろぁりー、ひゃまぁ……」

恋人同士のように正面から指を握り合わせ、手を繋ぎ、濃厚な舌遣いで唇を性交させる。

その様子に我慢ができなくなったか、リコも慌てて顔を寄せ、舌を伸ばしてきた。

「わ、わたしにも……はっ、あ……んっ、れろぉぉ……」

「いいわよ、リコも……んっ、ちゅばっ、べろぉんっ……れろっ、れろぉぉ……」

三枚の舌がニチャニチャと音を立てて絡み合い、涎を攪拌して、それぞれの口腔へと啜り上げていく。王女のベッドは三人で横になっても十分な広さがあり、三人は抱き合いながら転がって、互いの温かさや柔らかさを求め合った。

そんなスキンシップに擦られるだけで果ててしまいそうになり、それを見抜いた二人から、クスクスと呆れたような笑いがもれる。

「ほんっと弱いわねぇ、ダイキってば♥　こっちにも少し、訓練が必要かしら？」

「そうですね、ロザリー様——幸いにも、訓練の下地は整っているご様子ですし♥」

そんなリコの発言に、大樹はドキリとさせられる。

「……ど、どういうこと、かな？」

「なに誤魔化してるのよ。あの力、とっくに戻ってるんでしょ？」

なにをいまさら、といった様子でロザリーにまで指摘され、大樹は耳まで赤くなる。

「え、あっ……なんで、気づいて――」

「なんでもなにも、あんたが満足し尽くしたことくらい、見ただけでわかるわよ」

「わかりやすいですからね、ダイキさん……だからこそ、面白かったんですけど♥」

二人の意地悪な笑みは、先ほどまでの大樹の反応への揶揄だ。

「とっくに力が戻ってて、撥ねのけるなんて簡単だったでしょうに――そうしないで負けちゃうのが、すっごく気持ちよかったのよねぇ？　この変態、マゾチンポ♥」

「逆らえない～、勝てない～って演技してましたけど、本当は――逆らいたくない～、負けたい～って思ってたんですものね？　本当に、心の奥底からド変態さんです♥」

身体の左右から寄り添った彼女らにニヤニヤと見つめられ、嘲られる快感に、ゾクゾクと背筋が震え立っていく。アクメ寸前の肉棒は空撃ちのような脈動を繰り返して、必死になって先走りを飛ばしていた。それに気づいた二人の手は同時に、大樹の胸元へ伸びる。

「いいわよ、また負けちゃいなさい――ほら、ロザリー様大好きって♥」

「いいですよ、存分に負けちゃってください――ほら、リコごめんなさい～って♥」

左右の乳首を細い指がつまみ、鋭い痛みと甘い快感で抓り上げる――。

『言いながらイケッ、変態マゾ男っ♥』

返事の代わりに敗北の白旗を噴き上げた大樹は、その後も日が暮れるまで――彼女らに逆らえないよう、たっぷりと躾けられるのだった。

五章　甘美な敗北の味

なるべくしてなったのか、運命の日は奇しくも晴天だった。

晴れやかな空に昇る太陽が、村の行く末を嘲笑っているのか、明るい未来を示しているのかはわからない。もしこれが雨天なら、クロエの得意とする炎の魔法を多少なりとも軽減できたかもしれないが――それでもロザリーは、この空を吉兆と受け取ったようだ。

「いい天気ね――祝勝会も、気分よく開けそうだわ」

「前向き……ですね、ロザリー様は」

そう敬語で口にしたのはリコではなく、大樹だった。もちろん、普段は彼女に対しても変わらぬ口調で接しているが、ある条件下に限ってはどうしてもそうなってしまう。その条件を満たしたロザリーは、大樹の言葉でニンマリと笑い、胸を押しつけ密着してくる。

「そのクセ、残っちゃったわねぇ？　私にヒィヒィ喘がされて、思いっきり気持ちよくされたあとは――力が使える間だけ、どうしても私に敬語で接しちゃうってやつ♥」

「っ……し、仕方ないじゃないですか、あんな……何回も、言わされたらっ……くっ！」

抱きつかれたまま、服の上から乳首を捏ね回され、無防備な耳朶をしゃぶり上げられただけで、腰がガクガクと震える。抵抗するのはたやすいはずだが、彼女の甘い香りと柔らかな感触を押しつけられるだけで、従属の心が芽生えさせられてしまう。

「何回もって、なんの話かしら？」

クスクスと笑いを響かせ、彼女の手が乳首だけでなく、下腹部まで伸びようと滑り下りてきた。その感触に、すでに膨らんでいたズボンの股間がビクビクと跳ね震え、彼女の目の前で興奮を露わにする。けれど、その手は肝心の部分には触れてくれず、寸前で止まって下腹部を撫で回し、返事をしろと催促していた。

「ほらぁ——何回も言わせたって、なにを？」

「そ、それはっ……んっ、くっ……ロザリー様、大好きってぇ……あっ、はぁっ……」

射精時に強要される言葉が、快感とともに脳裏に刻まれ、その経験が力となって表れている間は、どうしても意識が彼女への敬意を抱えさせてくる。彼女の顔を、堂々とした佇まいを見ているだけで愛おしさが溢れ、王女にひれ伏すよう強制してきた。その結果、大樹は彼女を様付けで呼び、敬語で接することで快感まで覚えさせられる有様だ。

「まったく、仕様のない子ね——私に負けるの大好きになっちゃったからって、クロエにまで負けちゃだめよ？　ちゃんと、力を使えるようにしてあげたんだから♥」

「わ、わかってます……うっ、あっっ……ロ、ロザリー、様……んくっっ……」

脈動する肉棒の先端、膨らんだ亀頭をズボンの上から指でひと撫でされ、クルリと小さな円を描かれる。が——そこでロザリーの指はスゥッと離れてしまい、物欲しそうな顔で彼女を見つめる大樹に、クスクスと意地悪な笑みが向けられた。

「おあずけ、よ♥　というか、さっきあれだけ気持ちよくしてあげたんだから……力が抜けるまでの間くらい、さすがに我慢できるでしょ？　ほら、返事は？」

「は……ぁ――ワ、ワンッ♪」

先ほどの行為のついでに、肯定の返事を鳴き声で返すよう命じられた――その名残で返事をすると、嬉しそうに瞳を細めたロザリーが、指を唇に這わせてくる。

「はい、よくできました♪　いい子ね、私の可愛いダイキ――ちゅっ♥」

唇にする代わりとばかり、頬に音高く口づけ、指先は唇を軽くこじ開けた。催促するように歯先をトントンと叩かれると、大樹は素直に舌を伸ばし、彼女の指に奉仕する。そんな大樹の反応に恍惚とした笑みを浮かべていたロザリーだが、これ以上すると、自分のほうも歯止めが利かなくなると感じたのか、二度、三度と頬に口づけを浴びせたところで、満足げに紅潮した顔を遠ざけた。

「――決闘が終わったら、たっぷりと続きをしてあげるわ。楽しみにしてなさい♪」

「は、はいっ……」

すでにはち切れんばかりに膨らんだそれが、彼女の言葉に期待を煽られ、ズクンッと疼くようにヒクつく。その様子を舐め回すように見つめ、クスリと唇を緩めたロザリーは、元の世界での紳士が女性をエスコートするように、大樹の腰を柔らかく抱いた。

「さ、行くわよ……調印を済ませて、あの子にお仕置きしないとね」

足を進める王女に従い、寄り添って歩く大樹はチラリと彼女を窺い、小声で囁く。

「――ロザリー様、大丈夫です。これだけの力があれば、それで十分ですよ」

囁かれたロザリーは、その指摘にピクリと肩を跳ねさせ、やがて小さく頷いた。

「……ごめんなさい、ダイキ……あとは、お願いね」

戦えない自分の不甲斐なさに対する怒りか、それとも――大樹の力をリコほどには引きだせなかった、技術の拙《つたな》さに対する自虐か。謝罪を告げる唇と、密着する彼女の身体は、先ほどからずっと震えている。

大樹をからかうことで鎮めようとしていた、その不安を慰めるように、大樹は腰に宛てがわれる彼女の手を、強く握り締めた――。

◇

この一週間で用意されたらしい決闘場は、王都と村を繋ぐ街道の、村寄りの荒野に設けられていた。直径二十メートルほどの円形に荒野を残し、それを囲んで見下ろせる石造の観客席を連ねた、いわゆるコロッセオのような設計である。木製の柵が敷地を囲ってグルリと巡らされているのも、それらしい雰囲気を強く感じさせた。作り自体は簡素だが、一週間の突貫工事で仕上げられたこと、この決闘のためだけに用意されたということを考えれば、十分すぎるほど頑丈で、見た目もしっかりしているように思える。

戦闘に使うのは中央の荒野、そこから観客席に上がれるスロープと階段があり、上がった先には教会で見るような台座が置かれていた。大樹とロザリー、そしてクロエはその前に並び、立会人となるクロエ付きの官僚から指示され、それぞれが調印する。

「では――改めまして、双方の約定についてご説明を。此度の決闘にて敗れた場合、ロザリー様におかれましてはバラデュールの姓を剥奪され、以降は王家との関わりを一切断たれるということになります。そちらの男性——ダイキ殿におかれましては、クロエ様への永遠の忠誠を誓い、伴侶——及び所有物として、常に傍らにあることを強制されることとなります。妻であるクロエ様に対しては絶対服従を義務付けられ、違えれば相応の苦痛、及び恥辱を伴う罰を与えられます——ゴクリ……」

ミニスカートのスーツを纏った女性官僚は、そこまでを述べたところで興味深げに大樹のほうを眺め、小さく喉を鳴らした。大樹がクロエの命令に背いた折、どんな恥態を晒す羽目になるのか——それを期待しているのだろうか。先ほどのロザリーからの愛撫により、いまだに昂りを残していた大樹が発情した顔で、言葉を止めた官僚を見つめると、彼女は好色そうに唇を緩め、大樹の身体にねっとりと視線を這わせた。

「——続き、まだあるのではなくて？」

自身の夫となる男への不躾《ぶしつけ》な反応を見て、クロエが苛立たしげに台座を叩く。

「はっ、失礼いたしました！　クロエ様の命令に対しては、いついかなる場所、誰の前であろうと従順に応じ、奉仕すること——異存は？」

「ありません」「……同じくよ」

大樹が即答すると、ロザリーもそれに応じた。それぞれのサインをチェックし、官僚は次にクロエのほうへ視線を向ける。

「えー、それでは……クロエ様におかれましては、これはあり得ないことではございますが——敗北を喫された場合には、まずレゾン自由区への支配権を失われます。関与、立ち入りはもちろんのこと、視察も不可能となりますことを、ご了承いただきたく……」

「ええ、もちろんよくてよ。そのような条件つきならば、いくらでも」

クロエ付きというだけあって、彼女への対応、言葉にはあらゆる気遣いがされているようだ。ルールを細かく決めた勝負であれば、この官僚が裁定する場合、かなり不公平なものを覚悟しなければならないだろう。もっとも今回の決闘においては、動けなくなるかギブアップするまではあらゆることが許されるため、そこを気にする必要はない。

「——もう一つ、あるはずよね？」

ジロリとロザリーが睨むと、わずかに気圧された反応を見せた官僚だったが、すぐさま魔力のない王女を嘲笑うように、ニヤリと唇を歪めた。

「焦らずとも、すぐにご説明しますよ。えー、加えまして……クロエ様が、一帯を仕切る野盗団を教唆し、レゾン自由区を襲わせたなどという妄言を、事実として認められますようにとあります。甚だ、遺憾なことではございますが——」

「たとえ証拠がなくとも、そのように決まったのよ。余計なことを付け加えないで」

底冷えするようなロザリーの声に、官僚はようやく彼女への嘲った態度を引っ込め、怯えたように表情を引きつらせる。どうしたものかとクロエの判断を仰ぐ彼女に、妹姫はスンと小さく鼻を鳴らし、羽ペンを取って承認のサインを記した。

「これでよろしくて？」

「え、ええ、ありがとうございます……ではこれにて、双方の条件は検《あらた》められました」

条件が整えられたことが、彼女の宣言と打ち鳴らされた鐘によって、闘技場内に広く知らされる。沸き立つ観衆らの中にレゾンの村人はおらず、集まっているのはすべて、クロエの息がかかった兵か役人、もしくは使用人といったところだ。その大きな歓声を浴び、階段を下りて闘技場へ向かう最中、隣を歩くクロエがクスクスと笑いを響かせる。

「出来損ないのお姉様は大変ですわねぇ？　あのような妄言をダイキに吹き込み、勝負の条件とさせるなんて……まぁそうでもしなければ、立場を向上させることなんて不可能ですもの、仕方ありませんけれど♪」

どうやら妹姫の中では、ダイキの発言や行動はすべて、ロザリーの指示によるものだと認識されているようだ。それがダイキの独断であり、ロザリーは気づいていながらも妹を庇うような心境で目を逸らしていた――ということを聞かせれば、クロエはどう反応するのだろうか。おそらくはそれでも姉を嘲笑い、ダイキが無理やり彼女を庇わされているのだと思い込んで、猫撫で声で懐柔しようとするに違いない。

「――あの、クロエ王女」

そうとわかっていても、ダイキは彼女に真実を伝えておきたかった。けれど、その言葉はロザリーの手で遮られ、彼女の声がそこに被せられる。

「いまさらだけど、言っておいてあげるわ、クロエ。私はいまの地位、レゾンという地の領主に満足しているの……けれど――いいえ、だからこそね。その地を脅かそうとする者がいるなら、断固として立ち向かうわ。それが国民を虐げようとする貴人の企みであるなら、なおさら許すわけにはいかないもの」

「はぁ、左様ですか……それはご苦労様なことですわ、小さき村の領主殿♪」

妹の罪を正面から斬りつけようとした姉の言葉は、やはり嘲りによって一蹴された。苦々しい顔で唇を噛んだロザリーは、階段を下りきったところでクロエと左右に分かれ、その後ろを大樹が付き従う形になる。

双方が十数歩ほどの距離で向かい合い、決闘の開始を告げる鐘が打ち鳴らされれば、あとはなにをしようと自由——というのが唯一のルールだ。まず間違いなくクロエは開幕から魔法を放ち、大樹ではなくロザリーから攻撃するだろう。姉への憎しみを合法的にぶつけるという目的を達しつつ、目当ての男が従う主を焼くことで、降伏という選択肢を与えるのが狙いだ。

主を焼かれてなお向かってくるならやむを得ないが、なるべくなら無傷で大樹を手に入れたいはず——というのが、ロザリーの予想だった。

『だからダイキ——私が炎に巻かれている間に、あの子を仕留めなさい』

自ら囮になると告げた彼女からは、そのような指示を与えられている。そう口にした表情は、ここに来る道中と同様、悔しさに歪み、自身の無力さを噛み締めていた。

『……どうして私は、なにも……魔法も、あなたの力を満足に引きだすことも……』

あの日——ロザリーの手で初めてマッサージをされ、力を得られた大樹は、彼女らとともに数日かけ、強さの検証も行っている。そうして発覚した事実は、リコのマッサージで得られた力より、膂力が格段に落ちているというものだった。

リコの手で与えられる力は、マルタやテレーズすらも圧倒的に上回っており、まさしく剛力無双といった力強さと強靭さを秘めている。それに対してロザリーから与えられたものは、テレーズと互角という程度の力だった。もちろん、それだけでも大樹にとっては十分すぎるほどの剛力であり、クロエとの決闘にも支障はないだろう。

ただ——大樹に力を与えられたと喜んでいたロザリーにとって、それは落胆に値する事実だったらしく、表情は明らかに憂いを帯びていた。リコと二人で言葉は尽くしたものの、彼女は曖昧な笑みで慰めの礼を言うばかりで、気持ちは晴れていなかったに違いない。

だからこそロザリーは、その力でクロエの魔法という脅威に対抗すべく、自らの身を盾にする方法を見出したのだ。どんな形でもいいから、この決闘で勝利に貢献したい——そんな彼女の悲壮な決意に、大樹は全力で応えることを心に誓っている。

(けど——王女様が炎に巻かれるところなんて、絶対に見たくないんだよっ……)

レゾンの村人たちには遠く及ばないまでも、ロザリーを慕う気持ちは大樹の中にも強く根付いていた。彼女のために尽くしたい、なにかをしたいと願う、忠誠心が芽生えていることも自覚している。それが行為の結果かどうか、それは定かではないが——少なくとも彼女が自己犠牲を示そうとしたとき、心は強い反発を覚えた。

彼女の想いは汲みたい、そして応えたい——けれど同時に、彼女を守りたいとも強く願っている。現代の、平和な国で安穏と生き、どっぷりハマったものといえばメンズエステくらいという自分が、これほど強く誰かに尽くしたいと思えるなど、想像もしなかった。

あるいは、人智を超えた――というほどではないが、この強い力を得たことで、そうしたヒロイック願望が生まれてしまったのかもしれない。

(絶対に、王女様は――ロザリー様は、傷つけさせないっ……)

そのためにも、開始と同時に一瞬でクロエのもとまで達し、息をする間もなく彼女を戦闘不能にする必要がある。そのための訓練は、申し訳ないがテレーズにしっかりと付き合ってもらっており、一撃で人を悶絶させるくらいの技術は身についていた。

(あとは実践あるのみ……鐘が鳴ったら、地面を蹴って、走って、鳩尾《みぞおち》を――)

そのことだけを考え、クロエのほうを見据えながら、耳を澄ませる。観衆の視線がそうさせるのか、肌にはチリチリと刺すような刺激が纏わりつき、あらゆる感覚が研ぎ澄まされているようだった。

というより実際のところ、この感覚の鋭敏さはおそらく、ロザリーのマッサージによって得られた力の一つだと思っている。それ以外にも、スピードや動体視力においてはこちらのほうが勝っており、言うなればリコからの力は一点突破の腕力型、こちらはスピードと感覚寄りのオールラウンダー、といったところか。もちろん、そのこともロザリーに伝えはしたが、これといった特徴のない力ということが、より彼女のコンプレックスを刺激してしまったのかもしれない。

（ともかく、王女様のおかげでスピードは段違いなんだ。鐘が鳴った瞬間に動けば、余裕であそこまで届く――）

鳩尾に掌底、あるいは拳――貫き指でも可能だろう。叩きつけて呼吸を奪い、マウントを取って降伏を促す――場合によっては絞め落とすことも考えるべきか。打撃ほどみっちりとはしていないが、絞められた際の抜け方を教えておくと言われ、柔道でいう裸締めや送り襟絞めのような技も教わった。テレーズ並の力で絞められれば、華奢なクロエの抵抗は許さないだろう。

（落ちるまでに焼かれても、それはなんとか我慢するとして……問題は、その攻撃が王女様に向かった場合だよな）

降伏を促す、あるいは絞め落とす時間も与えられない可能性はある。こんなことなら、もっとたやすく意識を奪うやり方を聞いておけばよかっただろうか。村を焼こうとしたクロエに激昂しているテレーズなら、勢い余って殺してしまえばいい、などと言いそうだが。

（さすがにそこまでの覚悟はないし、王女様も許さないだろうからな……ああ、せめて魔法の発動条件みたいなものがわかれば、それを封じる方向で動くのに――）

こうして観察していれば、なんとなく見極められないだろうか。ふとそう考えた大樹は、耳を澄ましながら瞳を見開き、ロザリーの背中越しにクロエを凝視する。

相変わらずチリチリとした空気が闘技場には溢れており、目を凝らすと、その感覚が瞳にまで触れてくるようだった。その鋭い視覚で妹姫を見つめていると、彼女もこちらの視線に気がついたのか、嬉しそうに口角を上げ、唇を緩める。

身体目当てという節はあるが、一途《いちず》に自分を求めてくれる彼女の愛らしさには、惹かれるものがあった。ロザリーを少し幼くした顔立ちは、紛れもない美少女だ。そんな美少女が浮かべる甘い笑みに、大樹はつい見惚れてしまい――刹那、気づく。

「ぁ――危ないっ、ロザリー様っっ！」

チリチリとした空気の正体――それは観客からの視線ではなく、クロエの身体から広がる薄いオレンジ色の『なにか』だった。よく見れば粉塵のように見えるそれは、帯状に固まって大樹たちのほうへ伸び、ロザリーを中心にして渦を巻いている。妹姫の視線は大樹ではなく、自らが伸ばすそのなにかを見て、嗜虐的に笑っていたのだ。

「えっ――きゃっ⁉」

大樹がとっさに腕を引くと同時、クロエの指がパチンッと音を立てた。その瞬間、オレンジ色の粉塵が大きく爆ぜ、大樹の身体を包んで炎が渦を巻こうとする――が。

「くぉっっ……ぉ――おぉ？」

炎が膨らむ寸前、なんとか逃れようと身を捩った大樹だったが、その必要はなかった。身体に触れたはずの炎は避けるまでもなく、燃え広がるどころか一瞬にして掻き消える。

「なんだ……不発、か？」

「なにがあったの、いったい……ダイキ、いまのは？」

大樹が訝しむように周囲を見回していると、漂っていた粉塵の残滓《ざんし》までが、溶けるように霧散していくのが見えた。大樹の立っている場所――先ほどまでロザリーが立っていた、炎が渦を巻こうとしていたその中心地からクロエのもとへ向かって、オレンジ色の粉塵がボロボロと崩れ落ち、薄れていく。

「な、なんですの、これは……いったい、なにが――どうしてわたくしの魔力がっ⁉」

どうやらこのオレンジ色の粉塵は、彼女の魔力だったらしい。そう考えると、彼女が村で見せたものやいまの行動からも、そのメカニズムが見えてくる。

粉塵状になった彼女の魔力は、いわば火薬だ。それをうっすらとしか見えない膜のような形に伸ばし、手元で着火すれば、魔力の導火線を辿って炎は瞬く間に燃え広がる――なにもないその場所で突然、炎が噴き上がったかのように。

(そういえばあのときも、指を鳴らしてたな……あれが、火を点けるための条件――)

イメージとしては、火打石だろうか。意識してみればあまりにも露骨だが、そのことに思い至らなかったのはおそらく、火を消すときにも指を鳴らしていたからだ。あのときの状況もあって魔法の演出かと思っていたが、着火に指を鳴らす――正確には擦り合わせる、という条件を誤魔化すため、消すときにも同じ所作をするようになったのだろう。

(ってことは、クロエ王女の指さえ押さえれば、魔法は撃てないわけだ――)

やるべきことは決まった、大樹はすぐさまクロエに向き直り、彼女に向かって駆けだそうとする。そんな大樹の背に、ロザリーの鋭い声が飛んだ。

「待ちなさい、ダイキ！　クロエ、あなたっ……恥というものを知らないのっ⁉」

一瞬、ロザリーの怒りの理由がわからず首を傾げた大樹だったが、直後に耳に届いた鐘の音を聞いて、なるほどと合点がいく。

「……なんのことでしょう、お姉様？　開始の合図でしたら、これこの通り——すでに、うるさいほど鳴り響いていましてよ？」

「っ……白々しいことをっ……鐘が鳴ったのは、あんたが魔法を撃ってから——」

「まぁまぁ！　いいじゃないですか、ロザリー様っ！」

声を荒らげて糾弾しようとする王女の声を遮ると、その瞳が大樹を睨みつけた。

「いいわけないでしょうっ……いまのなんて、下手したらダイキが——」

「かもしれませんけど……そのために、ロザリー様が対策してくれたのではありませんか。クロエ王女の魔法を防ぐために、魔法をかけて——ね」

ニヤリと笑って返すと、ロザリーもクロエも、同じような顔でポカンと口を開く。

（さすが姉妹、そっくりだな……まぁ、それはともかく——）

いまの言葉はほとんどハッタリだが、大樹にはほぼ確信があった。クロエの取り乱しようからしても、あの魔法は確実にロザリーを炎で包み、失敗する要素は皆無だった——にも拘わらず失敗に終わったのなら、どこかに失敗の原因があったということだ。魔法のターゲットがロザリーから大樹に移動したから効果が生まれなかった、という説もなくはないが、そうした経験がなかったからこその、クロエの驚きようだと理解できる。

ならば失敗した原因は、魔法を喰らった大樹自身にあるはずだ——。

（俺というより、俺の力――ロザリー様が与えてくれた、あのマッサージの力だな）

いまだにポカンとしている王女の肩をポンと叩くと、ようやく我に返った彼女はハッと瞳を見開いて、大樹に掴みかかってくる。

「な――なに言ってんの、そんなわけっ……」

「もう見られたわけですし、隠さなくてもいいでしょう？　ロザリー様がクロエ王女に勝るとも劣らぬ、魔法の力に目覚められたってことを――教えてやりましょうよ」

「い、いい加減になさい、ダイキッッ！」

必死で口を閉じさせようとするロザリーに、珍しくクロエも追従する。

「そ、その通りですわ、ダイキ！　お姉様がいまさら、そのような魔法に目覚めるなんて、あり得なくてよ！　ど、どんな手を使ったか、正直に仰いなさい！」

「もがっ、むぐっ……い、言った通りです、クロエ王女――ロザリー様のお力ですよ」

ロザリーの手を押しのけてそう答えると、妹姫の瞳が大きくツリ上がる。余裕の笑みばかり浮かべていた彼女にしては珍しい、激昂を示す類の表情だ。

「あり得ないと――言っているでしょうっっ！」

そう叫んだクロエの周囲に、オレンジ色の粉塵――魔力の粒子がグングンと集まりだし、今度は帯状ではなく、大きな球体となって膨らむ。おそらくは前にロザリーにぶつけ、数日間の怪我を負わせたあの光の爆弾だ。

「なら――もう一度、試してみればいいですか？」

「やめなさいっ……挑発に乗らないで、最初の作戦通りに――ねぇったらっっ！」

裾を掴んだロザリーの手を優しく振りほどき、大樹はクロエのほうへ向かう。そんな大樹の姿を憎々しげに睨み、妹姫は忌ま忌ましそうに唇を歪めた。

「いい度胸ですわ――腕に覚えがあるからといって、少々おイタが過ぎましたわね。痕が残らない程度に、たっぷりと躾け直してあげましてよっっ！」

叫ぶや否や、光の球体が大きく膨らんだかと思うと、マグマが噴くように炎が爆ぜる。あるいは、熱せられて溶けた金属だろうか――オレンジというより、もはや金色《こんじき》といった輝きを放つドロドロの魔力が膨れ、高熱とともに大樹へ浴びせられようとする。

けれど――やはり結果は変わらない。

「そ……そんな、どうしてっ……あり得ませんわっっ！」

「現実を見てくださいよ、クロエ王女――」

大樹に触れた魔力はスゥッと色を失い、熱を奪われ、先の魔力と同様に霧散していく。

魔法への防御というより、それはもはや無効化だった。自身が魔法を使えないロザリーではあるが、彼女の中に流れる血筋が、その魔法の力を大樹に与えたということだろうか。

あるいは、彼女の持つ力がそもそも、魔法を拒絶するものだったのではないか。自身の魔力を拒絶するため、外部からの魔力に対しては無防備になってしまい、彼女自身は魔法を使えず、魔法にも抵抗できない存在になるが――その力を他者に与えることで、かくも見事な魔法妨害を成し遂げさせたのではないだろうか。

(──なんてのは、さすがに考えすぎかもな)

確かなことは一つ──クロエから放たれた魔法も魔力も、すべてが大樹に触れただけで消え失せ、その状況にうろたえる彼女の目の前に、大樹が肉薄しているという事実。

「ダ、ダイキ……たばかりましたわね、あなたっ……」

おそらくクロエの周囲には、その魔力と権力に恐れをなし、あるいは媚びて擦り寄ってくる者たちばかりだったのだろう。だからこそ大樹の態度も、彼女への従順さと素直に捉えられていたのではないか。まさか大樹が心から姉に従い、本当にロザリーのために動いているのだとは、夢にも思わなかったのかもしれない。

「申し訳ありません、クロエ王女──ですが王女のことも、嫌いではありません」

彼女は悪い意味で純粋だったのだ。けれど、彼女に対してはっきりと物を申せる相手がいれば、きっと変われるだろう。この決闘で彼女に土をつけたロザリーが、そして大樹が諫言できる立場になれば、必ず彼女の心境にも変化は訪れる──。

「ですから、クロエ王女……今回だけは俺たちの前に、敗北を喫してください」

「ひっっ……い、嫌ですわ、誰がっ……誰がお姉様なんかにぃぃ──っっ!」

彼女の周囲に魔力が膨れ、指を鳴らそうとする──が、正面に大樹がいる限り、その魔力がロザリーまで達することはない。生まれる傍から消失する魔力を目にし、愕然《がくぜん》とするクロエは身体を弛緩させ、ヘタリと腰を落とした。

大樹はその前に屈み込み、彼女を慰める──のではなく、彼女の脚を掴み、勢いよく立ち上がる。この状況なら、もう指を押さえる必要もなさそうだ。

「それではクロエ様――敗北したからには、罰を受けていただきましょう」

「ひあぁぁっ!?　な、なにをするつもりですのっ、ダイキッッ!?」

ジャイアントスイングする寸前のように、両脚を腋に抱えられた彼女は地に頭をつけたまま、大樹から逃れるようにジタバタともがいてみせる。しかし大樹は彼女を持ち上げるのではなく、その開かれた両脚の奥へ、自らの足をズルリと滑り込ませた。

「んひぃっっ!?　ひやっ、あっ、そこはぁっ……んふぅっっ♥」

フニッとした柔らかい感触が、ショーツの奥から伝わる。靴を脱いだ足裏でスリスリと撫でてやると、さすがに敏感な少女の肢体は切なそうに跳ね震え、足先にまで震えが広がってくるようだった。そうして、足裏が秘裂に密着するベストポジションを探り当てた大樹は、やがてピタリと動きを止め、その直後――。

「それでは王女殿下――お覚悟を♪」

脚全体を激しく振動させ、彼女の淫裂をストンピングするように小刻みに踏み躙《にじ》り、これでもかと刺激してやる――いわゆる、電気アンマだ。

「やっ、やめ――ひぐぅぅぅっっ!?　んひっっ、いひぃぃぃ――っっっ♥」

男にするそれとは異なり、痛みよりは快感が強くなっているらしい。こちらの世界の女性が、秘部への快楽刺激に対して非常に敏感、かつ貪欲なのも原因の一つだろう。

「いひゃっっ、ひひゃぁぁぁっっ♪　あひっっ、んひぃぃぃっっっ！　らめっっ、あぁぁぁっっ、らめっっ、らめれすわぁぁっっ！　それだめぇぇぇっっ、あうぅぅぅんっっ♥」

「ちょっ、ダ、ダイキッ……んふっ、なにしてるのよっ……くっ、ふっっ……♪」

困惑したロザリーがやめさせようと声を上げているが、その声は笑いを押し殺しており、本気で止める気があるとは思えない。それに免罪符を得た大樹はそのまま、より強く彼女の脚を抱え込み、自らの足を踏み込んで、彼女の秘唇を足裏でグリグリと蹂躙し続ける。

「んぁっっ、あぁぁぁぁっっ！　ひらっっ、開いちゃらめぇぇぇぇっっ♥　オァッ、オマ〇コォッッ♥　グリグリッ、ビリビリさせないれぇぇっっ！　んひあぁぁっっっ♥」

淫裂の形を意識し、ショーツの上からながら足裏でこじ開けてやり、濡れた媚肉を剥きだしにする。そこに足を食い込ませて振動を繰り返すと、それだけでクロエの腰は面白いように跳ね躍り、大樹の足裏で自慰でもしているかのように、カクカクと揺れ踊った。

「んっっひぃぃぃぃ――――――っっ!?　そこぉっっ、そこらめれしゅわぁぁっっ♥　クリッッ、クリトリスッッ、踏んりゃらめぇぇぇっっ！　はひっっ、んっひぃぃぃっっ♥」

浮いて密着してくる濡れたショーツに、プックリとした突起が浮かび上がって、コリコリとした感触を足裏に愉しませてくる。そこを念入りに踏み転がし、捏ね回してやると、それだけで彼女の脚先がピンと伸びきり、全身が弓なりに反って、大量の淫蜜が飛沫《しぶき》を上げて撒き散らされた。

「らへっっ、あぁぁぁ、らへれしゅわぁぁ……んぐっっ、んんんぅぅっっ♥　こぉっ、こんらのっっ、むりぃぃっ……しゅごっっ、しゅぎぃぃぃぃっっ♥　おひぃぃぃっっっ！」

　そこが寝所であると勘違いでもしているように、シーツを握り締めるように彼女の手は必死で砂を掻いて、表情は快楽に陶酔しきっている。想像だにしなかった屈辱を受け、プライドや理性が考えることを拒否し、一種のトランス状態にでも陥っているようだ。

「いいのですか、クロエ王女？　こんなお仕置きでそんなに乱れて、挙句に果ててしまうようなことになれば――最低のアクメ癖がついてしまいますよ？　今後も俺に踏まれてマ○ズリしないと果てられない、マゾアクメ性癖になっていいんですか？」

「んっっ、やあぁぁぁっっ！　やへっっ、やへぇぇぇっっ！　あぐっ、うぅぅんっ♥」

　必死で拒絶するよう叫んでいるのかもしれないが、腰はヘコヘコと跳ね続け、もはや自分の意思では止まれないようだった。ヒクつく淫肉の感触が足裏に跳ね返り、彼女が絶頂に向かって必死で駆け上がっているのがよくわかる。言葉にならない嬌声を響かせ、彼女は地面を布団にして思いきり身を捩り、腰を浮かせ、股間を高く突き上げていた。

「あっうぅぅっっっ、無理いぃぃっっ♥　おぼえりゅ、覚えてしまいますわぁぁっ♥　こんらっっ……しゃいてっ、しゃいてぇのぉぉぉっっ♥　ダイキのっっ、ダイキしゃまの足ズリでぇぇっっ！　いぐっっ、イッひゃいまひゅのぉぉんっっ♥　おほぉぉぉっっっ♥」

　敗北と快楽が結びつく感覚に、彼女の全身が悲鳴を上げるようにビクビクと震える。陰核《いんかく》は誤魔化しようがないほどにいきり立ち、ショーツの裏で完全に包皮を剥き上げられ、足がひと撫でするたびに切ない電流を幾度も迸らせているようだ。小水のような大量の愛液が際限なく溢れ、スカートも地面も、黒々とした染みが大きく濡れ広がっていく。

「そう仰るなら仕方ありません。ではどうぞ、そのままお果てくださいーー俺とロザリー様に負けましたと宣言し、おもらしアクメ晒してくださいねっっ！」

「んぁっっっ、あっっいぃいぃいいっっっ♥　わがっっ、あうぅぅんっっ、わがぃまじだぁぁあっっ！　んぃっっ、いぐっっっ、あいっぐぅぅぅっっ！」

　これほど強烈なアクメも恥辱も、これまでに味わったことなどないはずだ。その凄まじい衝撃に頭を灼かれたか、瞳を大きく見開いた彼女は頭と手で身体を支え、浮いた腰をこれでもかと仰け反らせて股間を突きだし、最大級のアクメに身をわななかせる。

「ほらっーーイッていいですよ、クロエ王女っ！　負けながらイケッ、マゾ王女っ！」

「んぐっっっ、くっひぃぃいーーっっ♥　いぐっっ、いぎまずぅぅっっ！　まげっっ、まげまじだっっ、わらくひぃぃいっっ！　ダイキしゃまに負けていぐぅぅぅっっっ♥」

　ーーブシッッッ……プシャアァァァアアッッッッ！

　その盛大な敗北アクメ宣言に合わせ、真上を向いた股間から怒涛《どとう》のごとく牝潮が噴き上がった。広がった尿口から溢れる透明の飛沫が股間で弾け、大樹の足裏に跳ね、自らの身体にまで降りかかっても、アクメに震える痙攣はまるで治まらない。

「んぉっっっ、ほぉっぐぅぅぅっっっ♥　いひゅっっ、あぅっっ、いぐぅぅっっ♥」

　もはや大樹が足を動かさずとも、クロエのほうから必死になって足裏に秘部を擦りつけ、牡に与えられる快楽を貪っていた。みっともなくヘコヘコと腰を跳ね上げ、淫肉と媚豆を転がされるはしたない快感に悶えながら、その表情をだらしなく蕩けさせる。

「あぁぁぁぁっっ……んぅっっ、ひゅごっ、ひゅごいぃぃいっ♥　あぅっ、いぐっっ……じゅっとぉぉっ、いってまじゅのぉっっ……おほっっ、んっおぉぉぉっ♥」

トロンとした瞳はもはやなにも映しておらず、だらしなく垂れ下がった舌は大量の涎を垂らし、クネクネと淫猥に踊っていた。顔にはびっしりと汗が浮かび、ほつれた髪がしっとりと纏わりついている様も、これ以上はないほどに艶めかしく美しい。

そんな雰囲気に誘われ、ムラムラの抑えきれない大樹は再び足を滑らせ、グチャグチャに濡れそぼっている彼女の淫肉を痛烈に踏み擦った。

「ほら、絶頂宣言は繰り返してくださいねっ！　どこがイッてるんですか、オマ○コですか、クリトリスですか？　答えてください、淫乱クロエ王女っ！」

「おほっっっ、オマ○コですぅぅぅっっ♥　おま○ごぉっっ、いぐぅぅっっ！　あぅっ、イッでまじゅぅぅぅっっ♥　んぅっっ、おぉぉぉっ……ふぐっっ、んっあぁぁぁぁっっ♥」

――ブジュッッッ、ブシュウゥウッッッ……ブジュバッッッ、ジョロロロロロ……

大樹が催促するようにトントンと淫肉を踏み叩いてやると、絶頂に弛緩しきっていた身体は、完全に抵抗を失ってしまう。なんとか牝潮の勢いの止まった小孔から、今度は黄金色の小水を噴き溢れさせ、自身の肌へジョロジョロと伝い流させていた。

「おっと――これは皆さんにも見てもらいましょうか、敗北おもらしの瞬間を♪」

「んやっっ、あぁぁぁ……らめぇぇぇ……ふぐっっ、んっあぁぁっ……♥」

足指でショーツをずらしてやると、噴水のように尿水が溢れ、観衆の前でクロエ自身に降りかかっていく。そんな光景が――すでに数分前からずっと、信じられないのだろう。闘技場はシンと静まり返っており、誰もが主であるクロエの痴態と、それを引きだしている大樹の蛮行を見守っているようだった。

「ほぐっ、んっ、おぉぉぉ……あぁぁぁぁ……れ、れひゃぁ……れて、ましゅわぁぁ……んっっ、んくぅぅっっ♥　お、おしっこぉ、止まりませんのぉ……んはぁぁぁ……♥」

感極まったような声を上げ、長々と小水をもらしていたクロエの四肢が小さく震える。粗相が終わったと知らせるその反応に、大樹はようやく彼女の脚を解放し、ゆっくりと下ろしてやると、蕩けきった少女の顔を覗き込んだ。

「――クロエ王女、聞こえてらっしゃいますか？」

「んっ……ひゃ、あ……ひっ……ぁんっ……れ、れひゅぅ、のぉぉ……？」

それが彼女の返事だったのか、ただの反射だったのかはわからないが――彼女に妙な性癖がついてしまったのなら、それについては大樹の責任だ。申し訳なさも手伝い、大樹は彼女を抱き上げながら、耳元に優しく囁く。

「またして欲しくなりましたら、いつでも仰ってください――いいですね？」

「は――あっ、ひっっ♥　はひぃっっ♥」

その言葉だけで強烈な絶頂の余韻が甦ったのか、クロエは大樹の腕の中でビクビクッッとアクメ痙攣を繰り返し、潤んだ瞳にハートを浮かび上がらせるのだった。

◇

　その後――呆然とする官僚のもとへクロエを運び、ロザリーの勝利宣言を行わせ、宣誓書の回収を済ませた大樹たちは、レゾンへの帰途につく。その道中でのロザリーのはしゃぎようときたら、大樹が滞在していた十数日では見たことがないほどだった。

「ほんっと、あんたって……くっ、ふっっ、あはははははっ♪　あんなっ、クロエの姿っ……くっ、ふっ……見たの、初めてよっ……ひぁははははっ、あはははははっっ♥」

「いや、笑いすぎだって、王女様……」

　村の目前まで戻ってきた頃には大樹の力も消えており、口調は再び、いつものぞんざいなものに戻っている。そんな大樹の背中をバンバンと叩き、涙まで浮かべて大笑いするロザリーは、心底からご機嫌麗しくいらっしゃるようだ。

「それより――あの書類、使わなくていいのか？」

「ふーっ、はーっ、はぁぁぁぁ……んー、まぁね……くっ、ふふっ……」

「そろそろ笑うのをやめろぉっ！」

　少しは真面目な話がしたくとも、彼女がこの様子では難しい。やれやれと肩を竦める大樹だったが、いずれにせよ宣誓書の処遇については、大樹が考えても仕方のないことだ。また落ち着いた頃にでも、詳しく聞いておこう――そんな風に考えていると、さすがに王女も笑いの波が治まってきたらしく、深呼吸を挟み、落ち着いた口調で返してくる。

「クロエを失脚させることができても、それはそれで、後継者で揉めるでしょうしね。あの子の弱みを握ってこっちにちょっかいだせなくできれば、それでいいのよ」

「そこは、ほら……王女様が戻るってのは？」

せっかく、ロザリーにも魔法が使えたというアピールをしたのだからと、大樹が話を振ってみると、彼女は少し黙って考え、ジロリとこちらを睨んだ。

「ほんっと、あれどうすんのよ……あそこにいたのは全員、クロエの家臣とその一派だから大丈夫だと思うけど、お母様に伝わりでもしたら、呼びだされかねないわよ」

「……後継者に戻らないのか？」

「嫌よ、そんなの……っていうか、仮に私のマッサージのおかげだったとしても、あんたにしか効果なくて時間がかかるって、魔法として成立してないじゃない。使ってみろって言われたら、ではご覧に入れましょうって、マッサージするとこ見せろっていうの？」

言われてみれば、その通りだ。大樹としても、ロザリーの復権まで考えていたわけではないが、彼女の評判が少しでも回復すればと思ったのだが、まずかっただろうか。

今度は大樹が黙り込み、考える番だった。しかしそれに気づいたロザリーが、優しく労わるように背中を撫で、抱き寄せてくる。

「あんたの気持ちは伝わったから、それだけでいいのよ……ありがとね、ダイキ」

「……俺はなんにもしてないけどな」

大樹がなにかしたわけでなく、ロザリーのマッサージによって、結果的に自分が役に立てたというだけだ。ロザリーの力がなければ自分は炎に焼かれ、村も彼女も、すべてが終わっていたかもしれないのだから。

「はぁ……これからはもうちょっと、後先考えて行動することにするかな」

「どうしたのよ、いきなり……ほら、着いたわよ。みんなお待ちかねみたいね」

そう言われると、いつの間にやら村の境界を示す柵とアーチが見える場所まで帰ってきており、その前にはリコとテレーズを中心に、村人たちがいまや遅しと待ち構えていた。

「なんか照れ臭いな――って、おいっ？」

そう声をかけて振り返ると、その視界の端をロザリーが駆け抜けていく。

「勝利の凱旋よ、恥ずかしがっててどうすんのよ――皆っ、いま戻ったわよっ！」

叫び、手を振って駆けだす王女の姿に気づき、村のほうからも歓声が響く。その声に応えるように、ロザリーはさらに声を張り、勝利の報をもたらすのだった。

「私たちの勝ちよっ！　もう二度と、この村に手だしはさせないからねっっ！」

◇

村の作物はもちろん、とっておきの家畜肉や、街から取り寄せた品質のよい数多《あまた》の食材――それらを用いての食事と酒が所狭しと並べられ、祝宴は大々的に行われた。

ロザリーの住居である最も大きな屋敷の広間を開放し、そこから繋がる庭も使って、村人全員参加の立食パーティである。皆の喜びはいくら語り合おうと語り尽くせぬほどであるらしく、日が傾き、夜になっても篝火が焚かれ、今宵は無礼講だと盃を重ねていた。

「ふぅ……よかったよ、みんながこれだけ喜んでくれて」

「お二方のご活躍あってこそです……何度お礼を言っても、伝えきれないくらいですよ」

ロザリーや大樹は、もちろんそのパーティの主役ではあったが、さすがに宴もたけなわとあっては、祝いを述べられ、話をせがまれることも少なくなってくる。

王女は頃合いを見て寝室へ下がっており、残っているのは村人たちばかりだ。彼女らは残った料理をつまみつつ、美酒に酔いしれ、大樹たちから聞いた闘技場での様子を語り、盛り上がっている。さすがにクロエの醜態までは説明していないが、あの妹姫が負かされたという事実だけで、いくらでも酒が呑めるといったところか。

そんな盛り上がりが続く中でも、リコは大樹の傍にピタリと寄り添い、食事に飲み物にと甲斐甲斐しく世話を焼いてくれている。ロザリーがいたときは二人分の世話があったようだが、いまは大樹だけとあって、少しは気が楽になっているようだ。

「リコもしっかり食べてくれよ、せっかくの祝宴なんだから」

「はい、いただいております。お酒も、普段は飲まないのですが……ロザリー様がお休みになられたので、ほんの少しだけ♪」

言われてみれば、彼女の手には葡萄酒のグラスがあり、頬もほんのりと色っぽく染まっている。思わずその頬に触れると、ヒヤリとした手には熱い感触が伝わり、潤んだ瞳がそれを追うように大樹を見つめた。

「ダイキさん……本当に、ご無事でなによりでした。ロザリー様のことも、お守りくださって……ほん、とうにっ……ありがとう、ございましたっ……」

「ああ――ありがとうな、リコ。でも、俺や王女様だけじゃなくて、リコの力も……テレーズさんや、村の人たちみんなの協力があってこそだよ、本当にな」

言いながら彼女の頬を撫でると、猫が懐くように、彼女の顔がスリスリと手の平をくすぐった。柔らかく滑らかな肌はシルクかサテンのようで、ずっと撫でていたくなる衝動に駆られる。けれど不意に、トロンとしていた瞳をハッと見開かせ、リコはさらに顔を赤くして、慌てて身を引いた。

「す、すみません、こんな……男性が女性にするような、甘えた仕草なんて……」

男が女の寵愛を受けるのが一般的なだけあって、どうやらこちらの世界では、甘えたりするのも男性特有の行動らしい。

(まぁ確かに、どの女の人も俺のこと可愛いって言うし、可愛がってやるって言ってるもんなぁ……これからはもうちょっと、甘え方も研究するべきか？)

この世界でやるべきことを見据えつつ、大樹は傍の椅子に腰を下ろすと、立ったままの彼女のお腹に縋りついていく。甘えるように抱きつくと、彼女の両手も嬉しそうに大樹を抱き返して、埋まった頭を優しく撫でてきた。

「お疲れ様でした、本当に……それで、ですね……えっと、このあと――」

(――おお、これはっ……夜のお誘いってやつかっ⁉)

なにやらモジモジとする彼女の身体から、牡を誘惑するフェロモンのような雰囲気が広がる。ここに来てから多くの女性と触れ合っているうち、彼女たちがしたくなったときの空気も少しずつわかるようになっていた。顔を埋めるお腹も体温が上がっており、頭を抱く手にもじっとりとした、艶めかしい気配を感じる。

　大仕事を済ませてきたとはいえ、マッサージのおかげで体力も向上していたため、大樹の疲れはさほどでもない。祝賀ムードですっかり忘れかけていたが、クロエの痴態を晒させた行為によって、大樹もこれ以上はないほどに官能が燻《くすぶ》っている状態である。彼女から寝所に誘われれば、一も二もなくついていく所存だ。

（ってことで、どうぞ誘ってくださいっ！　やべぇ、めっちゃ興奮してきた――）

　股間がズクンッと熱く疼き、すでに屹立し始めているのを感じる。その劣情を伝えるように、大樹はリコのお腹に強く抱きつき、スリスリと顔を擦りつけていた。変質者そのものといった行為だが、そんな仕草にすら愛おしさを感じるのか、彼女に嫌がるようなそぶりはなく、まさに辛抱たまらんといった様子で大樹を抱き寄せてくる。

けれど――大きく喉を鳴らした彼女は、気持ちを鎮めるように軽く深呼吸をして、再び落ち着いた声音を響かせた。

「失礼しました――お酒のせいで、少し浮かれていたようです……」

「い、いや、それはいいんだけど……というか、このまま続けてくれても――」

　自分から誘うのが気恥ずかしく、リコからの誘いを促すようにアプローチしてみるが、リコは小さく笑いをもらし、大樹から半歩ほど身を引く。

「いけません、今宵だけは……ダイキさんは、すでにお約束をされているはずです」

「へ――」

肩透かしを食らい、間抜けな声を上げて彼女を見上げていると、屋敷の奥へ続く扉が少し乱暴に開かれ、黒髪を翻す長身の女性が姿を覗かせた。さすがに宴席とあって珍しく私服、それもドレスを着ている彼女はテレーズだ。

（そういえば、この地区の貴族令嬢だって言ってたっけ……）

ロザリー以上と目される巨大な乳房を半ば以上まで晒したきらびやかなドレスの腰回りに、最低限の装備として細剣だけを帯びた彼女は、リコと向かい合う大樹に気づき、大股でツカツカと歩み寄ってくる。

「少年、今日は本当によくやったぞ！　殿下も大いにお喜びで、特別な褒賞を授けるとのことだ——寝所にて待っておられる、粗相のないよう務めるのだぞ」

バシバシと肩を叩かれ、その痛みに顔を歪めつつ、どういうことだと首をひねる大樹だったが——すぐに言葉の意味を察し、ハッとした顔でリコを見やる。

「よろしくお願いします、ダイキさん」

クスリと微笑んだリコの視線は大樹の股間を見つめており、椅子から立つのを補助しながら、彼女は耳元にボソリと囁いた。

「それだけ張り切っていらっしゃるなら、ロザリー様も満足されるかと存じます♥」

◇

何度も足を運んだことのあるロザリーの寝室ではあるが、わざわざの呼びだしに加え、決闘前に交わした会話のこともある——ただの労いでないことは間違いない。

（なにしてもらえるのかな……いや、まだそうと決まったわけじゃないけどさ……）

期待に胸を膨らませ、重厚感あるチョコレートのような扉をノックするが、おかしなことに返事がなかった。わざわざテレーズを遣いに寄越したのだから、いないということはないはずだが――。

（これは、勝手に入ってこいってことか？）

焦らされているような感覚に、股間がまたも熱く疼く。

「だ、大樹ですっ……失礼しまーす……」

上擦る声は敬語になっており、すでに身体が期待していることは明らかだった。ゆっくりとドアを開き、中をそっと覗き込むが、いつものように甘い香りが漂っては来るものの、室内にもベッドにもロザリーの姿はない。

「あれ――んっ、おわっっ!?」

訝しみながら足を踏み入れた、そのときだった。

「ふふっ――王女の寝室に夜這いをかけるなんて、はしたない男がいたものね♥」

「はっ、あっっ……ロザリー……様……」

シュルリと顔に絡みついた布地――肌触りのよい高級なシルクが目を覆う。そのまま柔らかな感触に抱き締められ、相手に促されるまま歩みを進めさせられた大樹は、ドサリとベッドの上へ仰向けに押し倒されていた。手際よくシャツを脱がされ、ズボンと下着を引きずり下ろされるも、大樹の意識は抵抗という文字を浮かべることすらない。

「まったく、すぐに追いかけてくるかと思ったのに……宴の名残を惜しんでいたの？」

「い、いいえ、それはっ……ぁっ、んっ……ロザリー様が、お休みになると仰っていたので……んふっ、あっ、そこっっ……」

　添い寝のように密着され、剥きだしになった胸板が爪でカリカリと甘掻きされる。期待に勃起しっぱなしだった乳首をわざと避け、乳輪で円を描くように刺激されると、乳首が痛いほどにヒクつくのがわかった。それを彼女の視線が凝視し、ニヤニヤと笑っているのを意識するだけで、膝を宛てがわれる股間が熱く火照り、はしたない脈打ちを繰り返す。

「大勢の前で、伽をしなさいなんて命じられるわけないでしょ――まぁ、その察しが悪いところも嫌いじゃないけどね♥」

「あはっ、あっっ……ありがとうっ、ございますっ……んっ、おっっ……」

　乳首を爪先でつままれ、引っ張られると同時に膝が股間を圧迫した。竿を上から潰すように、けれど優しく緩やかに体重を乗せ、太ももと膝が交互に肉棒を撫でる。ムッチリとした肉の感触と、脚で弄ばれる被虐感が甘い快楽を生み、腰が反応するのを止められない。

「この、欲しがりチンポ♪　脚とセックスしちゃうなんて、盛りすぎよ♥」

「い、やっ……これは、そのっ……違っ、あっ……んっ、あぁぁ……」

　否定しながらも腰の動きは止まらず、押しつけられる太ももや膝の刺激を求め、ヘコヘコとみっともなく上下に振られていた。そんな大樹の反応を見て、耳元に甘い嘲笑を響かせた彼女は、からかうように脚を遠のかせる。懸命に腰を突き上げたところで、ようやくあちらから近づいてくれた太ももが、亀頭の先端に仄かな肌の温かさを伝えた。

しかし、それもほんの一瞬――柔らかな刺激にビクンッとペニスが跳ねた瞬間、彼女はまたクスクスと笑いを響かせ、脚を引いてしまう。

「はぅっ、あぁぁっ……ロ、ロザリー様ぁっ、どこぉ……どこですかぁっ……」

「ふふっ……んふっ、ふっ……あははははっ♪　もうっ、可愛すぎるわよダイキぃっ♥」

腰を振り乱し、肉棒をブルンブルンと振り回して王女を求める大樹の姿に、再び彼女の身体が脚とともに抱きついてきた。膝の裏側にペニスを収め、太ももと脹脛でパックリと牡にむしゃぶりついた脚が、熱く柔らかな肌の刺激で扱き立ててくる。

「んくぅぅっっっ！　はぁっっ、あぁぁっ、ロザリー様ぁぁっっ！」

「は～いはい、ロザリー様はここでちゅよ～♪　ちゃ～んとダイキに抱きついて、脚でチンポ咥え込んで、コキコキしてあげてまちゅよ～♪　気持ちいいでちゅかぁ～？」

嘲るような声が耳朶を舐め上げるも、それに反発するような気持ちにはならない。彼女の脚が上下に揺れ、汗を絡めてヌッコヌッコと扱き上げるたび、それに合わせて大樹も腰振りを継続し、息を荒らげてしまう。

「はぁっ、あっっ、んぅぅっっ！　ロザリっ、様っ、あっっ、あはぁぁっ！」

「んぅっっ、んっ、はぁんっ♪　エッチな腰振りねぇ、ダイキ♥　もっといいご褒美をあげようと思ってたのに、脚セックスだけで満足しちゃうのかしら？」

もっといいご褒美――その甘美な囁きにジンと脳髄が痺れ、理性を総動員させ、なんとか腰振りを止めようとするのだが、持って三秒ほどだった。

「ふっ――あはっ、あははははっ♥　いまちょっと抵抗したでしょ、ほんとにちょっとだけだったけどっ♪　ざ～んねんだったわねぇ、脚マ○コに逆らえなかったわねぇ？　は～い、続けまちゅからね～、脚セックスでパンパン腰振りしまちょうね～♥」

「やはっっ、あっっ、んふぅぅっっ！　はぁっ、あっ……だ、めぇぇっ……ごっ、ご褒美いっっ！　もっと、いいっ、ご褒美ぃぃ……うっっ、んくぅぅっっ！」

目隠しされていることで、いつもより快感の頂が近いように感じる。言葉だけでなく、唇にまで耳朶を舐められ、しゃぶられ、ジュルジュルと音を立てて吸われながら肉棒を扱かれていると、その感覚が同期しているように錯覚するのか。脚で擦られているだけなのに、まるで膣肉で嬲られているように感じさせられ、精液がグングンと込み上げてくる。

「ほらぁ、脚マ○コでジュッポジュッポ扱かれてるわよぉ……あむぅっ、じゅるっ、れろぉおっ……あむっ、はむぅっ♥　んむぅっ、じゅるるっ、じゅぽっ、ちゅぽぉっ♥」

「んひぁぁぁっっ!?　ひゃめっ、そぇっっ……ろ、ろじゃりー、ひゃまぁっ……お、おかひくっ、なるからあぁっ！　あぐっ、あぁぁっ、出るぅっ、出ますぅっっ……」

たまらず手を伸ばし、脚の動きを止めてしまいそうになるが、この世界の女性がまともに相手をすれば、男性が敵うわけもない。

「あっ、こら――だ～め、触っちゃだめよ♥」

「ひっっ、あっ……なんっ、手がぁっ……ロザリー様っ、ず、ずるいぃっ……」

自分を圧倒的に上回る腕力で腕を押さえられ、目を覆っているものと同じ材質の布生地で、たやすく手首を縛り上げられた。抵抗できないよう、輪になった腕を彼女の首にかけさせられ、寄り添う彼女に抱きつく格好を取らされる。

「ふふっ……エステさえしなきゃ、私にだって敵わないもんねぇ、ダイキは♥　私にされるがまま、嬲られるまま♪　ねぇ、そうでしょ？」

「はっ、ひぃっ……んっ、そう、です……ロザリー様には、勝てませぇん……」

従順な答えしか頭に浮かんでくれず、素直にそう返すと、いい子ね――と彼女が笑い、頬や鼻に音高く口づけを浴びせてきた。

つまりは――先ほどまでねっとりと耳をしゃぶっていた唇や、美しい鼻筋、凛々しくも愛らしい瞳がいま、目隠し越しの真正面に突きつけられているということだ。

時折もれ聞こえる彼女の吐息が、甘い香りを漂わせて顔を撫でるだけで、全身に鳥肌が立つほどの快感が駆け抜けていく。そこにある唇を吸いたい、舌をしゃぶりたいという欲求が湧き上がり、大樹は舌を伸ばさずにはいられなかった。

「ふぁっ、あっ……はぁっ、んっっ、へぇっ……えぉっ、れろぉぉ……」

「あら――ふふっ、いやらしい舌遣いしちゃって♥　恥ずかしい子ねぇ、ダイキは……そんなエッチに舌をくねらせて、なにを舐めたいのかしら？」

「んひっ、ひっ、ひたぁっ……ロザリー、様のっ……舌っ……舐めたいですっ……」

目隠しで遮られていても、大樹の返事を聞いたロザリーの表情が嬉しそうに、そうしていやらしく、ニマァッと緩んだのを感じる。貴重な牡、それも類を見ない巨根——とされている——男が、望むままの痴態を演じていることが、女としての矜持を満たすのだろう。

だが、それは大樹にしても同じだ。

以前までの自分であれば、どうあがいても手の届かなったレベルの美少女が、これほど情熱的に自分を求め、浅ましい行為も欲求もすべて受け入れてくれるなど、本当に夢のような状況と快感である。なればこそ大樹の肉棒は痛いほどに膨らみ、隆起し、最高の射精を求めるのだ。彼女と深く繋がり、嘲笑われながら果てたいと心から願い、舌を伸ばす。

「ふぅ～ん、舌なんて舐めたいんだ♪　これがいいの？　これがぁ……んちゅっ、れっろぉおっつっ♥　この舌がぁ、舐めたいのぉ？」

「んふぁっ、はぁぁぁぁっ……な、舐めひゃいぃ……ロザリー様ぁぁぁ……」

あごから顔のラインを撫で、頬がベロリと舐め上げられた。その唾液の跡を辿って必死に舌を伸ばす様を眺め、ロザリーがクスクスと愉悦の笑いをもらす。

「わかってるわよ……キスされながら膝裏でコカれて、愛情と惨めさをた～っぷり味わいながら、お射精ビュル～って飛ばしたいのよねぇ？」

「はひっ、いぃっつ……んっ、れ、れすからっ、ロザリー様ぁっ！」

舌を絡ませ、吸って、蕩かして——そのまま脚コキを加速させ、抵抗できないほど瞬間に果てさせてくださいと、大樹は全身で擦り寄り、舌をくねらせて訴えていた。けれど彼女は少し悩むような態度で唸り、すぐさま鼻から笑いをもらして、毒のように甘く囁く。

「――だ～め♥　だって、キスなんてしてたら、ダイキのあれが聞けないじゃない？　ほらほら、このままイッちゃいなさい♥　いつものあれ、ちゃんと聞かせるのよ♪」

「ぁ――はっ、あぁぁっ……もっ、うぅぅっっ……あぁぁっ、無理ぃぃっっ！」

ズルンッ――と滑るように、彼女の膝が勢いよく肉棒を扱き下ろした。

膝の間から飛びだす亀頭に、生温かいドロリとした刺激が真上から降りかかり、それを潤滑油にして、彼女の膝遣いはさらに激しく、巧みに変化していく。それが温められたヤグラ蜜――自分を射精に導く、最高のローションだと気づくと同時、大樹の腰は条件反射的にヘコヘコと上下に揺さぶられてしまった。その様をロザリーがニヤニヤと見つめていることは明らかなのに、それを見せつけたいという欲求が止められない。

「ふふっ、は～げしい……ほらイケッ♪　昼間あれだけ強いとこ見せたダイキが、なさけな～く脚に負けちゃうとこ――敗北宣言しながら、私に見せなさい♥」

「くっっ、あぁぁぁっ……イクッッッ、好きぃぃっ！　ロザリー様っっ、ロザリー様ぁっっ、好きっっ、好きですっっ、大好きぃぃぃぃっっ！」

――ビュグビュグビュグッッッ、ビュルルゥウゥ～～～～ッッッ！　ドプドプドプッッ、ビュググッッ、ビュグンッッ！　ドビュルゥウゥッッ！

ひと際大きく叫ぶと同時、目の眩《くら》むような快感が下腹部を突き抜け、腰を跳ね上げさせる。脳髄を蕩けさせる甘美な肉悦が、王女への愛を告げる言葉とともに、身体と心に刻みつけられるようだった。彼女に縋りつく腕にも力が入り、より強く、媚びるように密着して身を捩り、ローション塗れの膝裏に必死でペニスを扱かせ、精液を搾り取らせる。

肉棒が淫らなポンプとなり、王女の美脚によって精液を汲み上げられ、彼女の求めるままに吐きだす——自らをそのための機関と化し、大樹は放たれる欲望を押さえつけようともしない。彼女の前に淫らな、無様な淫態を曝けだし、ひたすらに身悶えする。

「あはっっ、あっっ……ぐうぅぅぅっっ！　いぐっっ、んぁっっ、好きぃっっ！」

「……うん、そうね♥　ダイキは私のこと、とっても大好きなのよねぇ……いいわよ、そのままもっと好きになりなさい♪　ほらぁ、ヌルヌルのお膝、気持ちいいでしょ？」

「ふぁっ、んんぅぅっっ……そ、それぇ、反則ぅ……はぁっ、あっ、好きっっ……」

射精寸前までの苛烈な責めに反し、果てた直後から与えられるのは、強制ではなく寛容——どこまでも大樹を甘やかし、許し、優しく包み込む感触だった。どれほど強く彼女を抱き締め、腰を振り立てても、王女の大きな器がそれを受け止め、労わるように撫でてくれるだけで、魂までが蕩け落ちそうになる。その蕩けた魂が精液となって搾り取られ、代わりに注ぎ込まれるのが彼女の——ロザリーの存在だ。言葉が、感触が、抱え込んだ牡欲のような重みを持ってズシリと心に、睾丸に居座り、彼女への愛おしさを溢れさせてくる。

「しゅきっ、ひっっ、んひぃぃっ！　いぐっっ、またっ、いぐぅぅ……好きぃぃ……」

「——射精しすぎ♥　ヤグラ蜜だかザーメンだかわかんないくらい、膝も太ももベットベトよ……ほら、熱い感触はわかるでしょ？　このドロッドロの粘っこいの……あんたのチンポからブッピュブッピュひりだされた、やらし～いチンポ汁よ♪」

粘ついた牡液の感触を太ももで塗りつけられ、射精後の過敏な肉棒を震わせながら、情けない声をもらしてよがるのを止められない。萎えるどころかさらに硬く膨らんだ肉棒は、柔肉の刺激に悦び震え、激しい脈動を繰り返す。そのたびに大樹の腰が大きく跳ね、そこを膣穴だと勘違いでもしているかのように、最奥を目がけて精液を放ち続けていた。

「んぅっっ……ふふっ♪　中出し気分で脚に腰振って、恥ずかしいわねぇ♥」

押さえるもののない中空に濃厚な精液が飛び散り、パタパタと互いの身体に降り注いで、独特の精臭がムワリと膨れ上がる。部屋に焚かれた甘い香りとの相乗効果か、自らの牡臭にすら肉欲を煽られてしまい、肉棒は早くも次の刺激を求め、限界以上に屹立していた。

「ほんっと、恥ずかしい……浅ましい、牡ねぇ……ダイキったら……んっ、はぁ……♥」

飛び散った白濁を目にしたのか、彼女の喉が興奮に潤み、ゴクリと唾を飲んだのがわかる。きっと肌には艶やかな赤みが差し、瞳も牡を欲してトロンと垂れ下がり、口を開けば大量の唾液が粘膜を濡らし、テラテラと淫猥に輝いていることだろう。

その光景を見たい、一目でいいから——そんな衝動に駆られ、目隠し越しのままで大樹はロザリーを懸命に見つめた。しかし彼女は気づかないのか、蒸れた牝の香りを漂わせる汗ばんだ肌を、ヌラリと擦りつけるように滑らせ、ゆっくりと身体を離す。

「あっっ……ロ、ロザリー様っ、あのぉっ……」

思わず情けない声で彼女を止めてしまいそうになるが、それを聞いたロザリーは、期待通りの反応だというように、また嘲るような笑いを響かせた。

「ふふっ、寂しがりやねぇ？　どこにも行かないわよ……次のご褒美をあげるために、ちょっと準備するだけ――よ、っと……ふぅ、あっつ……」

シュルリと鳴る衣擦れは、彼女の脱衣の音だろう。見えてはいなかったが、おそらく纏っていたのは面積の小さく、丈の短いベビードールかなにかだったはず。下はショーツのみで、だからこそ彼女の熱い肌の感触が、密着する下半身全体から感じられたのだ。

つまり、それらを脱いだ彼女はいま――。

「――あはっ♥　女の裸を想像して興奮できるなんて、本当に変態な男ねぇ♪」

性欲の薄い、この異世界の男性たちは、そのようにして女を求めないのだろうか。

なんとももったいない話だと思いはするが、そのおかげでいま、自分はこれだけ最高の時間を味わえているのだ。全裸の王女がベッドにおり、部屋で二人きりというシチュエーションが、痛いほど肉棒を脈打たせ、淫猥な反応をさせる。

「ほら、どうなの――ダイキはぁ、変態なのかしらぁ？」

「は――ぁっ、はいっ……はいっ、変態ですっ……ロザリー様の裸を想像して、チンポ硬くしてるっ……へ、変態ですっ、うぅっっ……」

望まれるままの――そして本心からの言葉を返すと、満点だというように頭を撫でられた。そこからギシリとベッドが軋み、彼女の気配が顔の前に近づく。

「それじゃ――そんな変態くんに、王女様からのご褒美よ♥」

「あ、ありがとうございますっっ……んっっ、んぐっっ、んふぅぅうぅっ⁉」

体重の乗った位置からして、そうなるのではと思っていたが――その期待に違わず、ズシリとした柔らかな感触と甘い香りが顔面を埋め尽くし、塗りたくるように圧迫した。

「キスしたかったんでしょ？　いいわよ、たっぷりとキスなさい――上のじゃなくて、下のお口にだけどねぇ♥　ほぉら遠慮なんてせず、むしゃぶりついていいのよ♪」

「おむふっっ、んふっっ、ふっぐぅぅっっ……んむぅっっ、じゅるぅぅっっ！」

顔を挟むように膝が置かれ、太ももが顔を左右から潰し、ムニムニと揉み擦ってくる。顔の上には蒸れた牝香の漂う股間があり、剥きだしの淫裂が鼻を、唇を啄むように吸いついてくる――その感覚を味わっているだけで、すぐにも果ててしまいそうだった。

（んぐっ、あぁぁっ……うっ、まぁぁっ……王女様のオマ○コ、おいしぃぃっ……）

大樹を責める時点で――おそらくは男の勃起と同じような感覚で、ロザリーの秘部はドロドロに濡れ蕩けていたのだろう。擦りつけられる割れ目は熱く潤み、粘膜襞に触れるだけで柔らかな肉が開き、奥から大量の牝蜜が塊となって流れ落ちた。その味わいは、上質な花蜜のように甘く、芳醇な香りに満ちて、注がれる口内に幸せの味が満ちる。

「んじゅるっっ、じゅぱっっ、じゅるぅっ……はぁっ、んちゅっ、れろぉおっ♪」

「んっっ――くっ、うぅんっ♥　はぁっ、あっっ……いいわよ、すっごく……」

渇きを潤すように喉を鳴らし、垂れこぼれてくる愛液を啜り上げながら、大樹は必死で舌をくねらせ、熱い秘裂を奥までこじ開けていた。蜜溜まりとなった肉穴は、触れる傍から甘い味を広げ、しっとりとした感触で舌を咥え込んでくる。舌先を硬く張り詰めさせ、膣内を余さず舐め上げようとするも、強烈な膣圧が逆に舌を噛み、扱き立ててくるようだ。

「んぶふぅぅっ……ぐじゅるっっ、ちゅばっっ……んちゅっっ、じゅるるぅっ……」

「んっ、もうっ……なんて、情熱的なのかしらっ♪　どれだけ私とキスしたかったのよ、あんたってばぁ……あんっっ♥　これ、口じゃなくてオマ○コよ……わかってるのぉ？」

舌をくねらせるたび、顔の上で柔らかな尻房がグリグリと円を描いて捩られ、蕩けるように滑らかな肌の感触が擦りつけられる。美しい王女があられもない姿ではしたなく尻房を躍らせ、顔を蹂躙してくるという状況は、脳が痺れるほどに甘美だった。唇を犯す淫肉の味だけでなく、緩んだ尻谷間から広がる牝菊の香りまでが牡欲を刺激して、不浄の穴に陵辱されるという背徳感に肉棒が震える。先ほど果てたばかりの勃起は、早くも先走りを撒き散らして興奮を訴え、顔に腰かける王女の目を愉しませているようだった。

「っっ……ほんとに、興奮してるのね……こんな強制クンニでも、チンポ爆発しちゃいそうなくらい興奮してっ、涎まで垂らしてっ……どこまでマゾの変態なのかしらっ♥」

ひとり言のように呟くロザリーだったが、被虐の快楽に酔いしれる牡の姿を見て、彼女の牝欲にも完全に火が点いたのか——緩んだ肉穴が滝のように淫涎を垂れ流し、顔中にドロドロと降り注いでくる。それを一滴も逃すまいと、大樹が大口を開いて舌を広げ、丁寧に淫肉を舐めしゃぶり、擦り上げると、彼女の腰がブルルッと切なげに震えた。

「はぁっ、あうぅんっ……いいわ、ダイキぃ……んぅっ、気持ちいいわ、とっても……上手にできてるご褒美も、あげないとよねぇ——んっ、ちゅっ♥　はぁっ、んちゅぅ……」

「んぐぅぅっ……んむっっ、はむっっ、んべろぉぉぉ……」

股間に迸る快感に腰を跳ねさせるも、少し前傾姿勢になった彼女の動きに合わせて顔をずらし、肉襞を追いかけて唇を動かす。熱い媚肉の味を舌全体に感じ、顔を愛液塗れにして鼻息を荒くしながらも、神経は股間に集中し、込み上げる絶頂感を必死でこらえていた。

(んはっっ、あっっ、くあぁぁぁっっ！　これ、舌ぁっ……王女様のっ、フェラッ……やっっ、べぇぇっっ……くぅぅぅっ！　チンポッ、溶けそうっ……あぁぁっ……)

「んぅ〜〜〜っ、ちゅっ、ちゅぷっ、じゅるるっ……んちゅぅぅっ、あむぅっ♥　ぐぷぅっ……じゅるるっ、ちゅばっ、れろぉぉっ♥　べろっ、れっろぉぉっ♥」

花蕾のような可憐な唇が大胆に蠢き、たっぷりの唾液を乗せた舌がくねり、肉棒や周囲の精液を丁寧に舐めしゃぶる。熱い感触が肉竿の細部を伝い、包皮を丁寧に剥き上げて唾液塗れにしながら、膨らみきった亀頭が柔らかな肉穴に飲み込まれるのがわかった。

「はぁむぅぅっ……ぐぷぷぷっっ、ぶじゅるっっ、じゅぼっっ、ちゅぼぉぉっ♥」

凄まじい吸引音を響かせ、狭まった口腔がチュポチュポと肉棒を扱き、大量の熱い粘液が舌で塗り広げられていく。涎だけでなく、舐め上げた精液やヤグラ蜜までもが、波打つほど大量に、口内には溜め込まれていた。そのドロリとした感触が触れるだけでも心地よいのに、柔らかく弾力ある舌がヌルヌルと這い回り、それらを介して蜜の感触を注がれると、たちまち肉竿が弛緩させられ、尿道がどうしようもなく開ききってしまう。

「あぉむぅぅっっ……ぐじゅるっっ、じゅるじゅるじゅるっ、じゅぼぉっっ♥　ちゅぽっ

っ、じゅぽっつ、じゅぽぉっつ……ぶちゅぅっつ……じゅっるぅぅぅっつ♥」

「んぐふぅぅっつっ……はっ、ひゃっつ、あぁぁ……れりゅぅぅ……」

括約筋は完全に抵抗を失って脱力し、精液が勝手に込み上げていくのがわかった。たまらず腰を浮かせ、彼女の口腔を奥まで味わい、果てようと、牡の本能が絶頂に向かってひた走ってしまう。しかし、そんな浅ましい反応を大樹が披露してしまうと、ロザリーは唇の力を緩めてニンマリと笑い、破裂しそうなほど膨らんだ肉棒を、あっさりと解放した。

「んちゅっ……ちゅぽんっ♥　んふっ、だめよぉ……そんなすぐにイッたらぁ……」

彼女の腰が浮き、数分ぶりに解放された鼻腔に新鮮な空気が流れ込むと、味わわされていた甘ったるい牝香が、さらに色濃く鼻先に纏わりつく。愛液でぐしょぐしょになった目隠しは尻肉の圧力で解かれており、その霞んだ視界に彼女の顔が映り込んだ。

牝欲に染まった淫靡な表情ながら、その笑みは勝ち誇った様子で大樹を見下ろし、ニヤニヤと嘲笑を浮かべている。

「まぁダイキの弱いチンポじゃ、仕方ないかもねぇ？　さっき射精したばっかりなのに、私にちょっと舐められただけで簡単に射精しかけて、イッちゃいますぅ～って腰浮かせちゃうような——早漏の、ちょろ～いマゾチンポじゃ、私に勝てないものねぇ♥」

「ぁ——んっ、はっ、はいぃっ……勝てません、ごめんなさいっ……ロザリー様の口が、気持ちよすぎてぇ……すぐ、射精させられそうでしたぁっ……」

あれだけ奉仕しても彼女を絶頂させられず、それどころか逆に瞬殺されそうになった

――そのことを指摘する彼女の嘲りに、頭の奥が被虐の肉悦で満たされた。テクニックでも堪え性でも完敗したという自覚を心に刻み込まれ、ますます彼女の支配者としての在り方に心服させられ、惚れ込んでいってしまう。

「うん、素直でよろしい♪　そんな素直なワンちゃんには――もっと気持ちいいので射精させてあげるから、ちゃんとおねだりできるわね？」

全裸であっても、その美しさや凛々しさは、まるで損なわれていない。顔を跨いで秘裂を晒していながらも、みっともないどころか堂々とした王者としての誇りすら感じさせ、余裕の笑みを優雅に浮かせたロザリーが、こちらを振り返って腰の上へ座る。

「ほら、言いなさい――どこで射精したいか、いやらしくおねだりするのよ♥」

豊満な乳房をタプンと揺らし、肉厚で柔らかな尻房がズシリと腰を下ろして、脚が大胆なM字に開かれていた。その中央では桃色に充血して濡れ光る肉襞が、彼女の指で淫猥に開かれ、牝の魅力をこれでもかとアピールしてくる。大樹では逆立ちしても勝てない、圧倒的な女の強さがそこにあり、屈服しろと命令しているようだった。

「ふふっ……どこでもいいのよ、これはご褒美だもの♪　ダイキの好きな場所で、いやらしく擦って――一瞬で終わらせてあげる♥」

嗜虐的に細められた瞳に見つめられ、歪んだ唇に微笑みかけられ、先走りが射精のような勢いで飛びだしてしまう。それが尻房や腰にかかったことで、彼女はますます笑みをいやらしく歪めて、ペロリと唇を舐め上げた。

「簡単に負けるの、大好きだものねぇ？　ああ、そうね……どうせだったら惨めに負けたいものねぇ、ダイキは♥　それだったら、指一本なんてどうかしら♪」

唇を舐めた舌が、立てられた指をレロレロと舐め回し、唾液の糸を引く。

「どこでも好きな場所を使わせてもらえるのに、それでも情けなさを求めて、指に負けさせてくださいっておねだり――ふふっ♥　そんなダイキも可愛いと思うけど、どう？」

「ぁ――やっ、あっ……いやっ、そのっ……俺っ……俺、はぁ……くぅぅっ……」

甘美な誘惑が、その被虐的な敗北射精を求めさせ、肉棒をビクビクと痙攣させてきた。反射的におねだりしそうになるが、ギリギリのところで大樹の牡欲は踏み止まり、完全に組み伏された敗北者のポーズで、縛られた腕を捧げ、王女への従属を宣言する――。

「ロ、ロザリー様のっ、オマ○コぉっ……オマ○コで、射精させてくださいっ……」

「――ええ、いいわよ♥」

今回ばかりは欲望に打ち勝てた――そう思っていた大樹だったが、いまに限ってはこうなることすら、ロザリーはお見通しだったのだろうか。驚くそぶりもなく、捧げられた腕の拘束をシュルリと解き、彼女は腰を持ち上げた。

「今日の働きは、本当に見事だったわよ――ほらダイキ、よく見ておきなさい？　頑張ったご褒美にもらえたオマ○コが、あなたのことを瞬殺するところをね♥」

開かれた桃色の媚肉がダラダラと涎をこぼし、亀頭からねっとりとコーティングしていきながら、熱い淫息を浴びせかける。その刺激だけで尿道口がヒクつき、精液が半ば以上までせり上がってくるのを感じる。なんとかこらえてはいるものの、少しでも気を抜けばたちまちそれは勢いよく放たれ、挿入前の彼女の穴を白濁に染めてしまうはずだ。

そんな粗相に向けられる嘲笑を、心のどこかで期待しながらも歯を食い縛って我慢していると、不意に彼女の瞳が真剣な色を浮かべ、優しく視線を合わせる。

「そして──それを今後も味わいたいなら、これからも私に尽くすのよ。あなたが私を求めるのと同様に、私もあなたの力を求めるわ……末永く尽くしなさい、ダイキ♥」

真摯な彼女の言葉に、なにか答えなければ──そう思って言葉を探した瞬間、ニマァッと意地悪く唇に弧を描かせた彼女は、勢いよく腰を落とした。

──チュグブッッ……ブッジユゥウゥウッッッ！　ジュルッ、グチユゥウゥウッッ！

「は──あひっっ、いひぃぃいっっっ！」

僅かな引っかかりを感じたのも束の間、薄い肉の膜は牡杭に触れた瞬間、霞のように溶け消える。直後に四方八方から押し寄せた肉襞のうねりが、ようやく訪れた牡を熱い口づけで歓迎し、ジュルジュルと啜り上げ、一瞬にして勃起を根元まで咥え込んだ。ドロドロに蕩けながらも引き締まった、柔らかな肉筒──それがギチギチと搾り上げるように肉棒を噛み締め、扱き、王女の喉奥からは感極まったような甘い嬌声が迸る。

「くふぅっ、んっくぅぅっ……はぁっ、あっっ、んぅっっ……はあぁぁぁんっ♥」

リコのときと同じく、やはり破瓜の痛みは皆無なようで、彼女の表情は純度百パーセントの牝悦に満たされていた。その淫らな笑みが、組み敷いた大樹を見下ろし、チロリと唇を舐め上げ、視線で命令を下す――。

『ほらイケ、射精しろ――挿入と同時に屈服する牡恥を、私に拝ませなさい♥』

「くあぁっつ、はっつ……あぁぁっつ、ロザッ、あっ、んっあぁぁっつ！」

彼女の尻肉が股間を重々しく叩き、肉厚な膣穴がペニスを搾って、貪欲にうねり蠢く肉襞が、ペニスを根元から先端まで余さず舐め上げていた。その快感だけで全身が、身体中の細胞という細胞が、そして脳内の電気信号すべてが、ロザリーの色に染め上げられる。

「いいわよ、ダイキ――見せて、聞かせてちょうだいっ♥」

「くぁっつ、あひぃいいぃ――っつ！　好きっつ、好きですっ、ロザリー様ぁぁっ！」

――ビュグッッッ……ブビュルビュゥゥゥ〜〜〜〜〜〜ッッッ！　ビュクビュクビュクッッ、ブピュッッツ、ブビュルゥ〜〜〜〜ッッッ！　ドプドプドプゥゥッッ！

凄まじい快感電流が全身を駆け抜け、四肢の末端までが打ち上げられた魚のようにビクビクとのたうち、跳ね震えた。頭の中は真っ白に染まり、ただ快楽だけがはっきりと感じられ、大樹は知らず、腰を跳ねさせて彼女の膣奥を叩く。

「ふぐっつっ、くあぁぁぁっつ！　いぐっつっ、んぁうぅぅっつっ！」

「んぅっつっ、はぁっ、あはぁぁっ♥　すっつ……ごっ、これぇっ……あくぅぅっ♪　オマ○コの、奥までぇ……濃いの、ドプドプ吐きだされてるぅ……気持ち、いいっ……♥」

跳ね上がる腰と肉棒が膣奥をゴッゴッと叩き、柔らかな弾力ある肉襞が淫らに震えるたび、そこに精液を浴びせかけていた。睾丸が限界以上にせり上がり、その奥に溜まり込んでいた熱々の精液が汲み上げられ、脈動とともに勢いよく注ぎ込まれていく。魂を捧げるような心境で、快感とともにそれを吐きだしながら、大樹の瞳は淫欲に蕩け落ちていた。

（はっ、あっっ……や、ばっっ……これ、よすぎぃっ……くっっ、あぁぁっっ！）

濡れた媚肉は膣内にみっちりと詰まっており、隙間なく吸いつくほどに柔らかく、肉棒全体が押し包まれている。その肉厚な牝粘膜は、挿入されているだけで奥へ誘うような蠕動《ぜんどう》を繰り返しており、射精中の牡をも容赦なく責め立てた。

「んふっっ、くぅっ……はぁっっ、あはぁぁっ♥　どんだけっ、だすのよぉ……あぅっ、んくぅぅぅっっ♪　チンポ、すっごい跳ねてぇ……暴れて、るぅっ……んっっ……中に射精されるのって、こんな感じなのねぇ……はぁっ、たまんないっ……んぅっ♥」

絡みつく肉襞が竿の根元を舐め上げ、粘膜の一筋一筋が細かな舌になったように、込み上げる精液を先端まで後押ししてくる。その衝動を抑えることなどできず、尿道口が開かれるたびに大樹は腰を浮かせ、彼女の膣奥へ性を吐きだし続けた。

そんな大樹の絶頂姿を悠々と見下ろしながらも、ロザリーの顔には牝欲がはっきりと滲んでおり、膣内射精を浴びるたびに全身をゾクゾクと痙攣させている。初めての挿入、初めての中出しという経験は、彼女の身体にも甘いアクメの波を注いでいるようだ。淫欲に蕩ける王女の顔を見上げているだけで、大樹の欲望はさらに昂り、彼女の膣内で硬さを増していく。

「はぁぁっ、あんっっ……またぁ、おっきくなってるわよ♪　この程度じゃ射精し足りないのよねぇ、ダイキは？　本当に貪欲な——淫乱マゾ牡なんだから、仕方ない子ね♥」

ハッ、ハッと小刻みに息をもらし、蕩けきったロザリーの笑みが顔を覗き込み、甘く囁いた。快感に緩んだ唇は、王女の問いに答えを返すこともできず、ただガクガクと頭を振ってそれに応じる。もっとしたい、ロザリー様の身体を貪りたいです——と、大樹は硬く膨らませた肉棒を膣内に暴れさせ、犬のように舌を垂らし、懸命に媚びてしまう。

「ふふっ、素直ね……わかったわ、今夜は心ゆくまで愛してあげる♥」

腰を抱き締めたくて伸ばした手が、王女の手で掬い上げられ、豊かな乳房にムニュリと埋められた。自分を散々に弄び、気持ちよく果てさせ続けた牝肉房の感触を味わった瞬間、そのときの快感が込み上げたように、大きく腰がヒクつく。

（くぁっっ、あぁぁぁ——っっ！　すごっ……王女様の、おっぱいぃっ……）

腰を抱こうとしたことなど一瞬で忘れ、夢中になって指をくねらせてそれを揉みしだくと、股間の上でロザリーも腰を捩り、甘い声をもらした。

「んふぅっ、あんっっ♥　気持ちいいわよ、荒々しい手つきで……そういえば、ちゃんと触らせてあげてなかったものねぇ？　いままでの分まで、いくらでも揉みなさい……私の胸を見たら、すぐに揉みたくなっちゃうまで躾けてあげるわ♪」

とっくにそうなっていると返事をする余裕すらなく、指どころか手の平全体を飲み込もうとする圧倒的なボリュームを握り、揉み捏ね、大樹は何度も腰を跳ねさせる。萎えない勃起が膣奥を叩き、その快感が乳悦と連動しているかのように、ロザリーは先ほどまで以

上に艶めかしい表情を晒して、大きく腰をくねらせた。その動きに肉棒をひねられると、これまでとは異なる刺激が駆け抜け、再び精液が込み上げてくるのを止められない。

「はっ、あっっ……んっっ、好きっ、ロザリー様っ……好きっ、ですっ……」

「んぅっっ、あっっ、あはぁっっっ♥　いいわよっ、だしなさいっ……今夜中に、私に子を孕ませられるくらいっ、何度でも――私を愛しなさいっ、ダイキッ♥」

大樹が腰を浮かせ、彼女の奥を突き上げると、彼女も腰を浮かせて尻肉を叩きつけてくる。その重みと衝撃に肉悦が込み上げ、みっちりと狭まった肉襞にペニスを扱かれる快感が、頭の奥に何度も電流を走らせた。

（これっっ、無理ぃぃっ、止まんないぃぃっっ！　あぁぁっっ、また出るぅぅっっっ！）

肉棒を膣肉に、指を乳肉に飲み込まれ、蕩かすように舐め上げられ、飛翔感が意識を包み込む。全身がフワフワと飛び立つような感覚に捉われ、大樹は浮かせた腰を切なくヒクつかせると、込み上げた衝動を一切の抵抗なく迸らせた。

――ドビュルッッッ、ビュググゥゥ～～～～ッッッ！　ドプドプドプッッ、ドビュルッッ、ビュグンッッ、ビクビクビクッッ、ドピュゥッッッ！

「んひあぁぁぁ――――っっ♥　あはっっ、んぅぅっ……くあぁぁぁんっっ♪　はぁっ、あっっ……あっっ、づぅっ……んぁぁぁっっっ！　出てるぅっ、気持ちいいっ♥」

怒涛のような射精を受け止め、膣肉で丁寧に搾り取りながら、腰に跨がる彼女は甘い声を響かせ、全身をビクビクと波打たせている。その表情もドロドロに蕩け、浅ましい牝欲を曝けだしているというのに――金髪を翻して汗を散らす彼女は、どこまでも美しかった。

「はっ……あっっ、好きっ……ロザリー様っ、好きっ……好きですぅぅっ……」

思わず口をついて出た言葉は、射精を告げるだけの意図ではなかったが――それがロザリーにも届いたかどうかは、定かではない。

「んふぅぅっ……ええ、私も――あなたを愛おしく思っているわ、ダイキ♥」

ただ、汗に塗れた身体をしっとりと濡れ光らせ、腰をくねらせながら囁き返した彼女の言葉には、言いようのない慈しみと深い愛情が感じられた――。

◇

その後も、数時間以上――広間のほうから響いていた宴会の声も聞こえなくなり、屋敷の外が夜の静寂に包まれるほどの時刻になるまで、二人は肌を重ね続けていた。それがようやく終わったのは、王女の体力が尽きたことと、いつの間にか大樹が気絶してしまっていたからだろう。

「んぁ――あ、れ……？　ここ、は……王女様は――」

「こっちよ、お寝坊さん♪」

ハッと気がついた大樹は、そこでようやく、自分がヤリすぎで気を失っていたことに気づいた。隣に添い寝していたロザリーの言葉に、慌てて身体を起こそうとするが、同じ布団に入った彼女に抱き締められていては、そうすることも叶わない。

「あ、の……すいません、俺――」

思わず敬語で話してしまったのは、気絶前に味わっていた快楽が、いまだに尾を引いて身体に残っているからだろうか。それを聞いたロザリーはクスリと微笑み、大樹の頬をツンと突いて、滑らかな肌を優しく擦り寄せた。

「大丈夫よ、私でも疲れるくらいだったし……今日はこのまま休みましょう？」

「は、はい……いや、えっと……ありがとう、王女様……」

それなら厚意に甘えさせてもらおうと、ベッドの上で身体を弛緩させると、大樹の身体を抱き枕代わりに、ロザリーが抱きついてくる。

「――ねぇ、ダイキはこれから、どうするの？」

「えっ……もしかして、もう用済みだから追いだされるのか？」

確かに妹姫の策謀は退け、今後は野盗に襲われることもなくなるのだから、これ以上は居候を養っておく必要などないのかもしれない。そんな危惧をする大樹だったが、王女は耳元でハァと、呆れたようにため息をもらした。

「貴重な男を追いだすわけないでしょ、バカね……私が言いたいのは、この村にいつまでもいていいのかってこと。元の世界に帰る方法とか、探さないでいいわけ？」

「あ……ああ、なるほど……そうだな――」

とりあえず衣食住の確保はできそうだと安堵するが、彼女の指摘も言われてみれば気にはなる。とはいえ、なんの手掛かりもないのであれば、闇雲に出歩いても仕方がない。

なにより――大樹にとってこの世界は理想的なものであり、ここでしかできないこともあるのではないかと、そう思っていた。

だから大樹は、その気持ちをそのまま、彼女に伝えることにする。

「いつかはそうなるかもしれないけど、その前に村にも恩返ししたいからな。そのためにもしばらく、ここで貢献させて欲しいと思ってるよ……俺にやれることで」

「……つまり、ほかの女ともいっぱいしたいってことかしら？」

抱き締めてくる腕に力が込められ、大樹は慌てて弁明する。

「そ、そうじゃなくて……まぁ結果的にそうなるかもしれないけど、あくまで過程であって……俺が大勢の相手をしなくていいよう、もっと多くの男が集まりたくなる場所を作ろうと思ってるんだよ。そのためにも、まだここにいさせて欲しいんだけど――」

「あんたのやりたいこと次第よ、それは」

まだ少し不機嫌な雰囲気を漂わせ、彼女のムスッとした声が耳を撫でた。この世界では、複数の女性を相手にするのが男の仕事のようなもののはずだったが、大樹ほど都合のいい男となれば話は違うのだろうか。なんでも言う通りに欲求を叶えてくれる便利な男を、簡単には手放したくないという独占欲が、ロザリーの中にも芽生えているらしい。

（そういえば、リコもそんなところがあったな……これ、言っても大丈夫かな……）

とはいえ、ここまで言ってしまってはあとに引けない。

「この村に、メンズエステの店――エステサロンを作れないかなって思ってるんだ。もちろん、エロいサービスがメインだと男が集まってくれないだろうから、まずは美容と健康を売りにしてさ。そこから俺にしたみたいに、ゆっくりと男を昂らせて、官能をくすぐって——男が自分から気持ちよくなりたいって思える環境を、この村に整えたいんだよ」

この目論見は、いわば回春——元の意味は、病気からの快復や若返りではあるが、大樹の考えているのは有名な意味合い、性欲復活のほうだ。

この世界の女性は非常に積極的で、そこが大樹にとっては魅力的ではあるのだが、性欲の薄い男性にとっては億劫《おっくう》なものでしかないだろう。とはいえ、性欲の薄さと快楽への渇望は、おそらく違うはずだ。本当に気持ちのいいことを、自身の中から溢れさせる形で知ってしまえば、牡本来の欲望を思いだすのではないか——大樹はそう考えている。

（なんか、悪徳エステの催淫媚薬マッサージみたいだけどな……）

もちろん、大樹プロデュースの店では違法な薬品など使わず、シチュエーションや技術だけで牡を昂らせるのが目的だ。そのために必要なのは、まず人材——機が熟すまでは淑女的に接し、男性を燃え上がらせてからは情熱的に奉仕し、牡の自覚をくすぐってくれる、それでいてエステの才能がある人間が望ましい。

そうした人々を探し、集めるためにも、村や店という箱は重要なファクターだ。まずは自身を施術モデルとして提供し、才ある女性を集め、エステとしての評判を響かせる。一定数の男は国から貸与され、あちこちの村や町にいるということなのだから、日々の義務で疲れた男性が癒やしを求めれば、足を運んでくれるかもしれない。大勢の男が自分から集まるようになれば、村は大きく発展し、国の顔色を窺う必要もなくなるのではないか。

なにより――男が性欲を取り戻せたなら、村や国どころではなく、この世界全体の危機を救うことにも繋がる。この考えが正しいかはわからないが、これまで見た女性たちの反応からして、男が積極的になるのは喜ばしいことのはずだ。

「――面白いことを考えるわね、ダイキは」

そんな大樹の話を黙って聞いていたロザリーは、やがて声を弾ませ、そう告げた。

「色んな女があんたに触るっていうのは、正直なところ気に入らないけど……村のみんなのためにもなるなら、最初のうちは見逃してあげるわ」

「……ありがとうございます、ロザリー様」

ホッとした大樹がそう囁くと、彼女はムッとしつつも嬉しそうに唇を緩め、再び優しく――けれど強く、身体を抱き締めてくる。

「忘れちゃだめよ――あんたはこれからも、末永く私に尽くすんだからね」

「はい――そのつもりです、ロザリー様」

ならよし、と彼女は音高く頬に口づけ、大樹の耳元で枕に顔を埋めた。

「おやすみなさい、ダイキ――今日は、本当に……あり、が……と……」

そのままウトウトと微睡《まどろ》み、やがてスースーと寝息を立て始めた彼女に倣って、大樹も目を閉じる。たったいま口にした、夢の実現を誓いながら――。

高岡智空執筆 おすすめ作品

二次元ドリーム文庫

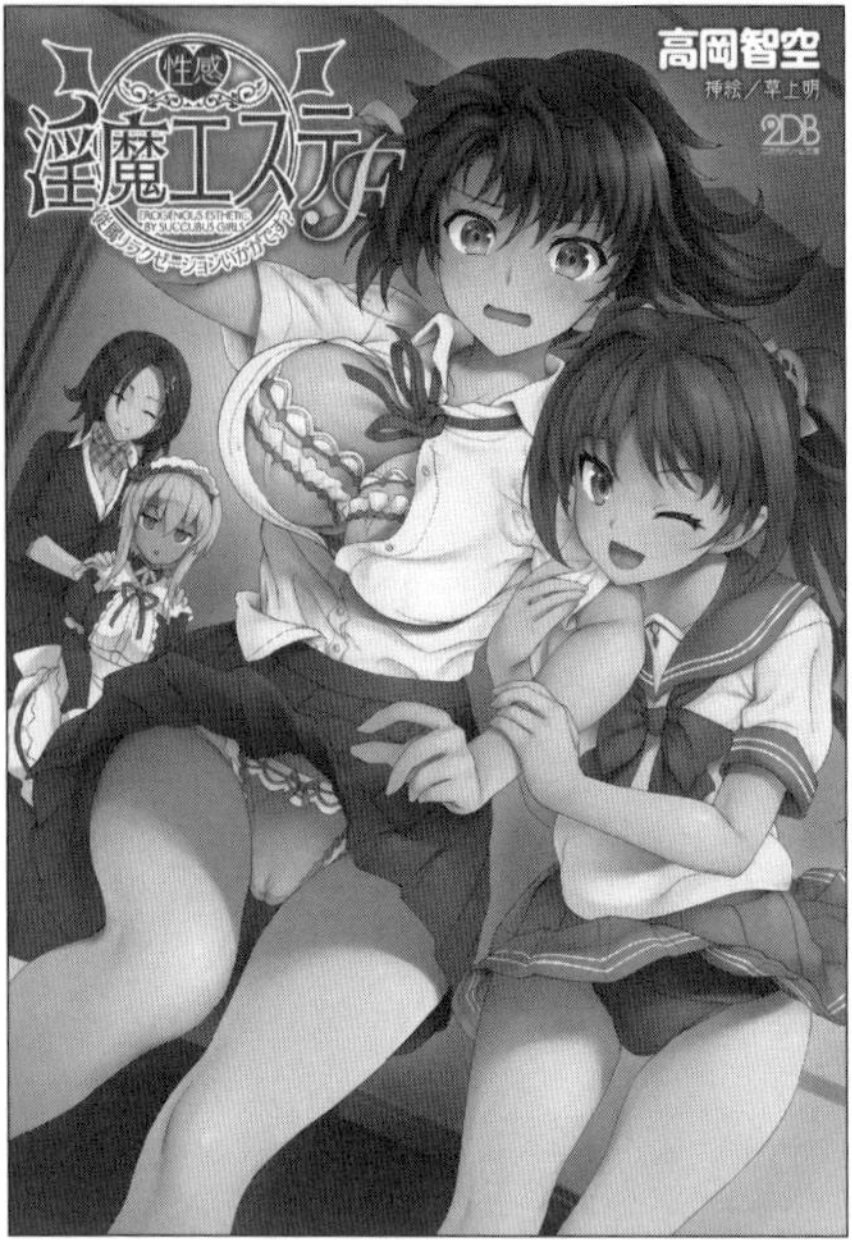

性感淫魔エステF
従属リラクゼーションいかがです？

美少女淫魔に気持ちよくされるエステ店、淫魔たちみんな元気に出勤中！　店内で使うお茶の買い出しにルミナと出かけた和希、ばったり出会ったのは当初の想い人だった珠理。彼女には事情で遠くにいると伝えたし、実はケンカ別れっぽい感じだったしと気まずいことばかりでピンチ！

小説●**高岡智空**　挿絵●**草上明**

本作品のご意見、ご感想をお待ちしております

本作品のご意見、ご感想、読んでみたいお話、シチュエーションなど
どしどしお書きください！　読者の皆様の声を参考にさせていただきたいと思います。
手紙・ハガキの場合は裏面に作品タイトルを明記の上、お寄せください。

◎アンケートフォーム◎　**http://ktcom.jp/goiken/**

◎手紙・ハガキの宛先◎
〒104-0041 東京都中央区新富 1-3-7 ヨドコウビル
(株)キルタイムコミュニケーション　二次元ドリーム文庫感想係

異世界エステ師の育て方

2021 年 2 月 3 日　初版発行

【著者】
高岡智空

【発行人】
岡田英健

【編集】
木下利章

【装丁】
マイクロハウス

【印刷所】
株式会社廣済堂

【発行】
株式会社キルタイムコミュニケーション
〒104-0041　東京都中央区新富1-3-7ヨドコウビル
編集部　TEL03-3551-6147 ／ FAX03-3551-6146
販売部　TEL03-3555-3431 ／ FAX03-3551-1208

禁無断転載 ISBN978-4-7992-1452-7　C0193